15|16歳でわたしが考えたこと

Azuma Koji
東 宏治

鳥影社

もくじ

I　話しことばで

II　書きことばで

III　短文集

15/16歳でわたしが考えたこと

I　話しことばで

認識の根底にある単純な体系
（人文自然学のために）

1

わたしの専門はフランスの文学や美術の勉強で、学生のころからヴァレリーやジャコメッティなどを研究していますが、それと同時に、まったく同じくらい長い期間、「思考の手帖」と自分で名づけた仕事もやっています。これは方法論研究とでもいうもので、ひとがものごとを認識し表現するその過程を、（対象を広げると、自分の力では手に負えなくなると思えたから）わたし自身を観察の対象にして、いわば定点観測し記録するという仕事です。わたしという定点から、わたしという対象を観察するのです。対象を一個人に限ってあっても、記録されることがらはとうぜん多様で多岐にわたるはずです（なにしろ気がつけば何十年もやっているのですから）。記録されたことがらのテーマも、既存の用語でくくってしまうとせっかくのこの仕事の意義の新しさが薄れるのですが、あえて言えば、やはり言語や夢の活動や創作行為についての記述が多いのは、わたし個人の関心のせいで仕方ありません。しかしそれらも、そのほかのも含めて、すべてのわたしの関心の底に共通してあるのは、メタ的な、総合的で批評的な視線であり、ものごとの仕組みを知りたがる好奇心でもあります。この仕事を方法的と称するゆえんです。

だから、数年前にヒューマン・セキュリティという大きなテーマの学際的な共同研究に参加することになったとき、わたしはグループのなかで自分が少しでも寄与できるとしたら、その安心・安全のテーマそのものの研究であるよりも、むしろ学際的な共同の作業がどうすればうまく機能するかについて考えることだと思いました。(残念ながらわたしが役立ったとは思えませんが。しかしこれまで学際的な共同研究にそうしたメタ的な部門がないのは不思議です。そういう部門を意図的に置くことは、異種の専門家を集めただけで終わってしまうことの多い学際的な研究に、きっと不可欠の収斂の力を生むのではないでしょうか。)

さてその大きなグループの一支脈である、ごく小さな「人文自然学研究会」がもたれることになったとき、わたしはむしろこちらの方でこそ、わたし自身のメタ的方法的関心や性向を、より自由に発揮できる場所だと感じたのです。

「人文自然学」という聞き慣れないことば自体は、実はわたしの造語です。大昔、たとえばギリシャの哲学者たちが自然を前にして科学することと哲学することが同じことだったように、いま、自然科学者と文系の研究者が、広くて複雑な自然をなるべく大きく単純な視線でとらえてみようという思いが、この造語に込められています。

わたしが今日ここでお話しすることがらは、そのような大きな枠組みのなかの、しかもわたし個人の話です。なぜ自分の話をするかというと、わたしたち個々の研究者自身が直に身近にもつ問題意識、アイデアを話し合うほうが、科学史家や科学哲学者を共通の話題にするよりも、新しい分野や共同研究や分担研究のテーマが見つけやすいのではと考えたためです。ついさっきわたしは、既存の用語でくくってしまうと自分の仕事の意義の新しさが損なわれる、というようなことを言いましたが、そもそも新しい仕事というものは、既存のもので分類できないような、まだ曖昧な、不分明なことがらや現象を、まず発見し提案することから始まるのではないでしょうか。

2

わたしには子供の頃、理系的だか文系的だかわからないが、こんなエピソードがあります。まず小学校五年生のときですが、たまたま頭にけがをして治療のため一時丸坊主にしていたことがあった。ある日のこと、散髪屋さんからの帰り道夕立にあい、刈りたての坊主頭に大粒の雨があたりました。ふと下を見ると、アスファルトで舗装された地面に、その大粒の雨が吸い取られてシミをつくっています。そのときひらめいたのは、雨粒の大きさと雨量の関係を調べてみようという考えでした。わたしはさっそく雨が降るたびに吸いとり紙に雨粒を吸いとらせ、そのシミの跡を消えないうちに鉛筆でマーキングしたものです。それはその年の夏休みの理科の宿題（自由研究）になりました。のちになって、このことを覚えていた理学部の友人が、大学院に雨粒の大きさと雨量の関係を調べて降雨量の予想を研究テーマにして、雨が降るたびに吸いとり紙に雨粒を受けているひとがいると教えてくれました。そのひとは、衝突係数をかけるなど複雑な計算をしなければならないので、小学生の研究がそのまま自分の研究につながったとは思えないけれど、センスのよさは認めると、会ったときにほめてくれました。

つぎは中学の一年生のときでしたが、これも夏休みの理科の自由研究です。わたしは、自然に存在する物にはそれぞれ固有の色があるのに、モノクロ写真（そのころはまだカラー写真が主流ではなかったのです）に写されると、すべての色が黒白の濃淡に表現されてしまう、逆にその黒白写真から元の色を解読なり推測なり翻訳なりできないか、さらには再現や還元（？）できないものだろうか、と考えたのです。これも写真を見ながらのひらめきです。わたしは大きな白い台紙にいろいろな色紙を並べ、何枚も写真に撮ることからはじめましたが、もちろん今考えると、とても原始的な、厳密さを欠く、幼稚な作業でした。ところがこれもずっとあとになって、姉が結婚したとき、理工科出の義兄にそんな思い出話をしていたら、実はそのアイデアは実用化されている、テレビ番組で、例えばドラマの回想シーンで画面が徐々にモノクロになり、また最初の現在の場面のフルカラーにゆっくり戻ってゆくといった技術がそれだと言うのです。これだってわたし自身、自分のアイデアが将来のそうした技術の開発に直接つながったろうとは、その義兄の話を聞いたときも思いませんでしたが。

わたしは自慢話を（多少ないわけではありませんが）しているのではありません。[*] わたしは自己分析（auto-critique 自己批評、自己批判〔なつかしいことばです〕）をけっこうする子供だったので、高校で自分の進路を決めるとき、こうしたアイデアは本物の科学的なものではなく、詩的な（自慢の気持があるとすればここですが）アナロジックな思考の結果であって、自分は文学に進むべき人間だと判断したのでした。アイデアやひらめきが生まれるときのよろこびは、理系、文系に関係なく、ひたすら創造のよろこびなのだから、ここで勘違いしてはいけないと考えたのです。ところでよく言われることですが（そしてわたしも心から同意するのですが）科学者と詩人は底のところでつながっている、そのわけは、どちらもアナロジーでものを考えるからです。この共通点こそ、「学際」の起源であり、たとえばここでの「人文自然学」ということばに込められた理念なのです。

（＊）純然たる自慢話をすれば、わたしは十数年来、毎年定期的に胃カメラを飲む羽目になっているのですが、苦しい思いをしたあと、使い捨てカメラがあるのだから、どうして薬のカプセルにカメラを仕込み発信させることができないのだろう、追跡は外部でやればいい、と思ったものです（わたしの知識は古いので、レーダーのようなものをイメージしていましたが）。これは二、三年前、アメリカで実用化されたというニュースを読みました。もっとも、多くのひとたちが思いつく発想だったかもしれませんが。ごく最近（二〇〇七年五月）日本でも、イスラエルの医療機器メーカーが開発した「やや大きめのビタミン剤ほどのカプセルにビデオカメラを内蔵した内視鏡」が輸入されるという記事が新聞に載っていました（朝日新聞朝刊、二〇〇七年五月一一日）。

わたしがここで自分の話をすると言って、わたしの問題意識やアイデアを披露するのは、どれもいかにも文系的なので自然科学者たちが笑いだすようなものなのですが、ひょっとして関心をもってもらえ、新しい共同研究への誘いになるかもしれないと思うからです。子供の頃の夏休みの課外研究のようにとは言いませんが。

3

「思考の手帖」と自分で名づけた仕事のなかから、ここで「認識の根底にある単純な体系」というタイトルと同じ名前でくくった考えについて、またそういう考えをもたせた、いくつかの具体的な体験をお話しします。

わたしがこれも中学一年生のころ、クラスの男子生徒たちのあいだで、何かにつけて性的な連想をほのめかすことが流行ったのです。たとえば誰かが「寝る」と言うと、「誰と？」と応じ、「さわる」というと「どこを？」と言ってはやし立てるといった類です。早熟なのか奥手なのか、今となってはよくわからないが、性的に目覚めた少年たちの一時期の反応だったわけですが、何気なく発した言葉が、すべて性的な物事に結びつけられてからかわれるので、これではうっかりとしゃべれないと思いました。それから二、三年経ってこれとは無関係に、三年生のときの担任の国語の先生から初心者向けに、フロイトの夢の分析の話を聞き、夢のなかの出来事がすべて性的なものから出ているという説を耳にしたとき、なにか違和感のようなもの、どこかひっかかるものを感じました。のちにフロイトの本をかなり系統的に勉強するようになって、そうしたひっかかり自体「抵抗」として彼の理論体系のなかに組み込まれているのを知ったとき、うまく説明されているなあと感心するとともに、納得する以上に、中学生の時分から漠然と抱いていたある直感のようなものを思い起こし、わたしなりに何が不満だったのか思いあたったのです。

わたしは、人間の行う基本的な動作や行為の数や種類は、その身体的な構造と仕組みと部品のせいで限られており、それらが組み合わさって、複雑な数多くの行為が行われているように見えるだけでないのかと考えたのです。だから何を言っても、何をしても、その基本的なものを通じてつながってしまう。いわばメタファー関係になってしまう。それを言語のレベルで言えば、どの国語にも動詞の数がたくさんあっても、それらを分類すれば、たぶんごくわずかな数の基本的な行為や所作にくくられるのでないか。つまりどんな行為もこのわずかな数の基本的な行為のメタファーとなる。

これはフロイトの説とは逆で、フロイトの言うように人間の無意識の領域が性的なものに支配されているというよりも、性的な行為もその他の日常の行為も、したがって思考も、深い「無意識」のレベルで、すべていわば器官的に制約され影響されているということだ。しかし単純にすべて機械的に決定づけられているわけではないのは、この機械はいわば「遊び」が十分にあって、人類レベルでの進化とか変化とか、個人レベルでの工夫や創造が可能であることからわかります。

さらにエピソードをつづけます。高校生時の何かの教科書で、今から考えるとトポロジーの説明だったのでないかと思える（だとすると数学の教科書？）、印象的なさし絵を見た記憶があります。ただわたしはそれがひどく気に入ったので、長年なん度もなん度も自分流に回想したあまり、以下に書くようなさし絵や説明が実際にそのままあったのか、自分で勝手に想像しアニメ風に変形したのか、今となっては判然としないのですが。

それはたとえばタイ〔鯛〕のような、わたしたちがもつ魚の典型的な類型的なイメージが、透明な直方体の箱のようなもののなかにきっちりと、つつ一杯に収まっており、その直方体の各面（正面、上面、側面）には方眼紙のような等間隔の目盛り線が引かれてある。その左右の側面を外側へ引っ張ると、その魚はサンマのようになり、左右から内へ押し詰めるとマンボウのような魚ができる。また上下から圧力を加えると、ヒラメやカレイのような姿になる。（なおマンボウやヒラメ風については、あきらかにわたしがここで話をわかりやすくするために行った追加脚色です。）〔次ページさし絵参照〕

わたしがそのときに教科書で見たのはあくまでトポロジカルな変形であり、おもしろがったのもその点であって、生物の進化の仮説を述べていたとは思えないのですが、わたしが気に入っているもう一つの点は、ひょっとして生物はこんな風にそれぞれの種に原型のようなものがあって、何らかの理由で（地球の長い歴史の過程で）三次元的な変形が加わり、それが遺伝子レベルで伝わって、さまざまな形態の仲間（種族）ができたのでないかという考えです。これはいかにも文科系的な発想で、科学的に言えば、還元論的な方法をつかって、たくさんの事実や現象を集めて、

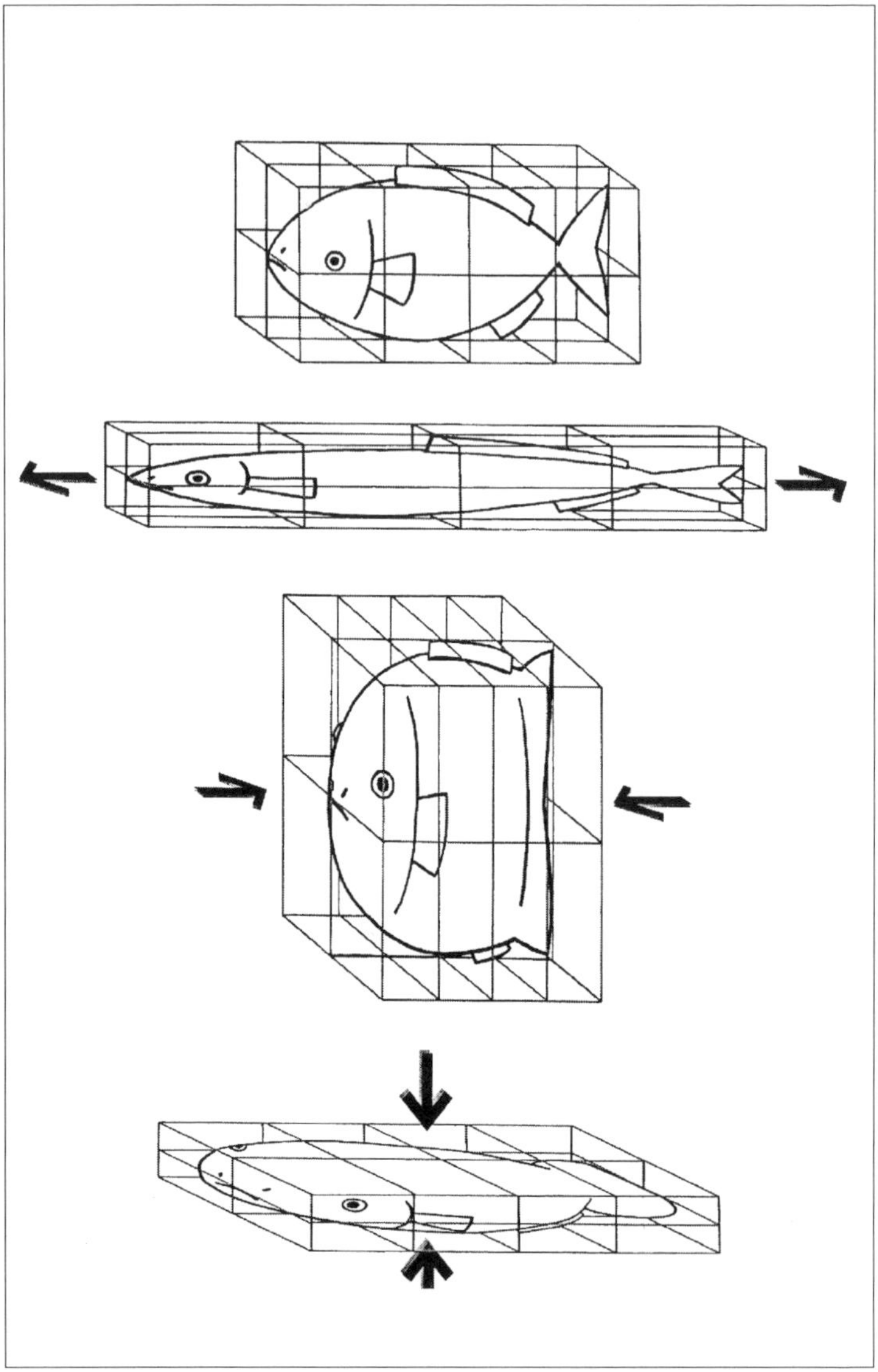

（さし絵　桜井伴香）

そこから一般的なものを抽出した結果を逆にたどる詩的な想像にすぎないと一蹴されるかもしれません。同じことをくり返すようですが、わたしが生物について当時こういう原型的な考えをそのさし絵から思いついたわけではありませんが、このエピソードが、そのもつ意味を自覚できないまま、わたしを妙に刺激し続け、思い出させたことは確かなのです。わたしはのちの別な折に、ある言語学者にこのトポロジカルな魚の変形をたとえにしながら、言語にもそういう原型のようなものがあって、そこから時間的、空間的、歴史的、地理的な変形が加わって、さまざまな民族やグループの言語（国語）ができていると主張する言語学者はいないのだろうかと尋ねたことがあります。その人は、そうした証明できないことがらは、たとえ考えることがあっても言わないものだと答えました。わたしはそういう答えをもちろん予想していましたが、それでもこの魚の原型にまつわるアイデアには何か未来があるような気がしてならないのです。ダーウィン流の進化論やリンネ流の分類学の実証的な成果に矛盾しなくて、しかもそれらを包み、あるいは多少の変更を余儀なくさせるような、より大きな体系、そういうものへ導くもっと抽象的でかつ具体的な方法につながるような何かが。

わたしには比喩的な言い方しかできないのですが、「原型」にあらゆる方向にさまざまな度合いの力（この力という表現も比喩に過ぎません）を加え変形させて可能な形態をすべて列挙すると、そのリストのごく一部を、現在存在しあるいは化石のかたちで知られる生きものたちが占めるが、その他の膨大な数の可能物は、未発見のいわば「ミッシング・リング」として、将来どこかで何らかのすがたで発見されるかもしれない、そういう体系に導くようなアイデアです。

〔このわたしの考えは第8節へとふくらみます〕

4

「デコイ」という木製の、鳥の形姿に似せた文字通り囮《おとり》があります。これを浮かべて水鳥たちをおびき寄せるのですが、水鳥がそういうものにだまされることを知ったとき、わたしは案外動物の外界認識というものは、わたしたちが漠然と考えているほど、感覚的に精緻で複雑ではないのかもしれないと想像しました。人間自身のことは自分たちのふだんの経験からよくわかっているように、わたしたちの外界認識は、そそっかしくて性急で、たとえば廊下の片隅に置かれたマネキンや人形にぎょっとしたり、昔なら案山子《かかし》におじぎしたり、枯れたすすきに幽霊を見たりするひとがいるわけです。動物たちは人間よりもはるかに優れた感覚器官をもっているのだから、猛禽類の視力や犬たちの嗅覚のことを思い浮かべて、その外界を識別する能力は、いわば外界の事物の細部に一対一の対応ができるほどでないかと考えてしまいます。ボルヘスの小説に出てくる「記憶の人フネス」のように、一本の樹木のそれぞれの枝に生える無数のどれ一枚として同じもののない葉っぱのすべてを識別し記憶にとどめることができるかのような。

人間も動物なのでわたしたちも含めて、すべて動物には（実は植物にも？）もともと生存するために、程度の差はあれそれなりに、これに似た感覚がいわば武器として備わっていたのが、種により属により、環境の時間的空間的変化に応じて変化し差ができてきた、と言えるのかもしれません。しかしわたしが思うに、認識し認知するとき、人間はもちろん動物も、対象のすべてのあるいは無数の属性を把握しているわけではないし、する必要もない、なぜなら生き残るためには瞬時の判断が必要なとき、かけられる時間は多くないからです。行動するために、対象の必要不可欠な要素の認識であるはずで、いわばものごとの「輪郭」のようなものの認識です。だから水鳥たちは、デコイの姿を見かけると、いわば仲間の「輪郭」を認めそこへ近づいてゆく……、その目的が求愛なのか、威嚇なのか、たんなる好奇心か、軽い確認なのかはわかりませんが。

デコイの姿・かたちの精度にはいろいろあるようですが、もっとも単純な（とわたしたち人間に思える）ものが羽根の絵も色も描かれない、ただのそれらしい棒のかたまりみたいであるのは、水鳥の認知を（少なくとももっとも単純なケースを）語っていると思います。わたしはもちろんデコイのコレクターではありませんが、精巧でさまざまなデコイが存在するのは、釣り師がルアーに凝って、魚と知恵比べをするのと似たところがありそうです。人間と鳥や魚たちとのこうした交流は、単なる認知とは別の知的なレベルの話で、これはこれで実は次章のテーマです。

ここではわたしは、デコイにだまされる水鳥の話から、動物や人間が対象を認識するとき、認識しているものは対象の案外わずかな数の要素であり、認識の基本はもともと単純なものでないかと思ったのです。たぶん人工知能や人間工学やロボットの研究者たちが考えるように。というのも、彼らがめざすのは、人間そのもの、人体そのままの再現ではなくて、脳や肢体という器官の機能や行動の骨組みとメカニスムを示し、別の部品によってその機能や行動を再現することで、複雑な人体を理解することだろうと思うからです。

5

わたしはあるとき、アリの群が巣穴からせっせと砂粒を外に運び出すのをながめていたのです。気がつくと、たいていのアリはできるだけ巣穴から遠くのほうへ砂粒を運んで捨てているふうなのに、なかに一匹、すぐ近くにポイといかにも面倒くさそうに、わたしに言わせればいかにも横着気に、捨てるアリがいます。わたしが今こう書きながら残念に思うのは、自分がそういう「横着な」アリがどの程度の割合でいたのかじっくり観察しなかったことです（わたしが科学者でない証拠です）。ながめていたあいだに、そんな光景を何回か見かけたとしても、それが同じ「横着な」アリだったのか、別のアリだったのか、もちろんわかりません。アリの世界はミツバチたちと同じように緊密な連係プレーが確立されていて、ひょっとして捨てられる砂の山の設計が前もってあって、砂粒を計画的に遠くのほうへ捨てる係と、近場に捨てる係とが決まっていたのかもしれません。もしそうなら「横着」どころか指令に忠実なアリだったわけです。でもアリたちの全体の動きはわたしの目にはそんな計画があるふうに見えませんでしたが(*)。

（*）本稿を書いたあと偶然、驚いたことに「怠けアリ」（わたしの言う「横着な」アリ）が実際に、働きアリ全体の二割を占めるという研究があることを新聞の記事から知りました（朝日新聞二〇〇七年九月一五日三ページ）。その研究者がアリたちの個体識別のためにどのような工夫をしたのか知りたくなります。わたしがすぐあとで言及する「のんびりと」歩いていたアリもまた、この二割の「怠けアリ」のなかに入るのでしょう。面白いのは「さしたる目的もなくうろうろする怠けアリは、効率重視で同じ手順をくり返す働きアリより新しい餌によく出会う」そうです。

わたしのこんなふうに擬人化した表現にしばらく我慢してつきあってください。

別なとき、テラスの上を一匹のアリがけっこうゆっくりと歩いているのが見えました。だいたいアリというのはいつもせかせかと目的があってどこかへ向かっているように思えるのは、たいてい群をなして一列に並んで行進している姿を見かけるからですが、軍隊のように整然と一直線になっていないので、せかせかといった印象を受けるのでしょう。しかしこのアリはそのとき単独で、しかもいつものせかせかの印象からすると「のんびりと」歩いているふうに見えたのです。わたしが黙ってずっと見つめているのにもまるで気づいていないようなのです。ところがわたしがなぜか気まぐれ心を起こして、こいつを押しつぶしてやろうか、と思うか思わないかの次の瞬間、そのアリは（アリに対してこんな表現は笑えますが）脱兎のごとく逃げ出したのです。せかせかといった速度ではありませんでした。まさに「脱兎」です。わたしはテラスに立っていたから、アリの身長からすれば、わたしの目線はいわば東京タワーの展望室の見物客のそれみたいなものです。でもアリは、おそらくわたしの存在を実はずっと気にしていたのでしょう、アリに比べればわたしの姿は巨大ですから。それにしてもなぜアリに異変が察知できたのでしょう、わたしには本気で押しつぶす気持はなく、「殺気」などなかったはずなのですが。

ついでにこれにかかわるもっと面白いエピソードを紹介します。わたしの飼い犬が、これもまったく別の日のことですが、のんびりとアリの行列をながめていたことがあったのです。（犬やネコについて「のんびりと」と表現しても違和感を感じるひとがほとんどいないだろうと思えるのは興味深いことです。）犬小屋につながれている飼い犬は、お座りをしたまま目線でその行列を明らかに興味を持ってしばらく追っていたのですが、ふとこれも気まぐれ心としか言いようのない様子で、しかもまるでからかうといったふうに、そっと前肢を行列のすぐ横に置いたのです。

わたしのその犬はもともと好奇心の強い犬で、かなり歳がいっても子犬のような（というより人間のような）興味を何かにつけ持ちつづけており、たとえば最近も何より好きな散歩に出かける直前、お隣さんの庭で庭師が何か作業をしているのを見かけると、わざわざ振り向いたその姿勢のまま（つまり一方で自分はこれからわたしと散歩にでかけるという意志をあらわしたまま）二、三分、私の催促にもかかわらず、まるで自分の好奇心を満たし納得のゆくまで見つめつづけていたものです。(具体的に何に興味をもち、何に得心したのかわからないのは残念ですが。)わたしの思い込みでない証拠に、その場に居合わせたわたしの客がその姿を見て、声を出さずに笑いながら驚きと感心の表情を浮かべていましたから。その知人もまたわたし同様、この犬自身のいわば知的なつよい好奇心を明確に感じたのです。

わたしが右で紹介したような体験や観察は、鳥や犬や猫などをめぐってほかにもたくさんあり、ペットと暮らす人たちなら日常的にふんだんにお持ちでしょう。コンラート・ローレンツの著作にはエッセイであっても学術書であってもおなじ具合に、この種の、しかしはるかに正確で精妙で驚かされる観察とエピソードが無数に見つかります。ローレンツの著述を「擬人化」表現がすぎると非難する学者もいたと聞きますが、わたしは擬人化というものではないと思うのです。

わたしがアリや飼い犬のエピソードをいくつか紹介したのは、アリや動物にもやはり彼ら流の思考というものがあって、その思考や行動を「擬人化」して話すのはいわば人間語に翻訳せざるをえないからであり、勝手に人間が自分の解釈や気持を付託しているのではないだろうと考えるからです。(センチメンタルな押しつけをする人たちももちろんいますが。)しかしわたしがここで提案したいのはさらに思い切った考えです。そのことをつぎに述べます。

6

わたしは人間のもつ思考や言語が動物にも存在するかというような古典的な問題意識から言っているのではありません。一見同じように見えるかもしれませんが、実は発想の順序(というか、方向というか）が全く逆だと思っています。その種の問題提起には、進化の最終点に人間があって、人間特有と思える獲得物を、進化樹の直前や近くに位置するほかの動物たち、とくにほ乳類に遡行して、いわば逆照射して、これら人間独自のものが彼らにもあるのか、痕跡あるいは萌芽はあるのか、あってもどの程度、どのようなかたちで存在するかを探るという、一九世紀的な発想が底流にあります。わたしの素人考えは、逆に進化のはじめのほうに位置する例えば極端に言えば単細胞のアメーバのような原生生物にも、それのまさに原始的で単純な原型と言えるものが存在していると仮定して、それが進化とともにそれぞれの種族が時間と空間と歴史のなかでその種族流に変形し成長させていったのでないか、それが人間においては「言語」とか「思考」と名づけられている、というものです。その原型が何かわたしにはもちろんわかりませんが、遺伝子レベルのものに間違いないでしょう。

かつて自分たち夫婦の間に生まれた赤ん坊と、ほぼ同時期に生まれたチンパンジーの赤ちゃんとを、同じ環境で全く同じように育てた学者夫妻の涙ぐましい実験もあったと聞きます。その結論は、赤ちゃんチンパンジーは声帯など発声器官が人間と違うためだろう、かろうじて「パパ」らしく聞こえることばを発したというものだったらしい。わたしたちはこうしたたくさんの試行錯誤の意義を否定することはもちろんできませんが、思考とか言語ということばや概念の定義を人間のものをもとに行うところに問題があるような気もするのです。わたしたちはペットや野鳥たちについつい日本語で（人間語で）話しかけたりします。しかし人間が本当に「万物の霊長」で進化上一番偉いのなら、動物たちにことばを覚えさせるのでなく、賢いはずの人間のほうが動物のことばを学ぶべきだと、わたしはよく考えます。ミツバチの尻振りダンスの研究などはまさにそういった考え方の実践であり見事な成果であり、動物行動学者たちの仕事は、ローレンツの言う「ソロモンの指輪」(その指輪をはめると動物たちのことばが理解できたといいます)を求める作業だと思います。

こんなわたしの考え方が荒唐無稽でないことを教えてくれるようなうれしい(と言えば厚かましくなりますが)ニュースを去年四月の新聞で知りました。すぐれた業績を挙げた女性科学者に贈られる「猿橋賞」を受けた森郁恵さんという学者の紹介記事です(朝日新聞朝刊、二〇〇六年四月二六日)。その記事によると、森さんは透明で体長一ミリほどのC・エレガンスという線虫を使った実験で、「餌の大腸菌を一定温度で与え続けると、餌がなくてもその温度に集まる。このとき働く神経回路を突き止めた」のだそうです。

高校生の時分に習った「パブロフの犬」の条件反射を思い出させますが、これは言い換えると学習であり思考です。わたしは体長一ミリのエレガンスの行動は、犬や人間がある条件を与えられて行う思考と同じ「思考」にもとづく行動であり、その「神経回路」とはつまり「脳」の存在と働きを示すものだと思います。同じ短い記事によれば、エレガンスの体には「数えても約一〇〇〇個しか」細胞がなく、遺伝子の約六割が人間とそっくりで、森さんは「[エレガンスの]行動の仕組みを明らかにすれば、人間に通じるんです」と言っている。この小さな線虫は、人間の複雑な仕組みのいわば極小のモデルということです。

もしエレガンスにほかの個体との間になんらかの接触(コミュニケーション)があれば(たとえば性的接触?)、その際の神経回路は一種の「言語の原型」になるかもしれません。しかし言うまでもなくわたしは科学者でない、つまり発見の裏で地道に実験し実証しなければならない科学者でないのだから、あまり勝手な、都合のよい空想をふくらませるのは控えなければなりませ

ん。(＊)

（＊）聞くところによると、C・エレガンスは雌雄同体と雄とがあるらしく、雌雄同体は自家受精するが、雄との交配も可能らしい。この場合、わたしの空想はどうなるのでしょうか。

7

わたしは本稿に「認識の根底にある単純な体系」というタイトルをつけて、いくつかの実際に体験したエピソードを紹介し、そこから類推することがらを述べました。フロイトあり、トポロジーあり、動物や昆虫あり、ペットありで、エピソードの範疇やレベルは、ばらばらで、ピントも曖昧ですが、要するにこの世界にはいろいろな領域でそれぞれ、何かわずかな数の要素からなる単純なパターンなりシステムがあって、それが、数が少なく単純であるからこそ、わたしたちの認識でも思考でも言語でも、アナロジーによる類推、メタファーによる表現が行われているのではないかという仮定であり主張です。これはわたしの直感にすぎなくて、実験も実証もなく、いわばただひとつの実例を、科学者が行っている実験や実証に代えているにすぎません。わたしの空想でありSFみたいなものです。しかしこの直感がまんざら見当はずれでないような気がしないでもありません。

もちろん自分の空想やSFを弁護するつもりではなく、わたしはここで最後に、一般的に考えられているほど、文科系の（とくに文学の）方法が、科学の（科学の方法は絶対的に厳密で厳格でなければならないのだから、もっとゆるやかな表現にすれば理科系的な）方法とあまり違わない、本質的なところで類似していることについてお話ししようと思います。

わたしは文学の勉強を長い間やっているうちに、自分なりの方法、思考法を身につけたと思うようになりました。それは身につけたものであるとともに、困ったときの指針であり羅針盤です。そしてこれはたぶん科学者にとって必要条件である実験と実証という方法の文系版でないかと思うのです。

それを説明するとき、わたしのお気に入りの比喩があります。それは、表現されたことばは現実をかたどる鋳型のようなもので、そこに読み手や聞き手の想像力という熱く溶けたブロンズを流し込んで現実像を得るのだというものです。書き手や話し手は、伝えたい内容のまわりをいわば取り囲むようにことばを配置し、読み手や聞き手はそれらのことばの内側にあるはずのもの（わたしはこれを、外にある現実そのものと混同しないようにレアリテと呼ぶこともあります）を頭の中で再構築し再現しているのだということです。

もっと具体的な話をすれば、例えばフランス語の授業で学生と小説を読んでいるとき、わたしは学生に、「訳」はしないでいいから、どういうことが書いてあるか日本語で自分流に説明してと要求します。たいていの学生は、辞書の訳語をそのまま日本語の語順に置き換えて、テクストの翻訳をしたと思い込んでいるからです。外国語であろうと日本語であろうと、テクストの一文がどういう現実世界の一面をかたどっているのかを想像するのでなければ読んだことになりません。わたしたちが外国語で書かれた本の翻訳書を読んでも、内容が、というよりその日本語の文章自体がよく理解できない場合、その訳者が学生のやるような置き換えをしているだけで、その文章が伝達しようとしている「現実」を想像する行程を怠っているおそれがあります。訳者がその「現実（レアリテ）」を想像していれば、わかりやすい日本語など当然出てくるはずです。だってそのときテキストを通して自分でものを考えているのですから、その思考はほとんど日本語になっているはずです。それを表現すれば、上手な文章でなくても、何が書いてあるかさっぱりわからない、無責任な、奇態な日本語にはならないと思うのです。

ところでテクストというこのことばでできた「鋳型」からは、ブロンズを流し込んでできる彫像のような、誰がいつ行ってもほぼ同じものが得られるわけではありません。ことばとはやっかいな媒体だからです。それぞれの単語に辞書的な定義があっても、使う側も受けとる側も独自の使用法があり、それらの単語の組み合わせられた文も、文の集まったテクスト全体も、その複雑さは幾何級数的に増えるはずです。また想像力というのは単語や文の意味からだけ生まれるのでもありません。そこで読み手は、文章というすぐれて抽象的なもののなかに、自分が経験した具体的なものを当てはめて文章の描く情景や思想を（つまりわたしのいう「レアリテ」を）想像するのです。これは読み手だけの作業ではありません。作家もまた方向は逆ですが、現実世界のさまざまな現象（具体的なもの）を抽出してテクストを（抽象的なものを）造り出します。そして作家や批評家や研究者であってもなくても、わたしたちは日々、読み書き話し聞き、思考をして、この具体と抽象とのあいだを往復しているのです。

わたしたちは日常会話で、素っ気ないほど抽象的な話を聞くと具体的にどういうことだろうと考え、まどろっこしいほど具体的な話を聞かされると、ひそかに要約し抽象化しているものです。わたしは思考というのは、結局この抽象と具体との往復運動でないかと思います。

どうでしょうか、基本的なところで似ていると思いませんか、このわたしたちの抽象と具体の関係が、自然科学者が実験や観察を重ねて得る発見物、定理、法則、公式、数式（抽象的なもの）と、その表現のなかに詰められた無数の自然現象（具体的なもの）との関係と。違うのは、科学ではこの抽象的な成果（数式）を共通の知識の要約であり手段として誰もが使って新しいステップに進めるのに対し（だからどこへ行くのかわからない怖さがある）、文科系ではその成果（ことばによる構築物）はつねに読み手がそのつど解読し、いわば解凍しなければならないものであり、いつもこの現実にとどまらなくてはならないことです。しかしつねに人間の現実社会に戻らねばならない点にこそ、人間的で平和な営みたりうるゆえんなのです。抽象の経緯を忘れることができ、抽象的な成果を使うことができること、あるいはそう考えることほど危険なものはないと思います。なぜなら抽象的なものが抽象的なものを増殖して、現実からいっそう離れてゆくからです。

「人文自然学」ということばにこめられた意味合いが、漠然とながらイメージできるかもしれません。

8

しかしわたしは、抽象と具体のあいだを往復する方法とは別に、それとまるで違った方法もあるのではと最近考えるようになっています。それは世界の具体的な現象から抽象する還元論的な方法ではなく、言わば世界に向かって大きな「網」を投げて、それに引っかかってくるものを点検するといったやり方です。むかし習った帰納法・演繹法で言うところの「演繹」ともちょっと違う気がします。この方法はコンピューターの存在がなければ思いつかないし、実践することもできないものです。

これまたわたしの夢想でありＳＦですが、ひとつの具体的な一例を（喩えを）話してみます。

それはコンピューターをつかって、知られているすべての元素を組み合わせてあらゆる可能な分子式をつくらせるというものです。意味のある組み合わせも、ナンセンスな組み合わせもすべて。組み合わせる元素の個数も（出発時にはある程度の現況を反映させ、遺伝子に含まれる元素に限定しなければならないかもしれませんが）最終的には制限もなく、ひたすら組み合わせさせるのです。他方で、現在わたしたちに知られているすべての（物質の?）分子式を（そこには遺伝子も入るわけです）、そのつぎつぎ生み出される組み合わせリストから抜き出してゆきます。するとそのリストにいわば「隙間」ができますが、その「隙間」の構造から、地球という星の環境やアイデンティティが理解されるかもしれないし、リストに残された分子式のなかには、まだ発見されていない物質や存在が、いわば「ミッシング・リング」として予想できるかもしれないのです。また地球外の環境も読み取ることができるかもしれません。

　（＊）例えばウイルス自身が薬に対する耐性を帯びて新型ウイルスに変質することが知られていますが、その新しい分子式は、実はすでにこの膨大なリストのどこかに存在していたわけだ、というふうにも考えられるのです。

　わたしの夢想はもちろん無責任ですから、こんなことのできる疲れを知らないコンピューターがあるのか（将来できるのか）、物質とか存在とかの定義をどのレベルで行うのか、自分でもわかっていませんが。わたしはこうしてできたほとんど無秩序と言っていいリストを分析し分類し解読する方法が何かももちろんわかりません。（そのリストも0と1の組み合わせに還元し、新しい数学的な方法が生まれるのでしょうか。）定義のレベル、分析の方法によって、この未秩序なリスト（これは宇宙そのものかもしれません）は、その都度、それらが汲み上げられるものを

29　認識の根底にある単純な体系

汲み上げてくるでしょう。しかしわたしたちが現実に直面している複雑な世界と異なるのは、分子式という均一な記号で記述されているので、さまざまなレベルや範疇に属し現象している不均一な現実そのものを相手にするよりも、作業がはるかに単純になるということです。このリストの解読や分析や利用法、対処法を考える新しい学問領域が生まれるかもしれないのです。

しかしわたしには、そこでもけっきょく抽象と具体の往復運動という人間的な方法が用いられるような気がするのですが。

2008

レベルの整理
（学際研究のために）

1

わたしが「学際研究のために」というような大きすぎるテーマであえて書こうと思ったのは、以前の例会で、ある方が、「一般的に学際的な研究会がうまく機能していないことをどう考えるか」といった問題提起をされていたことに対して、わたしなりの回答をしてみたいと考えたからです。わたしもいわゆる「学際的な」この学会に参加している以上、ささやかでも自分なりの考え、対策、提言をまず表明しておかねばと思うのです。

専門分野を異にする研究者が集まるというのが「学際的」な研究会のとりあえずの定義ですが、各人が自分の専門分野での研究成果を発表し、それを他の人たちが拝聴して多少の質問をし合って終わるのでは、「学際的な研究会が機能していない」と言われても仕方ありません。

わたしはこの種の研究会で痛感したことがらをもとに、まず次のような二、三の具体的な提案、あるいは問題設定をしようと思います。それらはごく当たり前の主張ばかりですが。

（1）各人の使うことばは同じでも、その意味、定義は各人各様であることを自覚して、ことばを注意して正確に使うよう心がけるべきだということです。その際に「レベルの整理」ということを、ちょっと頭の隅にいつも置いておく必要があります。議論はしているように見えて、実はかみ合っていなかったり、実りが少なかったりするゆえんです。

（２）専門家の集まりといっても、だれもが実際には自分の専門以外では素人なのだから、しゃべる方も聴く方もその自覚を忘れないことです。しゃべる人は「どうせ素人にはわからないから」と思い、素人にもわかるような説明をする努力を怠り、聴く方も「自分はどうせ素人だから」と、質問し理解する努力を遠慮しがちです。

聞くところでは、イギリスでは「科学カフェ」といって、科学者と一般の人のあいだで自由に質問と回答と討論のできる集まりが試みられているそうですが、私たちの研究会のような専門家ばかりの集まりでも、あるいは異種の専門家たちの集まりであるからこそ、こうした「カフェ」が必要です。研究成果の内容それ自体をやさしくすることはできませんが、それを分からせられるようなしゃべり方は幾つもあるはずです。これは文学を研究して、作家の文体を考察することを専門にしているわたしの確信です。

（３）もう一つ、これは異業種間のことだけでなく、広くコミュニケーションすることに関わるのですが、そしてわたし個人の資質の問題にすぎないのかもしれませんが、わたしは書いたりしゃべったりするとき、どうして自分の文章が他人に理解されるのだろう、果たして理解されているのだろうか、あるいはわたしは理解してもらえるように話したり書いたりできているのだろうか、と不安になります。

これはよく考えると恐ろしい疑問であって、言い換えれば、相互理解のための共通の器を、理解の原理とか条件を、探ることです。これもまた文学の勉強をするわたしの主要なテーマだったと思います。言語による表現（フォルム）と、それが表現するリアリティと、その言語表現を読む読者との関係の不確かさのことで、こうした不確かさは、つねに具体的な現実の自然現象を対象にしている科学者のあいだでは深刻な問題にならないのですが、ひとたび専門外の人たちを前にしゃべり始めると、彼らにもこのやっかいで面倒な問題が起こってくるはずです。

（4）最後に、ついでながら「学際」ということについてのG・ベイトソンの次のような定義は、わたしたちのような種類の研究会にとって大いに参考になる指針だと思います。ベイトソンは「学際研究とは分野の異なる学者が集まって議論することではなくて、一見まったく異質な現象と現象のあいだにアナロジーを発見することだ」と言っているのです。わたしが「レベルの整理」と言うのは、そのアナロジーの発見のための準備を言うためにすぎません。

以上がわたしのここでの論旨で、以下これらのことがらを具体的に話したり、そのいわば哲学的な、原理的な基礎を探ったりしようと思うのです。

2

「レベル」という用語は、日常的に使われる「水準」（レベルが低いとか高いとか）の意味ではもちろんなくて、理科系でよく使われる「範疇」とか「次元」の方の意味です。

そもそもわたしがものを考えたり、それを表現したり、なかんずく複数の人たちと議論するときに、ものごとの「レベル」を整理することが大切だと気づくようになったのは、十数年前に、エド・レジスという科学ジャーナリストの書いた『アインシュタインの部屋』（工作舎）という本を読んだことがきっかけです。この本はプリンストン高等研究所にいた、アインシュタインとかゲーデルといった歴代のそうそうたる科学者たちの仕事やエピソードが、一般向けに書かれたものですが、そこでフォン・ノイマンやウルフラムやマンデルブロなどの章を読んだわたしは、読後、一つの「啓示」を得た、と思い込んだのです。わたしの記憶の中で、いつしかフォン・ノイマンの「セル・オートマトン」と、マンデルブロのフラクタル（とくにコンピューターで人工海岸線をつくる試み）と、ウルフラムが発展させた「ライフ・ゲーム」が混ぜ合わさったらしく、友人たちに向かって、こんな風な（誤った）たとえ話をするようになりました。（もちろん専門家が見ると、科学的な事実がどういう具合に組み合わさったか、容易に見分けられると思います。）

「フォン・ノイマンが自己増殖ゲームというのを思いついて、ごく簡単なルールを二つほどコンピューターに与え、たとえば三角形と四角形が自由にくっつき、いつまでも図形を描くようにさせて二、三日放っておいたら、その図形がオーストラリア近くの島の地図そっくりになった。これはつまり、長方形とか三角形といったユークリッド的な、人工的な幾何学の図形から、これまで不可能とされた、自然に存在する有機的な非幾何学的な図形をこしらえることができたわけで、コンピューターという、際限なく機械的な作業を繰り返すことのできる道具の力のおかげだ。人間がいくら時間をかけて二つの図形を組み合わせてみても、とうていできない仕事だ。」

実際にニュージーランドなどに似た図形を描いたのは、マンデルブロのコンピューターだったわけですが、わたしがともあれこの本の読後考えたことは、コンピューターとは、単なる計算機やワープロやグラフィックスの機能をもつ道具ではないようだということでした。これは、ある時代に顕微鏡が発明されて、その後の医学を飛躍的に変えたことはもちろん、もっと広く世界観に大きな影響を与えたようなものではないか。わたしはさらにこんな風に考えました。

世界を認識する際に、その認識のレベルには三つある。

(A)わたしの目が今見ている手は、皮膚のレベルであり、けがをしてその皮膚の下の筋肉や血管の血を見ることまではできるが、

(B)その血液の中の白血球とか細菌を見ることはできない。そのレベルを認識できるためには顕微鏡という道具が必要だった。

(C)しかし白血球とか細菌の分子やさらに遺伝子レベルを扱うには、コンピューターという道具が不可欠だった。

対象としては、同じわたしの手に違いなくても、認識している大きさのレベルによって、見える世界はまったく異なり、まさに次元を異にするわけです。わたしたちが日常のレベルで見聞しているのは、両手の指で1から10まで数えることをせいぜい根気よく繰り返すことができるいわばセンチメートルやキロメートルの範囲です。それに対して顕微鏡によって知ることができる大きさは、もちろん性能の進化があるわけで、これはとても大雑把な比喩的な言い方で申し訳ありませんが、ミクロンの範囲、しかしそれよりさらに小さなナノメートルやそれ以上の範囲は、一九世紀的な顕微鏡の概念を超えた高性能の顕微鏡の助けがあっても、それだけでは認識することができません。(もちろんこうした比喩的な言い方は極小の方向だけでなくて、極大の宇宙の方向についても言えるわけで、パスカルの『パンセ』のなかの、例の「二つの無限」という断章を

想起してください。）

認識の手段として五感しか持たなかった（A）のレベルの時代に顕微鏡を発明した人は、最初ノミの肢体を拡大して見て感動している程度で、それがどれほど時代を変えてゆく道具であるか、その自覚はあまりなかったかもしれませんが、この顕微鏡やその進化形のおかげで、一九世紀、二〇世紀と病気の原因である細菌やウイルスが発見され、二〇世紀の半ばまでにほとんどの病気が治るようになったわけです。それでもなお次の世紀に向けて残った病気があって、それらは遺伝子の操作によって治療されるようになってきています。わたしがコンピューターという道具が昔の顕微鏡のような道具かもしれないと思ったのは、顕微鏡を発明した当人にもその後の使われ方や成果が予想できなかったであろうように、この道具が今後どのような用途に使われるか、またどのような機能と形体をもつ機械に変わってゆくのか、今のわたしたちの誰にも予想できない、そういうたぐいの道具なのではないかという意味で、なのです。顕微鏡が一つの時代を画したのと同じような意味で、このコンピューターもまた新しい時代を画する道具なのだということです。どちらの道具も、（A）、（B）、（C）それぞれの世界のあいだには超えられない深淵があるのに（どんなに目をこらしても、皮膚の下に細菌や遺伝子が存在することは見えません。まさに次元が違います）、それらをつなぐことができるわけです。

さてわたしが「レベルの整理」というタイトルを使っているからといって、もちろんこの三つのレベルで議論の整理をすることを提案しようとしているのではありません。わたしはこれらの三つのレベルの違いのことを考えたとき、大切なのは、それぞれ個々の世界の違いに驚くことではなくて、こうしたレベルの違いの意識をもったおかげで、認識の際に立つレベルによって全く異なる、一見無関係としか見えない風景のあいだを、逆に自由に行き来でき、それが現実には同じひとつの対象だということを忘れないでいることだ、と思ったのです。

つまり、そもそものわたしの最初の提案に戻れば、いろいろな分野の人たちが議論するとき、使っていることばは同じでも、その対象は果たして同じものだろうか、別のことばを話していても、実は同じ対象の異なったレベルから見ている局面を語っているにすぎないのでないだろうか、という風に各人が密かに検証しながら議論すれば、その議論はかみ合った、実りあるものとなるのではないでしょうか。

ある会合で自由な議論をしていたとき、わたしは「ロボット」ということばが、五分か一〇分ほどのあいだに、しゃべっている人たちによってそれぞれ別の意味合いやイメージをもって使われているのに気づいたことがあります。しかも座の会話は、一見スムーズに進んでいるようなのです。一口に「ロボット」といっても、

（1）人工知能や人体工学の研究者が扱うのは、自然のものである人間の知能や身体があまりに複雑で解明されない部分が多すぎるので、その枢要な不可欠の部分を、推論し抽象して組み立て直してみて自然を理解し、最終的には再構築しようとする、ふつう科学の方法として用いられる、還元主義的、帰納主義的なやり方とは逆な試みとして行われているもの、

（2）たとえば自動車工場の生産ラインで、人間がかつて分担していたようなまさに機械的な仕事を代行させる「産業ロボット」（介護用のロボットとか警備用ロボットなども、人間の仕事分の代行という点で同じこの範疇に属すると思います）、

（3）「鉄腕アトム」のような、漫画やＳＦの作者や読者が思い描く、結局人間のキャラクターが投影された空想上の存在、

（4）右の（2）と（3）があわさったような、商品として作り出されるペット用のロボットのたぐい（これはやはり（2）に分類すべきでしょうか）

などがあるわけです。談論風発で終わっていい場合は別にかまわないのですが、もし何かテーマがあって議論する場合であれば、誰かが各人のことばのレベルの交通整理をしないと、議論は「かみ合わない」はずです。

わたしはレベルの整理ということばを、かなり広く、いろいろな使い方をしています。この考えをさまざまな対象に応用するのです。その実例をまた二、三示します。

たとえばトーベ・ヤンソンという、あの《ムーミン・シリーズ》を書いたフィンランドの作家ですが、彼女は子供向けのムーミンの物語を二十数年のあいだに八冊書いた後、大人向けの小説作品を書くようになります。それらを総称して《ポスト・ムーミン》と呼びますが、わたしは《ムーミン・シリーズ》と《ポスト・ムーミン》との違いは何だろうと考えます。「子供向け」とか「大人向け」というのはほとんど意味のない区別です。というのも、大人であろうと子供であろうと、本の好きな読者は、あらゆるジャンルを自由に越境しておもしろい作品を探し、何かに読みごたえを感じるとき、大人向けとか子供向けとかの区別を、あるいはジャンルの区別さえ、あっという間に飛び越えて感動しているからです。わたしはヴァレリーとかプルーストの研究をしながら、全く同じような態度でヤンソンを研究しているのですから、それは確かなことです。にもかかわらず、やはり何か違うと感じてはいるのです。それが一体何なのだろうか？

わたしはその違いを、いわば同じ島の地図の縮尺の違いのようなものだと考えています。縮尺によって見えるものの数や風景は異なるけれど、現実の島自体に変わりはないのです。鳥のように高いところから俯瞰するとき、島全体のかたちが見えますが、虫のように地を這うとき、見えるものは全く違ってきます。しかしどちらも同じ島の現実です。《ムーミン・シリーズ》の文体は、ちょうど作者の挿絵がシンプルで「漫画」化された線で描かれているように、現実がもつたくさんの細部を捨象し、抽象した、単純で、存在のいわば骨組みで成りたった文体です。他方《ポスト・ムーミン》のような一般の小説は、いわば現実と一対一で対応する縮尺の文体なのです。

こんな風に考えるとき、わたしたちは、児童書とか大人向けとか、小説とかノンフィクションとか、極端にいえば学術論文とかの、区別はちゃんとわきまえつつ、区別を超えて、それらの作品が対象とする現実の、異なったレベルの、様々な局面を、同じ現実の一部だぞ、と意識しながら読むことができるようになるはずです。

またわたしはジャコメッティという彫刻家の研究をしていますが、一個人作家の研究でも、たくさんの複雑な側面があって、いろいろな資料をカードにして八〇〇枚以上にもなり、そこへさらに数冊のノートの資料を合わせると、まとめようとして収拾がつかない思いにとらわれることがあります。そういうとき、レベルの整理ということばを思いつき、自分のカードとそれらのカードをつくった考えとを、たとえば作品のレベル、モチーフとかテーマのレベル、技法やマチエールといったテクニックのレベル、そういう技法を用いさせる方法的なメタテクニックのレベル、隣人や両親の死とか自身の交通事故とかの実体験のフィジカルなレベル、そこから彼の思考や生き方を方向づけたメタフィジックなレベルなどに整理し、いわば一人の人間の全体の地図か見取り図をこしらえたことがあります。すると誰かの研究書とかエッセイを読むとき、また自分が彼について何かを思いつき考察を始めるとき、自分がその地図ないし見取り図のどこらあたりを今歩いているのかが、よく分かるようになります。

さらにもう一例、レベルの整理ということの意味を別な角度から示すことができる話をします。そもそもそれぞれの国の国語辞典は、たぶんそれぞれの国の法律と同じように、その国の人々の考え方がよく表れるものです。フランス語辞典の特徴は、その語をいわば幾何学の用語のように、「定義する」点にあると思います。わたしはフランス語の個々の定義を読んでいると、まるで「直線とは二点間の最短距離である」とか、「点とは、面積をもたない広がりである」といった、昔習ったユークリッド幾何学の定義を連想することがよくあります。しかもその定義は、数学の定義がそうであるように、極力その定義される語と類縁関係にない語を用いて行われるのです。派生語を用いてその肝心の語を説明されるようでは、いわば同語反復であって定義といえません。

その点で比較をすると、英語の辞書は、その語を似た意味の別な語で「言い換える」ことで説明しようとしている気がします。もちろん「定義」だって、別のことばで言い換えていることに違いないのですが、まるで数学の用語の定義のように、と感じさせるところが違いです。経験主義の国民であるアングロサクソン系のイギリスでは、いまだにマグナカルタの一部が有効に残っているという話を聞いたことがありますが、経験主義というのはどんなことも取り入れて、後代に残るものと残らないものとが自然に淘汰されるのを待つようなところがあり、だからこそ、大昔から外来語を受け入れてきた英語ほど、語彙の数と、発音の無規則な多様さ（に思える）の目立つ国語はありません。フランス語は、最近では変化しつつありますが、それでも外来語をフランス語として辞書に採用することに伝統的に慎重で、むずかしいといわれる発音も、いくつかのスペルの読み方の規則をチェスのルールのように覚えれば応用ができるので、それほど（英語ほど、また日本語の漢字やとくに固有名の読み方ほど）苦労しなくてすむのです。ちなみに日本語の辞典の場合、以前は言い換え式が多かったようですが、最近は定義式に変わってきたような印象を受けます。

さてそのフランス語辞典における「定義」ですが、その様式は一種のレベルの整理と言えます。たとえば名詞、とくに抽象名詞を定義する際、その語がどのような範疇に属するかをまず述べたあとで、説明が始まります。たとえば sensation という語を調べてみますと、phénomène（現象）という語が冒頭にきて、あと関係代名詞をともなう、まるで哲学事典風の説明の修飾節がつづくのです。つまりこの語は「かくかくしかじかの現象である」といった具合に定義するのです。わたしは、sensation とは「現象」であって、「行動（action）」でも、「状態（état）」でもなく、何かの「構造（structure）」でもないのだな、といった風に、範疇の分類をいつの間にかやり始めることになります。（ここは辞書の比較をすることが主なテーマではないので、英語の場合は省略します。）

また形容詞の場合、その語の定義の冒頭にくる語は関係代名詞の主格の qui か目的格の que です。つまり関係代名詞で始めることで、この語が名詞を修飾する語である（統辞法上そういう範疇に属する）ことを示すわけです。あとにつづく関係代名詞節をそのまま、その形容詞の位置に代入すれば（代数学での代入とそっくりです）、修飾している名詞の、とてもわかりやすい説明になります。つまり形容詞という一つの語を、形容詞節に置き換えているわけです。

語の定義の仕方からさらに広げて文の構成についてみても、フランス語の場合、英語と違ってその統辞法上・文法上の形式をなかなか崩さない印象を受けます。たとえばＳＶＯという文型の文があるとして、主語とか目的語の名詞を形容詞や形容詞節が修飾する際、フランス語の形容語（群）は、基本的には英語や日本語と違って名詞の後ろに置かれるので、文のＳＶＯという骨組みが非常に明確に感じられます。わかりやすく図示すれば（わたしはもちろん特徴を強調するために、今はあえて類型化しています）、

S↰（形容語群）　V↰（副詞語群）　O↰（形容語群）

つまりさっきの抽象名詞の定義で、「これは現象である」とまずカテゴリーの宣言があったのち関係代名詞節による説明語群がきたように、まず名詞の宣言（「主語（＝主題）(*)はこの語である」）があったあと、その形容語群が詳しい内容を説明するわけです。英語の場合のように関係代名詞の省略などは、形式の美を大切にするフランス語では許されません。（フランス庭園のあの整然とした形式美を思い出してください。）

（＊）フランス語で「主語」は sujet というのですが、この sujet は他に「主題」という意味でも使われます。つまり文の主語は、その文のテーマでもあるのです。

このような統辞法的・文法的形式の尊重は、思考の論理的な要請を反映しているのではないでしょうか？　わたしは、むかし『ポール・ロワイヤル文法』という一七世紀の文法書を読んだことがありますが、わたしたち日本人には使い方がむずかしいといわれる冠詞などが頭の中にすっきり整理されて入ってくる気がしたのは、この本の著者がとても論理的で、合理的な説明をしてくれるからです。実際ポール・ロワイヤルという僧院の学校では、この文法書といっしょに『ポール・ロワイヤル論理学』という教科書も同時に使っていたようで、フランス語は、考えること

と表現することとを極力一致させることを意識していることばだとつくづく感じます。（ちなみにこの学校で、子供の頃のパスカルやラシーヌも学んでいます。）

レベルの整理ということの、一例示となったでしょうか。

3

第1章でわたしが問題設定したなかの（3）の問題、わたしが書いたり話したりした文章を相手に理解してもらえるための条件、いわば理解の原理について、わたしなりの回答があります。といっても、わたしは文学の勉強をしてきたので、文学表現についての考察を、言語コミュニケーション一般に敷衍したようなところがあるかもしれません。つまりそこがわたしの説明のレベルであるということですが。なにしろ言語コミュニケーションといったら大きなテーマなので、様々なレベルからのアプローチが可能ですから。

文学表現には大きく分けて二つのタイプがあります。第一は「ミメーシス」であって、言語によって現実を模倣すること、現実を言語のかたちで再現することです。第二は、ごく単純な例でいえば、語呂合わせ・だじゃれとか回文（上から読んでも下から読んでも同じになるような文。「ダンスがすんだ」のたぐい）などのように、言語の主要な役目である現実描写とは無関係に、言語の自律的な体系のなかで遊ぶことです。最初相手とのコミュニケーションのためにこしらえられたはずの言語が、年月とともに体系が整ううちに、いつしか言語自体が自立的に、勝手に、成長してゆく部分があって（あるいはもともと言語が用いる音声とか文字という物理的な素材そのものに、独自の秩序が備わっているため）、そこに気づいた人が、伝達メッセージのなかにだじゃれをつけ加えるといった案配です。やがてその部分を芸術にする詩人もあらわれる。（ちなみにこのような二つのタイプ分けは、絵画や彫刻のような、他の芸術にも適用できるでしょう。）

　しかし今ここで扱うのはミメーシスの働きの方です。たいていの小説は、フィクションのかたちでこの現実模倣をやっているのですが、日常のコミュニケーションもまた大部分、当然このタイプです。たとえば「そのコップを取ってちょうだい。」と言うとき、「そのコップ」ということばが、二人の前の、とくに相手の目の前にある現実の、実際のコップを指すわけで、つまり言語によって現実の物を再現しているのです。わたしは文学も含めて、わたしが書きしゃべる文章が、何らかの工夫を凝らされることによって、この現実（リアリティ）を相手の手に手渡すことができたとき、理解されたということができると考えます。そしてとりわけ抽象的な議論をするときにも、わたしのことばが、目の前のコップと同じくらい具体的に、リアルに、「ああ、あのことだな」と了解してもらえることを願うものです。

　このことをわかりやすく説明する、自分でもかなり気に入っている比喩があります。それは、表現されたことばは、現実をかたどる鋳型のようなもので、そこへ読み手や聞き手が想像力という熱く溶けたブロンズを流し込んで、ポジティヴな現実像を得るのだということです。もちろんその現実像は、現実そのものではありません。ことばという媒体を通したものですから、率直に言ってことばにすぎないのです。しかしこのことばは、わたしたちの現実世界に向かって開かれた、リアルなものです。小説の場合であっても、日常的な会話であっても、学会での研究発表であっても、この現実世界に向かって開かれたリアルなものを、発信する者も、受け取る者も、それぞれそれなりの苦労と工夫をして（つまり想像力を駆使して）目指すべきでしょう。

　わたしが言ってきたレベルの整理という考えは、アリストテレスのように世界をカテゴリーに分類することに通じると思うのですが（分類すること自体大変興味あるテーマで、これはこれでわたしの新しい課題としたいものです）、単に分類し整理することだけを提案してきたつもりはありません。それはこれまでのわたしのあげた例や意見でわかっていただけると思いますが、整理することによって細分化するのではなく、このリアルなものの全体に至ることです。この現実というわたしたちの世界はとても大きく、とてつもなく複雑で、とてもひとりで全体を認識することはできません。自分は世界の一部であり、世界の一部を自分なりの小さな窓から見ている。

自分の仕事は世界の一部照らし出し解明しているにすぎない。（盲人たちが象をさわる古いたとえ話のことを想起してください。）だから世界を知るには、過去・現在・未来の無数の人たちの仕事を（成功、失敗にかかわりなく）全部集めてもまだ足りない。これこそまさに学際の理念ではないでしょうか(*)。そして文科系理科系にかかわりなく、自分や他の人たちが今どこにいて、世界のどの部分をどのように照らし出しているのかと識別しつつ、極力世界の全体を知ろうとするために、メタ的な意識であるレベルの整理の必要を、ここで言うのです。

（*）旧聞に属するかもしれませんが、マラルメという詩人の「書物」というイデー（世界を一冊の書物にする／あるいは世界は一冊の書物という考え）のことや、世界のすべての著作物をオンラインでつなぐという「ザナドゥー計画」のことを、ここでも想起されたい。

4

わたしはG・ベイトソンが「真の学際研究とは、一見まったく異質な現象と現象のあいだにアナロジーを発見することだ」と言うのを読んだとき、すぐに思いついたのは、レヴィ＝ストロースが音韻論のシステムをモデルにして、「親族の構造」の理論を思いついたというエピソードです。学際というのはまさにこういうプロセスのことではないでしょうか。わたしはレベルの枠から飛躍するために必要なものが、このアナロジーのセンスだと思うのです。

レベルを整理するメタ的な意識を日常的なことばで言えば、（上質の意味での）批評精神のことです。そして批評というのは創造の母なので（詩人や科学者はアナロジーでものを考えるので創造的なのです）、わたしはここでやっと、この文章の結論が言えたことになります。

ここで終えることができるのですが、最後に学際的でアナロジックな達成のささやかな一例を（ささやかというのは著者に対して失礼に聞こえますが、仕事の内容ではなくて、その文章が新聞に掲載された短いエッセイなので、そう言うのです）あえて一編選んで、紹介しておきたく思います。

それは評論家の加藤周一が朝日新聞に連載している「夕陽妄語」というエッセイの一つです（「夏休み・二つの詩集」二〇〇四年八月二五日掲載分）。もちろん全文を掲げるわけにいかないので、わたしが簡単に要点を紹介し、どの点がアナロジックで学際的な達成であるかをごく手短に述べます。

加藤は二〇〇四年の夏休みに二つの詩集を読んだと言います。その一冊はペンギン版ペトラルカ詩集で、ペトラルカの詩は「真夏の震え、冬に燃え」といった風に、多くの詩句に「甘美さと苦痛、歓びと苦悶、生と死」など相反する概念や事象を結びつける修辞法（撞着語法 oxymoron と呼ぶ）を多用しているが、当時は新鮮だった修辞法もすぐ真似られて魅力がなくなった、といった英訳者の指摘を読み、彼はシェイクスピアのことなど思い出しながら、「さらに私の考えは飛躍して、舵を失った小舟が沖に出たように〔……〕弁証法にまで漂流して」行くのです。彼が若い頃に魅せられたのは「歴史解釈の概念的枠組みとしての弁証法」だったようですが、彼は明らかに、修辞法上の撞着語法と、思想史上の弁証法とにアナロジーを見ているわけです（「比較文化的に見れば撞着語法〔……〕に反映している弁証法思考、云々」）。そして彼は夏休みに読んだ二つ目の詩集『井伏鱒二詩集』（岩波文庫版）のなかに、日本には珍しい、しかしとても日本流の修辞的撞着語法と、思想史的歴史解釈的弁証法にはほど遠い、日常的、具体的、私的「弁証法」との結びつきを見て取るのです（「しかし井伏が公的な世界を私的空間に引きつける運動は、ほとんど常に、私的空間を公的世界へ向かって開くことを排除しない、……というよりも、相反する二項の間には往復運動があり、その往復運動こそは、井伏流弁証法のジンテーゼをめざすのである。」）。

こんな短い文章に学際研究の見本を見るというのは大げさだと、みなさんは非難されるでしょうか？　わたしが何かにつけてよく使う得意な比喩だかジョークだかに、金太郎飴はどこを切っても金太郎、というのがあります。つまり、小さなエッセイでアナロジックで学際的な仕事ができる人は、他のどんな仕事でもその同じ流儀をつらぬくでしょう。あるいはウイリアム・ブレイクの詩の一節に、「詩人は一粒の砂のなかに宇宙を見る」というのもあります。

2005

「ひらめき！」に至るまえに
（集団的「創造性」のために）

1

今日はこの、いろいろな分野の人たちが集まっているものの比較的小さな研究会の二回目の会合で、活動をはじめるまえに、各人が「創造性」というものについて考えているところを、いわばプレトークするという趣旨でしたので、わたしなりの個人的な意見をかいつまんで述べます。

いきなり、文字通り個人的な話ですが、わたしは中学生のときから詩を書き始めました。最初は日記みたいに毎日二つ三つも書き綴っていたのです（笑）。一年ほど経ったときに、なぜか急に「ひらめいた」気がして、それまでとまるで違う、短いけれどまとまったソネットふうの詩を書いたのです。別のところですでに触れたのですが、ある陶芸家に弟子入りした元ＯＬが最初に「なんでもええから千個つくりなはれ」とアドバイスされたそうですが、わたしも一年間でまさに千個ほど詩をつくっていたわけです。わたしはその詩を書いたとき、自分の書きたいものがどういう詩なのかわかった気がしました。

その詩を当時購読していた「中学コース」という雑誌（学習研究社から出ていたもので、まだ受験雑誌というものではなく、例えば新田次郎の山岳小説が連載されていたし、表紙は佐藤泰というわたしの好きな画家のものでした。余談ついでに言えば、数十年もあとに、司馬遼太郎の『街道をゆく』の北海道篇で、この画家の名前を見つけたとき、懐かしさとなぜか嬉しさを感じたものです。）の詩壇のようなコーナーに投稿したら、神保光太郎という四季派だった詩人の選で秀作に選ばれたのです。

2

それに味をしめてか、以後わたしは「インスピレーション」が湧いて書いた詩しか本物でないと思って、インスピレーションを待望しつつ、しかし同時に勤勉に、あれやこれやの詩めいたものを習作していました。高校生になって受験勉強めいたことを始めても、一日の最後の一時間、必ず詩を書く時間にあてていました。そんなころの読書に、C・D＝ルイス（Cecil Day-Lewis）のPoetry for you（南雲堂。英語のテキスト叢書の一冊ですが、抄本でなく完全復刻版だったと思います）と、アンリ・ポアンカレの『科学と方法』（岩波文庫　吉田洋一訳）があります。C・D＝ルイスの本は、詩はどういうもので、散文とどこが違うか、比喩表現のとくにメタファーについてなど、W・ブレイクの詩（たしかTiger, tiger...）や、その他の詩人たちの幾つかの詩を引用し、ほんとうにやさしく（高校生のわたしにもわかる英語で）解説したものです。とりわけわたしが共鳴したのは、詩人本人が、具体的に一つの詩が、詩想とか詩句の一部（詩の種）を得てから、長い期間（数時間のこともあれば数日あるいはそれ以上）の試行錯誤を経て、ある瞬間にインスピレーションに恵まれて最後の（美しく、もうこれしかないと思える）詩句をみつけて完成した経験の経緯を述べている章です。

科学者で数学者のポアンカレの本にも、彼自身がある大きな発見（それが何だったか具体的に書いてあったかもしれないが覚えていない）をしたときの体験、ある着想をずっと追いつづけ、あと一歩のところであきらめ半年くらい放置していたところ、旅先で馬車に乗ろうとステップに足をかけた瞬間、解法がひらめいたという体験が記述されています。この有名な話をわたしはこの本で初めて知ったのですが、理学部志望の友人から教えられて読んだのかもしれません。

どちらの場合も、文系理系に関わりなく、ひらめきというのは、長い時間解決を探して思考活動を集中させ続けて、これ以上方策がないとほとんどあきらめた瞬間に、本人の知らない無意識の思考のなかで、詩人なら言葉の、数学者なら数式や解法の、無数の組み合わせが行われ、ある日突然、「完璧でこの上なく美しい」一句なり数式なりが、意識の領域まで浮上する、ということでないでしょうか。

こうした経験や主張はほかの本でもたくさん見つかりますし、いわゆる「セレンディピティ」を収集したものもいろいろあると思います。宗教的な哲学的な啓示の経験を集めたものとして、わたしが大学生の頃読んだコリン・ウイルソン『宗教と反抗人』（紀伊國屋書店／『アウトサイダー』や『続アウトサイダー』の著者）もそうしたものです。

しかし、わたし自身は、基本的なところで、こうした個人的なレベルの「ひらめき」の域をでないのですが、わたしたちのグループのリーダーが初回の会合で説明した会の趣旨、そしてそのなかでもらした抱負（企業の集団的な「創造性」開発に寄与できれば……）の「集団的」という言葉に、わたしなりの当然の疑念と、自分に求められているかもしれない、自分の枠をこえる義務のようなものを感じました。以下はわたしにとっての新しいと思える視点です。

3

わたしの最近の読書のなかに、サッカーのオシム監督や、将棋の羽生善治関連の本があります。それは今回の研究会のためにわざわざ選んだわけではなく、わたし個人の嗜好に合って、かねてから関心を惹かれてした読書です。新聞とかTVなどから時折耳や目にはいってくるふたりの言行に、共感と興味をもたずにはいられなかったのです。例えば「ザ・プロフェッショナル」というTV番組のエンディングの部分で、「プロフェッショナルって何ですか？」と問われて、羽生善治が即座に「二四時間、将棋のことを考えられるひとのことじゃないですか？」と答えています。ところでオシムの本（『オシムの言葉』木村元彦／集英社）を読んでいると、偶然のように「〔オシムの頭の中は〕二四時間サッカー」とか「〔彼は〕一日四、五時間は、生、ヴィデオを問わず試合を観る。〔……〕ジャーナリストにもそれを要求する。」とあります。これは偶然ではないのです。

ここはオシム論や羽生論を展開する場ではありません。でもふたりはなぜか驚くほど似た言葉を発しています。その一例。

オシムは「日本では勝利が成功となるが」問題は結果ではなくサッカーを知ること、と言い、羽生は「わたしは勝負の世界にいながらも一戦ごとの勝敗にこだわるタイプではありません」「負けは覚悟して新しい形に挑む。」「そうすると試合には十中八九負ける。」（『対局する言葉』柳瀬尚紀と共著／毎日コミュニケーションズ）と言っています。

ところでわたしがオシムや羽生に言及するのは、右で述べたわたし自身や、C・D＝ルイス、ポアンカレら詩人たちや科学者たちの「ひらめき」体験と、そこに至る意識的、無意識的努力は、あくまで個人のレベル、場の出来事であるのに対し、サッカーとか将棋とかそのほかの競技やゲームでは、当然参加する個人たちが「ひらめく」主体であり、同じように意識的・無意識的努力をしながらも、(詩句や解法のように)、ここぞという一手やアシストとシュートをめぐむ「機会」が、刻々変化するゲームの状況の中であるということです。

ゲームの状況は相手チームと自チームの選手たちが、将棋なら対戦相手と自分が、瞬間ごとに生み出す複雑で錯綜した常に未知の局面です。わたしはそこに、「集団的な創造性」を育むためのヒントがあると感じるのです。昔も今も、たぶん、創造性や独創性のひらめきは個人の孤独な作業の場で生まれるもので、どこか古めかしさが感じられ、ルイスやポアンカレが書かないではいられなくて、それをわたしのような読者が夢中になったような時代の雰囲気は、現代ではもう見られない。でも個人の場というより集団の場で求めるひらめきという考えには、どこか新しいものがある気がする。

4

初回の会合で、リーダーが、「集団的創造性」と言って、具体的には企業や会社の社員教育のノウハウもイメージしているらしい点にわたしがちょっと(なくもがなの)危惧をもったのは、企業のような集団であっても、創造的にひらめくのはあくまで個人であることを忘れてはいけないと考えたからです。その瞬間にひらめく個人が、グループの、チームの誰になるか、肝心なのはその可能性が各個人にあるような集団をつくることですが、それこそオシムのチームづくりです。でもオシムの方法はノウハウとは呼べないものです。なぜかというと、オシムが選手たちに要求するのは、知識（ノウハウ）でなく知性であり、「からだ」でさえなく「頭脳」だからです。（「（わたしは）選手を蹴飛ばしたことはない。ことばで目覚めさせる。」）彼は「アイデアのない選手はサッカーにむかない」と言っています。

こうして、ひらめきの場は集団にあっても個人のレベルから離れない。オシムのチーム作りが、彼の病気で中断したのが本当に残念です。わたしはときどきＴＶの番組で、ユニークな社長さんが登場して、社員の自主性を育てていると感じるとき、その会社に声援を送りたくなります。

2006

15 16歳でわたしが考えたこと
定年の日に

1

今日はわたしにとって多少とも特別の日ですので、こうした送別会で個人的なお話をすることを許して下さい。ひとにはめったに話したことがなく、同僚のみなさんはわたしについてたぶん意外な印象を、退職の日になって受けられることと思います。

わたしが小学校の二年生だったとき、ある晩、父と映画を見に出かけたのです。当時は本編の始まる前に、予告編のほかにニュース映画というものがありました。これはまだテレビがなかったころなので、現在の毎日のニュース番組に相当するような、その週とか月に日本の社会やときに世界で起こったいくつかの出来事を一〇分ほどの映像にまとめたものです。その日のニュース映画では、北海道の夕張炭坑の落盤事故をやっていました。かんじんの本編でなにを観たのか今となってはまったく記憶にないのですが、画面に映った炭坑夫の長屋や泣いている奥さんたちの姿を見て、強いインパクトを受けたのです。その夜帰宅してわたしは父に、世の中になぜ貧富の差があるのか、と尋ねました。もちろん「貧富の差」というような言葉はまだ知らなかったので、子供なりにそういう意味のことを言ったのです。この席に夕張炭坑の出身の方がおられたら気を悪くされるかもしれませんが、子供心にわたしには破れた障子とか長屋の雰囲気がそんな風に感じられたのです。父は一瞬、ちょっと驚いたような顔をしましたが、もともと「子供にはまだ分からん」などというようなことを決して言わない人だったので、そのときも子供にわかるような言葉を使って、世の中には貧富だけでなく、たくさんの不平等や不公平があることを話してくれました。国が貨幣を発行しているのなら、貧しい人たちにお金を配ってあげればいいと言うと、そういうことをしてもインフレになってけっきょく根本的な解決にならないことを、「インフレ」という用語を用いないで説明してくれたのです。ずっと後になって「インフレ」や「デフレ」のことを学校で習ったとき、ああ父があのとき話してくれたことだなとわかったものです。もっともそのときの父の説明をわたしは半分しか理解しなかったので、お金を配ったことが世間に知られないように内緒で渡してあげれば、そういうこと（通貨膨張）が外に表われないのではなかろうか、などと子供らしい質問を重ね、父の再度のがまん強い説明をうながしたわけですが。

ちなみに父とはこの夜から初めて、本当の意味で親子の会話が始まったと思います。いや親子の会話に違いないが、子供のわたしにはいわば（小さな）大人として認められて誇らしいような対等の会話の始まりです。父は家業（歯科材料店）で忙しかったので頻繁というわけでないけれど、かえってそのおかげでわたしは自分で充分考えたすえに父に話すということになり、そういうとき父はわたしの議論に徹底してつきあってくれたのです。その頻繁でないが濃い時間が、わたしには、ほんとうにたのしみでした。(＊)

（＊）これは余談ですが、後年、四〇歳をすぎて小学校時代のクラス仲間と同窓会が始まったころ、会のあと親しかった友人宅で数人とお茶を飲んでいたとき、こちらから父の話題などまったくしていたわけではないのに、唐突に思い出したように、ある同級生が、君のお父さんは他のお父さんと違って、遊びにいったぼくたちの話を黙ってまじめに聞いてくれた、と言ったのです。わたしにはそういう記憶がなかったけれど、父が息子に対してだけでなく、ほかの子供たちにも同じ態度で接してくれたのがわかって心底うれしかったものです。

わたしはこの夜以来、言ってみれば一気に精神的に「親離れ」し、その結果父も「子離れ」したと思います。ちょっとふつうの父子より早かったかもしれませんが。もっともこれは別の物語で、わたしにとってとても重要なことは、この日からわたしはこの社会的不平等について悩み、考えつづけ、その中身やかたちやテーマさえ年齢とともに変化していっても、そのとき始まった思考の糸がずっと今にいたるまで一度も途切れたことはないということです。もっと正確に言えば、考えるという行為と、自分が考えつづけているという意識が途絶えたことはありません。いわば「コギト」の誕生ですね。

いま会場で思わず笑った方がいるようですが、わたしは後年デカルトを読んだとき、厳密な哲学的、哲学史的な意味合いではもちろんなく直感的に言って、「コギト」というのは、このことだろうと思いました。こんなに長い時間（数十年です）肉体的にも精神的にも変化し変貌し成長しても、自分がものを考えるときいつもいだくこの変わらぬ自己意識というのは、まさにコギトの定義ではないでしょうか。（また、現代風にいえば、アイデンティティの定義でもあると思います。）わたしは、肉体と独立して存在する精神、といったデカルトの表現をそんな風に受けとりました。大学生になって友人たちと議論するようなおりに、ぼくは何かを考えるとき、考える内容とはべつにそのスタイルは、いつも小学校二年生の自分とちっとも変わっていない気がする、と言って笑われたりあきれられたりしたものですが。

ところで、社会的不平等について、自分はその解決のためになにをすればいいのかと子供なりに悩み考えつづけたわたしを象徴するようなことがらがあります。わたしの通った小学校では四年生になると高学年になったということで、クラブ活動への参加が許されたのですが、わたしが選んだのは赤十字クラブと演劇部でした。「赤十字クラブ」というのはいまならボランティアの団体で、なにかの社会的な奉仕活動（たとえば赤い羽根を売る募金運動の手伝いなど）を行うのです。また演劇部というのは、いわばわたしのなかにすでにあった自己表現の願望の表われですね。こんな風に一方で社会的な、もう一方で非社会的とは言えないがわたし個人の自己実現的という意味で内向きな、二つの相反する方向のクラブに同時に所属したところに、わたしの当時の精神状態がよく表われています。

いまのわたしなら、社会的であることと、自己実現的であること、という二つのベクトルが同居することは、むしろ自然で健全な精神の証拠だと考えますが、その頃のわたしはだんだんと自分が偽善的だと思うようになりました。やっていて本当にたのしいのは、自分で役を演じたり、ものを工夫して作ること（わたしのお気に入りの伝記漫画は左甚五郎やエジソンでした）のほうで、不平等をこうむる人たちの救済を考えることは、いわば自分の罪の意識を軽くするための、実は傲慢な偽装か隠れ蓑のようなものと感じるようになっていたのです。

いきなり「罪の意識」というのは説明不足ですが、こんな個人的なエピソードがあります。幼稚園の入園式の日（つまり社会へのデビューの日）、わたしは両親が新調してくれたぴかぴかの革靴を履いてこざっぱりとした服装で出かけたところ、当時ほかの園児たちはまだ布靴（ズック靴。スニーカーと呼ばれるのはずっとあとのことです）だったため、ひそかに大きなショックを受けました。その後ついに一度もそのあつらえの編み上げ靴を履こうとしないわたしに、父が理由を尋ねたことがありましたが、わたしは履きたくないからとしか答えませんでした。終戦後あまり年月も経っていなかったから時代がまだ貧しかったし、わたしの家が金持ちだったわけではないけれど、やはりわたしは（貧富の）差のようなものを感じて、それが嫌だったのです。みんなが革靴であるか、わたしもズック靴であれば問題なかったのですが。こうした公平観はわたしの生まれつきの性分に違いなく（なぜなら幼稚園という公的な教育を受けないうちに、その入り口で、こうした反応を示したからです）、その後も基本的に変わらない核のようなものとしてずっと続きます。正義感と、その裏表の関係にあるような罪の意識（罪の意識という表現はもちろん後の知識ですが）。父にそうした気持ちを説明することは無理だったはずです。わたしはニュース映画での夕張炭坑の落盤事故をきっかけに、やっとその心持ちを表わすことができたわけです。ただその夜父に伝わったのはわたしの正義感のほうで（父は息子の社会的正義感をあきらかによろこんでいました）、もう一方のほうはまだ説明できなかったし、結局しないままになりました。この、まだ説明できないものがずっと残って、自分の偽善性に気づかせたのだと思います。五年生のころ、わたしは自分はこれからは社会のために役立つことを考えず、自分の好きな道を進もうと、はっきり自覚しましたが、それでも詩を書くようになる中学生一年までこんな状態が続きました。(*)

（*）これも余談ですが、学校の先生がほんとうに子供たちのことをよく見てくれているなと感心し感謝するのは、小学校六年の担任の先生が家庭訪問の際に両親に、東君は高校生が悩むようなことで悩んでいる、と言ったことです。驚くのは、わたしは前述のような自分の問題意識を、だれにも、どの先生にも父にも友達にも話したことがなかったからです。また中学三年時の担任の先生は、おなじように家庭訪問で、東君は大学生が悩むようなことで悩んでいる、と言われたそうです。大学に入学したとき、当時盛んだった学生運動のあるセクトの学生たちが「オルグ」のためにクラスにやってきて、ぼくたちがこんな風に大学で勉強できるのは、犠牲になっている貧しい人たちがいるからだ、と言うのを聞いて、正直それはぼくの小学生のときの悩みだと内心思いました。

ちなみに大人が子供にむかってよくする質問、きみは大人になったら何になりたいの?と聞かれて、わたしはなんと答えたか覚えていませんが(たぶん子供らしい答えを適当にしていたと思うのですが)、内心ひそかに、自分の本当にしたい仕事は(天職ということばこそまだ知りませんでしたが)こんな風に悩み、たくさんものを考えることだと漠然と考えていました。けっきょくわたしは大学卒業後大学院に進み、縁あってこの大学で長年勤め、さいわいその望みを持続しつづけられる環境にいました。定年退職後をどうするのかとよく質問されます。最後の教授会で挨拶を求められ、わたしは長年動物園にいたオランウータンがやっと念願の森に帰るような気持ちだと言いました。というのもオランウータンというのはインドネシア語で「森のひと」という意味だそうなので。わたしの記憶では現地のひとたちは敬意をこめて「森の考えるひと」と呼ぶとも聞きました。わたしは教えることも学生たちも好きですが、教授会や諸会議から解放されるこの機会に、どこにも教えに行かず、子供のころからそのことばも知らずに願った「天職」に専念したいのです。わたしにとってこんな幸福はありません。長年動物園にいていまさら野生に戻ることができるのかとの心配はありません。なにしろわたしの思考は、あの小学二年生の夜以来ずっと途切れたことがないのですから。わたしの「野生の思考」は。

2

同じ小学校二年生のとき、実はもうひとつ、わたしにとって大切な出来事がありました。それは遠近法の発見です。もちろんヨーロッパのルネッサンス期に完成した遠近法を子供のわたしがつくりだしたわけはないのですが……。

経緯はわからないけれど、この二年生のとき毎日新聞社主催のコンテコンクールというのがあって、コンテで描いたわたしの絵が特選になったのです。なぜ主催者名までよく覚えているかというと、そのときにもらった賞状と賞品のケース入りコンテ一ダースが、長らく手元に残っていたからです。

教室で初めてコンテ（クレヨンの一種で、クレヨンよりはるかに固くて四角い棒状の画材）をわたされたわたしは、そのころの小学校によくあった木製の机と椅子を描こうとながめていて、ふと思いついて、やや下の方から机の角を見上げるようにして、手前を大きく後ろの方へゆくと小さく画いたのです。いま考えれば、遠近法というか立体画法というか、その種の絵をわたしがすでにどこかで目にしていて、そのやり方をまねようとその場で思いついたということだったかもしれません。しかしそれを思いついたとき、明らかに自分のなかでなにかがひらめいて、「やった！」という発見の大きなよろこびと達成感を感じたのです。子供の絵というのはふつう平面的なもので、わたしもそんな絵を画いていただろうから（幼稚園のころから絵がうまいと先生やまわりの大人からほめられていましたが）、自分にとってほんとうに画期的な発見に思われたに違いありません。もちろんヨーロッパの遠近法をわたしが発明するわけはないけれど（それにそんな知識を習うのは、はるか後ですから）、そのときも、その後も、自分がなにか大切なことを発見したという意識はもちつづけました。

すくなくともあの瞬間に自分流の立体画法をものにしたのは確かです。その証拠に、絵を画くときのわたしの意識はすっかり変わりました。学校の「図画・美術」の時間に描く絵だけでなく、その後ふだんの生活で工夫したりひらめいたりして何かものをこしらえるとき（前述のようにわたしのヒーローは左甚五郎やエジソンでしたから）、わたしは必ず前もって三次元の完成図を描くようになりました。またわたしは成人して自宅を二度建てていますが、その設計図は自分で引いた図面がもとになっています。そうした設計図（平面図とパースといった立体図）を画いたり、住宅雑誌の図面を見て理解するための特別の勉強などしたことがないのにです。

この「遠近法」の発見は、絵や図面だけでなく、長い時間をかけて、わたしのもっと広く根本的なものの見方や考え方に、また文章の読み方や書き方に影響したと思います。最初はいわばヴィジュアルな表現領域で鉛筆をもつわたしをつねに幸福にする技術だったのが（なにしろ自分で発見した技術なのですから、使うたびに楽しくてたまらないわけです。またこの幸福感は、飛躍した言い方になりますが、子供に「箱庭」がもたらすよろこびに似ています。というのは遠近法とか鳥瞰図とか立体画法というのは、箱庭のように、大きな世界を小さいサイズで把握し再現する技法ですから）、ことばの領域でも思考の世界でもわたしを導く強い指針となりました。たぶん二〇歳ころまでの長い時間、じわじわと影響をあたえつづけていたのです。

それはどういうことかというと、たとえば小説を読むとき、文章の意味を理解するというよりも、その文章が文意を通してその向こう側に描こうとする情景を想像し、いわば自分流に「絵」を描くわけです。そしてそれは小説だけでなく、どんな文章であっても、たとえ哲学書や論文、新聞記事、日常の会話であっても、それぞれが読み手・聞き手に伝えようとしているもの（わたしはそれを単なる文意と区別して、レアリテ〔リアリティ〕と呼びたいのですが）を思い描くことです。文意というのがいわば平面的であるのに較べ、このレアリテ〔リアリティ〕には奥行きがあり、三次元的で立体的だと言ったら、わたしが言いたいことが伝わるでしょうか。文章自体やその伝えようとする意味は設計図での平面図で、その建物の完成した姿を描く立体図（パース）が、わたしが言うレアリテです。

そうした読書の行為をモデルとすれば、文章を書くときに書き手はなにを目指して努力するか、また広くものを考えて、それを相手に伝えたいとき、自分自身にとっても相手にとっても明晰である思考をするための指針になると思います。小学二年生のときに自分で獲得した「遠近法」が、絵の分野だけでなく、ものを考える領域でも徐々に影響をあたえ得たと思うのは、いつしかこんな考えをもつようになったからです。

大学に入学してわたしはいろいろな本をたくさん読みましたが、なかでもニーチェにずいぶん教えられ影響を受けました。彼ほど教育者的な人はいないと思うほどです。彼のよく使う「遠近法」と「文献学」ということば（考え）を、これも哲学的な厳密さを欠くかもしれませんが、わたし流に、文献学者のように文章（テキスト）を厳密に正確に読み（ニーチェ自身がギリシャ語の文献学者だったように、です）、文意（テキスト）の向こうに自分がいま生きている生な現実（レアリテ）を読み取ること、という風に受けとりました。

このようにわたしの小学二年生時は、のちのちまでわたしにとって大きな意味をもつふたつの出来事のあった年でしたが、児童心理学の定説では、幼児期から少年期に移るころに精神発達上の大きな変化があるらしく、わたしの場合、この学年がその時期にあたるのかと思います。

3

ついでながらわたしの子供のころから長く続いたもうひとつの、これは出来事というより資質と言うべきものがあります。それはわたしの記憶力の質です。わたしの記憶は、幼稚園の入園式の日から翌日あった遠足、その次の日の教室でのイス運び……というふうに、記憶像が途切れなく（まるで一日も飛ばすことなく）連綿とつづき、しかもその視像が一駒一駒フラッシュバックのように現われるのでなく、ちょうど八ミリ映写機かホームヴィデオで撮ったかのような連続して動く映像となって現われる。たとえば遠足は郊外の田園地帯で、そのころよくあった野つぼ（肥だめ。畑に肥料として施す人糞を貯めた大きな木製のふたをかぶせた壺）を見つけたわたしが駆け寄って「せんせい、これ何ですか？」とたずね、先生が顔をあからめる、といった具合に。こうした記憶映像が映画のように、いやまさに夢の映像のように、しかし睡眠中でもないのに、なにかをきっかけに、たいていは不眠の夜の寝床で（わたしは小学生のころでも、ときどきまったく眠れないことがありました）始まり、延々とつづいて現在の時点にたどりついてやっと終わるのです。こうしたとき、一睡もしないでいつもより早めに登校しても、不思議に疲れてもいず、むしろ冴えと高揚感がある。

後年、神戸で「児童連続殺傷事件」というのが起こり、犯行者「少年A」の専門家による精神鑑定の報道記事を読んでいて、わたしは自分のような記憶の仕方を専門用語で「直感像資質」と呼ぶことを初めて知りました。おそらく「直感像」というのはこの場合、感覚（視覚や聴覚などの五感）に直にとらえられた感覚像のことで、それがいつまでも長く深く刻み込まれる資質というような意味でないかと思います。こうした資質はふつう思春期ころには終わるそうですが、わたしの場合、四〇歳すぎまで続きました。

だいたいわたしの記憶には、

(1)もちろんふつうに観念的なもの(感覚像の記憶というより、ことばのかたちでしか残っていない記憶)もありますが、

(2)写真のスナップショットのようなタイプ(画像は動かないが鮮明で、前触れもなく一瞬現われすぐ消える、いわゆるフラッシュバック)とか

(3)前述の映画か夢のようなタイプ(画像が自動的に動き展開する)のように、体験時の感覚像がそのまま残ることが多く、とても具体的なため、他人と共有した体験の記憶を確かめ合って互いに食い違うようなおり、ときに相手に対して不寛容なことがありました。自分としては「ありありと」覚えているとしか思えないからです。(*) 四〇歳をすぎて不眠のさいでも、なぜか(あるいは、さすがに)幼稚園の入園の日からの動く映像がもどってこなくなったことに気づいたころから、自分の記憶の仕方が、いわば右脳主導だったのが左脳主導に入れ替わったような(こんな表現が科学的かどうか分かりませんが)気がしました。自分の記憶が観念的なものになるのを自覚するにつれて、加齢による物忘れや単語がでてこなくなることがひんぱんになり、いまでは他人はもちろん自分にたいしてもずいぶん寛容になっています。(会場で笑い)

(*)こうした直観像による「ありありとした」記憶も、実は信頼できない場合があること、自分で無意識のうちに変形させ修正することもあるのですが、それはまた別のテーマです。そのメカニズムをできれば別稿で触れたく思います。

それでもわたしのなかの「直感像資質」が今でもかたちを変えて残っていると思われる出来事がいくつかあります。たとえば、

（1）長距離のドライブのあと、宿のベッドで眠ろうとすると、まだ運転席に座って移動しているみたいに、眼前の風景が（もちろんわたしは目をつむっています）後ろへ後ろへとかなりのスピードで流れてゆくのです。それが昼間の実際に通過した情景をわたしの記憶が再現しているのかどうか分りませんが、映像はつぎつぎとまるでそんなふうに展開します。わたしは疲れているから、半ば目覚め半ば眠りに入りつつあるので、それを止めるには、強い意志（意識）力を奮い起こしてすっかり覚醒するか、完全に入眠して別の本当の夢におちるかしかありません。（同種の出来事は、ドライブのあとだけでなく、昼間スキーをして、夕食後のうたた寝や寝床で眠りに入る直前にも起こります。昼間滑った光景が繰り広げられるのです。）

（2）また五〇歳ころから目立つのは、目をつむっても、その直前まで見えていたまわりのものがはっきりと（ときにぼんやりと）見えることです。（わたしは神秘主義でもオカルトでもなく、記憶の問題としてお話しています。）今わたしがみなさんの前で目を閉じて両手をこんなふうにぶらぶらと振ると、閉じたまぶたの向こうにちょっとピンクがかった手や指がぶらぶらと揺れて見えています。湯船に浸かっておなじことをやると、壁のタイルの薄いブルーと、揺らしている手のピンクと、湯船の湯の透明なミドリ色が、それぞれセピアがかった淡い色彩をおびて見えてきます。とくに湯の波の小さなうねりや（水としての）深い透明な物質感が、昼間の光の下で見るのとちがって、しかし同じように美しいのです。

（3）さらにこんなこともあります。就寝時に明かりを消しても寝室のなかはぼんやりと見えているものですが、ベッドで目を閉じても同じように、天井につるされたペンダントの白い笠や、

正面の壁面いっぱいの本棚、左側の押し入れの戸、右側の窓におろしたブラインドなどが、顔を動かして向ける方向に同じようにぼんやりと見えるのです。敷き毛布の模様などは、自分が本当は目を開けているのでないかと思うほどくっきりと（たぶん暗闇でその模様を見る以上に鮮明に）浮かんできます。まるで自分がついに透視力を身につけた千里眼か voyant にでもなったかと一瞬思いました。(＊)

（＊）あるとき本屋さんで吉本隆明の『詩人・評論家・作家のための言語論』という新刊本を立ち読みしていて、わたしとまったく同じような体験を語っている箇所（吉本は聴衆の前で、ぶらぶらと手を振ったりしています）に当り、あわてて買って帰りました（メタローグ社、一九九九、一四ページ）。わたしの場合、吉本のように白内障の手術をしたわけでもなく右記のように日常的に起こるので、記憶の資質の問題だと考えています。

なお、わたしが不眠のおりに（不眠なのでそうした映画のような記憶像が戻ってくるのか、そうした記憶像が戻ってくるから不眠になるのか、たぶんそのどちらでもあるのでしょうが）幼稚園入園から延々とつづく映像に見入っているあいだ、実は頭のなかで何やらぶつぶつという声が聞こえているのです。ちょうど映画に映像と音声が一緒にあるように。それはおそらくわたしが映像を見ながら頭のなかで思い出し反芻していることがらが、つまり思考が言葉となって響いているのでしょう。そういう声にことさら気づいたのは、かなり成長してからだったと思うのですが、この声を実際に文字として書きとめることができれば、ぼくは作家というものになれるのかもしれないと、漠然と考えていました。しかしそれは年齢から言っても、原理的に言っても、たいへんむずかしいことです。なぜなら半覚半眠の状態で、書くという意識的な作業をしなければならないからです。ずっとのちになってプルーストを読んだとき（けっこう遅く大学院生になったときです）、ああやっぱりそうだったと思いました。その話を聞いたちょっと意地悪な友人に「でも君はプルーストにはならなかったね」と言われました。でもわたしはもちろんプルーストにはならなかったけれど、二〇歳のころ、昼間でも自分の頭のなかで聞こえている「声」を文字にする試みを始め、やがて自分自身の文体を身につけたと思っています。

4

わたしが高校一年生の初夏に父が発病し、九月に亡くなりました。病名は肝臓癌で、父は四五歳、翌日が葬式でしたが、その日は偶然わたしの一六歳の誕生日でした。（タイトルを「15｜16歳」としたゆえんです。）わたしは母から父が癌に冒されており長くもたないと早くに知らされていたけれど、死ぬということについてまったく理解していなかったので、医師に「ご臨終です」と言われて、母や姉たちがわっと泣き出しても、嘘だろ、と思っていました。父はまだ苦しそうな息をしていたし、病気ではあっても肉体は変わらずにそこにあるからです。やがて看護婦さんたちがやってきて、静かになった父の鼻とか耳とか尻といった、身体のいわば外に通ずる「穴」の部分に手慣れた感じで脱脂綿を詰め始めたとき、そうする理由はすぐにわかったけれど、おいおい、まだ生きているかもしれないのになんと失礼なことをするんだ、と心のなかで怒鳴っていました。火葬場でトレーに残った灰と骨を見、これが喉仏ですなどと説明をうけながら骨壺におさめられる様子を後ろのほうからながめたとき、初めて、死ぬということはこんなふうに灰と、灰のような骨になることだと納得させられたのです。でも親しかったひとに死なれた経験をお持ちの方にはよくお分かりだと思うのですが、亡くなっていつまでたっても、一方で喪失感に苦しみながら、他方でドアとか障子を開ければ隣の部屋にそのひとが変わらずにいるような印象を消すことはできないものです。ともあれ死というものは、それまでわたしが映画やＴＶドラマで見知っていたものとはまったく違うものだとわかったのです。

そのあと、一六歳になったばかりのわたしのなかでごく短期間のあいだに、死についての認識からはじまってたくさんのことがらが、しかも一気に理解された気がします。さまざまなことについての理解と思考が、ひとかたまりになって押し寄せたふうで、それは直感的なもののかたまりなので一挙にすべてが納得されたのだけれど、それが個々にどういうことかは、絶対だれにも話さない、たとえ明かしても経験したひとでなければわからないだろうし、そういうひとには説明する必要がない、と思わせるものでした。わたしはそれを秘密にすることで、いわば毎日の生活のなかで明晰を保つエネルギーにしていたのです。その理由の第一。日常生活というものは、よくも悪くも日々の習慣や慣習をくりかえすところにその本質があって、例外的に得た（とわたしには思えた）知恵を、簡単に惰性化させたくなかったのです。理由の第二。なにかの体験をいったんことばにしてしまうと、あとでその体験を思い出そうとしても、頭に思いうかぶのはその「ことば」ばかりで、体験そのものではなくなるからです。前節での表現でいえば記憶は観念化してしまい、感覚的なもの（直感像）ではなくなる。パスカルは自分の宗教的回心の体験を忘れないため、ひそかにベルトに釘を仕込み、ときどきその釘で腹を刺して記憶をあらたにしたそうです。わたしはもちろんそんな過激な方法をとるわけはありませんが、沈黙することで記憶の鮮度を保とうとしたのです。

それでも、まったく言語表現があたえられなければ、おそらく体験が風化することも事実です。わたしは大学の卒業論文でたまたまそのパスカルをとりあげたのですが、ご存じのように『パン

セ』はまとまった一冊の著述ではなく、その準備のために残された考察の断章の集まりなので、たくさんの断章の内容を、自分なりにテーマの項目をこしらえ、カードやルーズリーフノートなどを使って分類をしたのです。その作業はいわば虫が餌をさがして地面を這うようにテキストのうえをたどるまさに地道なものですが、それとともに、大きな紙に（望むべくはたたみ一畳ほどの大きさの、実際には大型カレンダーの裏に）、分類した断章群を書きつけて、いわば鳥のように高いところから全体を俯瞰し鳥瞰する試みもしました。それがヒントになって、その卒論を書いていた同じころに、わたしは一六歳になったとき自分が直感的に理解したことがらが風化することをおそれて（風化しそうなのを感じて）、大きな紙にその直感の個々の内容をメモしておくことを思いついたのです。わたしがここで「15|16歳でわたしが考えたこと」と題してお話するのは、その大きな紙のメモの中身です。いわば一六歳から二二歳ころまであえてことばにしなかった内容であり、メモしたあとは実は安心してほとんど見直していない（鉛筆書きだったので文字が薄れるのを心配してコピーしたとき以外見ていない）のです。大きな紙に書きつけたのは、個々の考えを詳しく書くためではなく（それならカードかノートがよかったでしょう）、それぞれが関連して網の目のようにつながっていたので、矢印でその思考の流れを示すためでした。記述をあえて一行ほどのメモ程度に止めたのは、たぶんそのときも、あとで思い出す際の手がかりか目印程度に止め、記憶をくわしい言語表現によって固着させないようにし、あくまで鮮度を保ちたかったからです。だからこの年齢になってその缶詰をあけて外気に触れさせるのは、とてもこわくもあります。長年開けなかった缶詰特有のにおいと味がするかもしれません。

ところで自分の体験をけっしてひとに話すまいとがんばっていた、とくに高校のあいだに、二度、偶然手にした本を読んで、こころのなかで、正直思わず泣きそうになったことがあります。自分が隠そうとしている一番大切な部分が直截に、そっくりそのままことばで表現されていると感じたからです。まるでつっぱっていた不良少年が、思いがけず他人に理解を示されて泣き出すみたいに。

その一つは中島敦の『山月記』です。父が死んで間もない晩秋か初冬に、たまたま（経緯は思い出せないのですが、国語の教科書ではありませんでした）一読。わたしがそのとき受け止めたところでは、詩人志望の青年が「死」のことを認識したあと、自分の詩才への自負心と、生きて詩を書いてもけっきょく無駄だという虚無の意識と、それでも詩を残したいという執着心や虚栄心とのあいだで苦しみ（作者はそれを「臆病な自尊心」と「尊大な羞恥心」と言い、また別な作品で「狼疾」と呼んでいます）けっきょく詩人になれず虎に変わってしまう変身譚ですが、わたしも詩を書いていたから身につまされたのです。

文庫本で他の作品も探しましたが少なく、それにもっとたくさん（できれば全部）読みたく、当時出始めた文治堂版の『中島敦全集』（全4巻＋補巻1）を予約購入しました。（筑摩書房から全集が出るのはずっと後のことです。）作品だけでなく中島敦の翻訳にも裨益《ひえき》されることが大きく、カフカのアフォリズムの訳（英訳から訳したらしいが、あの時代にすでにカフカを読み翻訳までしていることに驚きます）が気にいって早くからカフカを読むようになったし、ハックスレーのパスカル論は、わたしが卒業論文を書くときの支柱のひとつとなりました。

もう一冊は小林秀雄の『モオツァルト』です。高校三年生の夏休みに本屋さんで何気なく手にとった新刊の新潮文庫でした。だいたい当時の高校生にとって小林秀雄というのは、国語の受験問題集によく出てくるどむずかしい文章を書く敬遠したくなる作家でしたから、たまたま手にしたのは、それが新刊本で印刷も美しく、小林秀雄とモーツァルトという組み合わせが意外で、かつ冒頭に譜面の引用があっていかにも好奇心をそそられたからです。読み始めてモーツァルトの父への有名な手紙の引用を目にして、わたしは自分の秘めていた思いがそっくり書かれていると思いました。いまでも宙で暗唱できます。「死は人間たちの最上の真実な友だという考えに、ぼくはすっかり慣れています。ぼくはまだ若いが、おそらく明日はもうこの世にいまいと考えずに床に入ったことはありません。しかもぼくを知る者で、ぼくが陰気だとか悲しげだとか言える者はいないはずです。ぼくはこの幸福を神に感謝しています。」わたしの思考の糸が小学校二年生のときから切れたことがないように、同様に、わたしは父をなくした日からずっと、明日はもうこの世にいないかもしれないと思わないでベッドに入ったことはなかったからです。こんな手紙を引用する小林秀雄についてのわたしの認識は、読後すっかり変わりました。彼のそれまでわけの分からなかった文章が、新しい目で読むことができるようになったのです。それはいわばそのひとの一番奥まった部屋のドアを開けるキーを（あるいはそのひとの根底を理解しようとする情熱のようなものを）手に入れたようなものです。

　おかげでその後わたしは、どんな作家であっても（また日常出会う人たちに対しても同じことなのですが）、そうしたキーを（なかなか表には出さない思念を）ひそかに探すようになりました。たとえば中学生のころ『罪と罰』をあんなに何度か読み始めて途中で断念したドストエフスキーも、『地下生活者の手記』や『白痴』を読むことで、全部の作品を読了することができるようになったふうに。

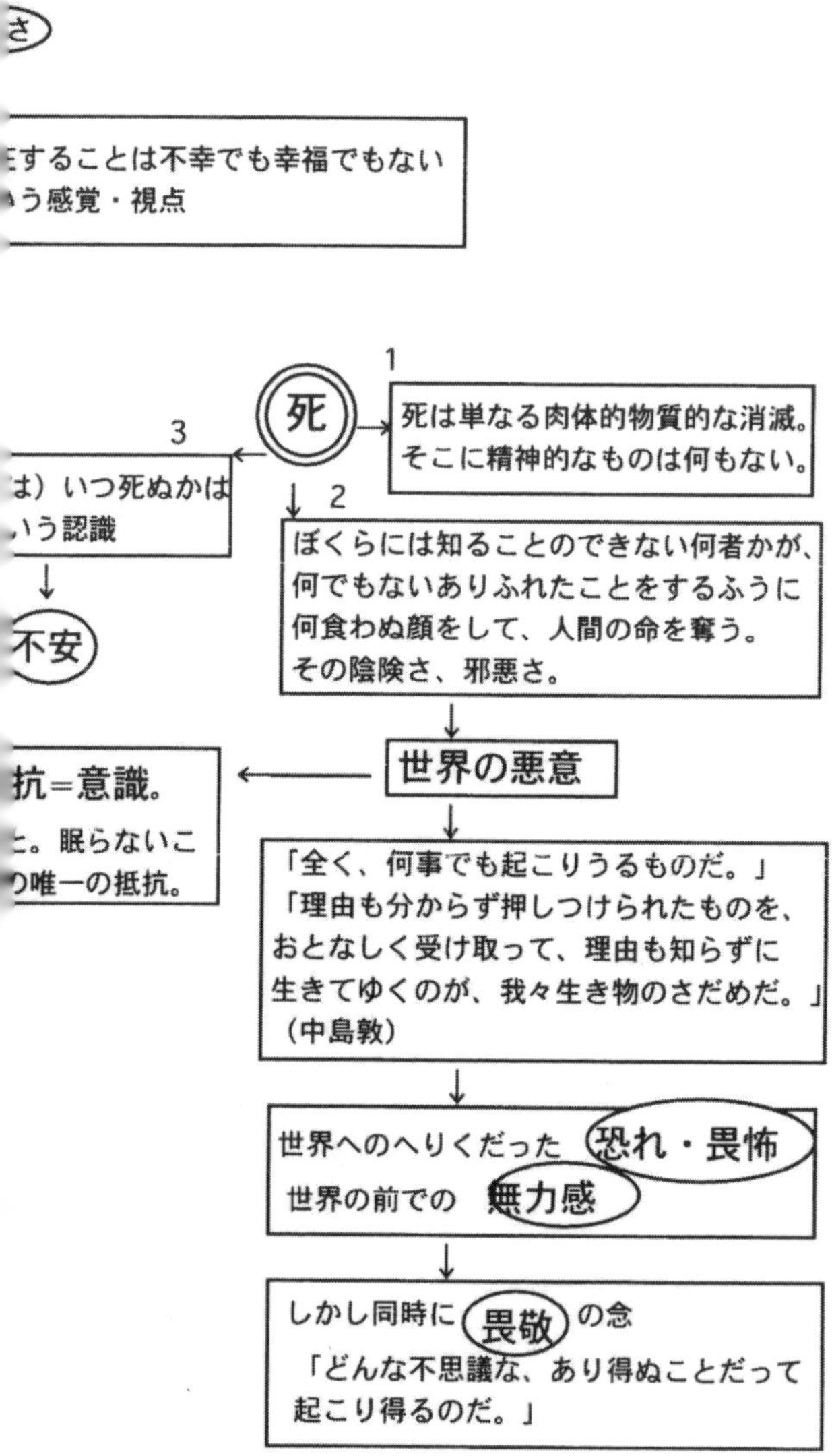
さ
することは不幸でも幸福でもない
いう感覚・視点
1
死
死は単なる肉体的物質的な消滅。
そこに精神的なものは何もない。
3
は）いつ死ぬかは
いう認識
不安
2
ぼくらには知ることのできない何者かが、
何でもないありふれたことをするふうに
何食わぬ顔をして、人間の命を奪う。
その陰険さ、邪悪さ。
世界の悪意
抗＝意識。
。眠らないこ
の唯一の抵抗。
「全く、何事でも起こりうるものだ。」
「理由も分からず押しつけられたものを、
おとなしく受け取って、理由も知らずに
生きてゆくのが、我々生き物のさだめだ。」
（中島敦）
世界へのへりくだった 恐れ・畏怖
世界の前での 無力感
しかし同時に 畏敬 の念
「どんな不思議な、あり得ぬことだって
起こり得るのだ。」

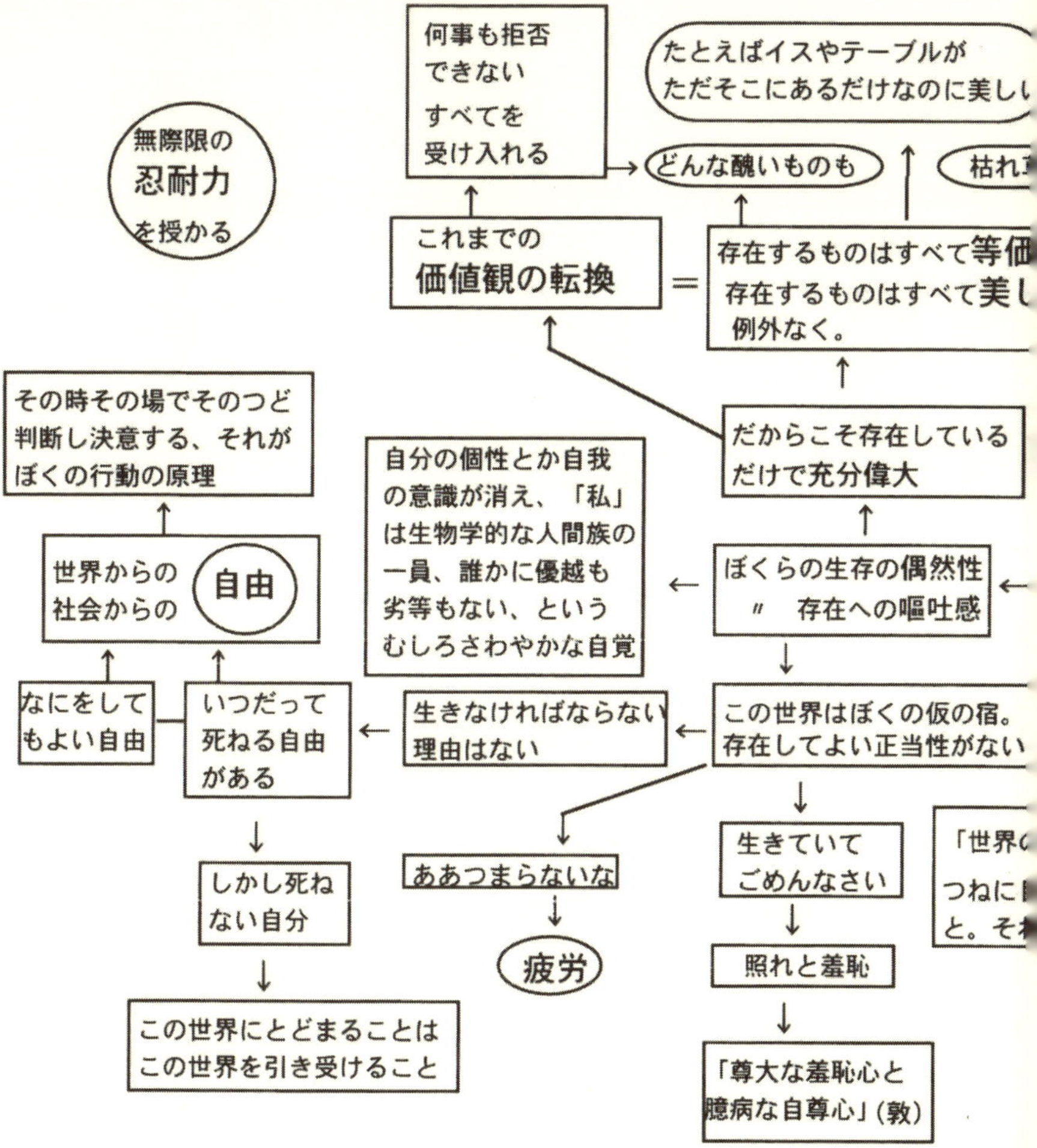
無際限の
忍耐力
を授かる
何事も拒否
できない
すべてを
受け入れる
たとえばイスやテーブルが
ただそこにあるだけなのに美しい
どんな醜いものも
枯れ
これまでの
価値観の転換
＝
存在するものはすべて等価
存在するものはすべて美し
例外なく。
その時その場でそのつど
判断し決意する、それが
ぼくの行動の原理
だからこそ存在している
だけで充分偉大
自分の個性とか自我
の意識が消え、「私」
は生物学的な人間族の
一員、誰かに優越も
劣等もない、という
むしろさわやかな自覚
世界からの
社会からの
自由
ぼくらの生存の偶然性
〃　存在への嘔吐感
なにをして
もよい自由
いつだって
死ねる自由
がある
生きなければならない
理由はない
この世界はぼくの仮の宿。
存在してよい正当性がない
ああつまらないな
疲労
生きていて
ごめんなさい
照れと羞恥
「尊大な羞恥心と
臆病な自尊心」(敦)
しかし死ね
ない自分
この世界にとどまることは
この世界を引き受けること
「世界の
つねに
と。そ

6

ここでわたしは、一覧表の矢印の順を追ってお話しするのではなく、その要のようなひとつの出来事を述べます。ちょっと前置きのようなものをしたうえで。

そもそも不思議なのは、父の死の体験には矛盾する二つの働きがあって、わたしに対して、負の力、虚無的な（気がつくとこんなことばはほとんど使われなくなりました）、自他に対する破壊的な威力を及ぼし影響するとともに、その威力が底に達すると、それに対抗するポジティヴな力もわいてこさせるようなのです。

そしてメタ的な視線でながめると、（つまりあとから考えると、）これらは、古い用語を使えば、哲学的であるとともに審美的で、かつ倫理的、さらに言えば宗教的でさえあったと思います。それらはいわば相互に裏表の関係にあって、どれかを表にすると、他のものが裏面にあるといったふうで、だからこそ一覧図のように矢印でつなぐことになるのです。現実でする体験とはそういうひとつの多面体、錯綜体でないでしょうか。

平凡な映画やＴＶドラマで描かれるのと違って、実際の死は劇的でもなくて

（1）死はいつだって起こる。いつだって死ねる。力と自由を獲得。（哲学的）
（2）無限の忍耐力。何事にも耐えられる。（倫理的）
（3）すべて存在するものは美しい。同等に美しい。（審美的）↓遠近法再び
（4）なにものも拒否できない。すべてのものが平等に同じ価値をもつ。（宗教的）
（5）けっきょく得たものは精神の自由、心の開放。

まとめればこのようになるでしょうか。

長くなりましたが、最後にひとつの出来事をお話しします。

父が亡くなって二、三ヶ月経った晩秋か初冬の午後、わたしは美術の時間に校外の草むらに座って写生していました。しばらく目の前の風景を眺めているうちに、急に、なぜかよろこびのような、感動のようなものがこみあげてきたのです。初めて理解したという感触。それはわたしの目の前にあるものすべてが、同じように確かに存在していて、存在しているだけで美しい、同等に、分けへだてなく、等価値で、という感覚であり直感でした。ついでに付け足せば、わたしはこのときに自分が無限の忍耐力を身につけた気がします。何も即断せず、価値を計らず、ひたすらながめる努力をしなければという気持ち。

2009

II　書きことばで

パスカルにおける「イエス・キリスト」

1　パスカル的思考

T・E・ヒュームの言葉に、コペルニクス以前、人間は決して世界の中心ではなかった、コペルニクス以後に人間は世界の中心となったのだ、というのがある。これは、地球が宇宙の中心であるとの「天動説」をとっていた中世は、実は「神」を中心とした時代であったが、コペルニクスの「地動説」は、かえって人間中心主義《ユマニスム》のルネッサンスをもたらしたことを逆説めかして言ったものであるが、ヒュームの言葉にはあまり諧謔《ユーモア》はなく、むしろヒューマニズムへの痛烈な皮肉と復讐めいた気概が感じられる。

ヒュームは、ビザンチン・モザイックに初めて接したとき、そのなかにかたい、幾何学的な線や平面、ルネッサンス美術にみられるのとはおよそ正反対の非生命的なかたちを見出し、現代絵画とのある種のアナロジーを感じたと言う。この印象から始めて、彼が主にヴォリンゲルの説を紹介しつつ、歴史上、人間と外界との間の関係には大別して二つの態度があって、一つは外界への恐れの、もう一つは外界との調和のそれであり、人類の美術史は、エジプト―ギリシャ―ビザンチン―ルネッサンスの流れに沿って、前者の態度と後者のそれとを、むろんただ機械的に繰り返したのではないけれど、その前代の主な要素を受け入れ変容しつつ、交代し発展してきたことを示していると述べたのは周知のことだろうか。彼はさらに、ルネッサンスに始まった人間中心主義《ヒューマニズム》が成熟し頂点に達したのがロマンチスムの時代で、以後現代までヒューマニズムは下降しつつあり、現代は人間が外界ともはや調和を感じられなくなった時代だが、パスカルはルネッサンス（広く言って）のなかにあって、すでに現代的な不安を知っていた、例外的な天才であると言う。ちなみにヒュームは、自分の以後述べる事柄は全て、パスカルを読むためのプロレゴメナにすぎないと断っている。（T. E. Hulme: Speculations, Routledge and Kegan Paul LTD）

ぼくは、パスカルのものの考え方の根本的な姿勢のようなものを書こうとして、前記ヒュームを想起したのだけれど、これは、一人の人間の思想とは、外界（対象）と彼との相対的な関係の（あるいは係り合いの仕方の）表現であり、また対象をめぐる彼の行動の軌跡であるためだろう。パスカルとデカルトの思想の根底には、ヴォリンゲルの言う二つの「世界感情」の間の両極性に似た差異があるように思われる。

パスカルが外界（宇宙）に恐れを抱いていたことはよく知られている。しかしデカルトの場合、彼は外界と幸福な「調和関係」「親和関係」にあった。あるいはデカルトは、外界に無関心だったと言ってもいいし、少なくとも、パスカルのように、外界に脅かされていると感じることは決してなかったろう。彼にとって外界は、自分（人間）の認識をまって初めて存在する存在であり、人間の認識がなければ、人間にとって外界は存在しないも同然なのだ。つまり外界と人間の認識とは、外界の存在のための協力関係にある。

ところがパスカルにとって、外界とは、自分（人間）がいなくとも、確固として、厳としてそれ自体で存在する存在である。人間は死ぬが、外界はそれに係りなく存続する。ヴォリンゲルは古代エジプト人には《物自体》という強烈な感情があって、彼らは外界に対して本能的な恐れを抱いていたが、これらの感情や恐怖は、「抽象衝動」という形をとって彼らの内から強迫し、ピラミッドのような幾何学的、抽象的、合法則的、かつ巨大なモニュマンを生みださせたのだと言ったが、パスカルにも外界への恐れという、彼らの感情とほとんど変らない観念があって、これが彼を駆り立てて、彼らのように、変転極まりない外界から抽象した確固とした芸術を創造する代りに、絶対的なものへと向わせたのである。

従って、デカルトが外界をいわば観念（つまり認識によって得るもの）に換えて理解したのだと言えるなら、パスカルには、外界は依然として外界に変りなかったのだ。デカルトが真理を〈私〉に、あるいは私の概念のなかに認めるとき、パスカルは真理を自然（外界）に、あるいは真理それ自体に帰する。

「自分が真理を語っていることを私に保証するところの〈私は考える、それ故に私は存在する〉という命題のうちには、考えるためには存在しなければならぬことを私はきわめて明白に見る、ということ以外には何ものもないことを認めたので、私どもがきわめて明白にきわめて判然と概念するものはすべて真だということを一般的規則とすることができると考えた。」（『方法序説』岩波文庫版、落合太郎訳 p. 43）

「自然は、その全ての真理を各々それ自体の中に置いた。ぼくらの技巧は、そのあるものを他のもののなかに閉じこめる、しかしそれは自然ではない。各々の真理は、自分の位置を持っている。（684-21）[*]」

（＊）筆者の用いたテキストは次の通り。パスカルの作品への言及あるいは引用の際の頁数は、この書による。
Pascal: Œuvres complètes (l' Intégrale) Présentation et notes de Louis Lafuma (Aux Éditions du Seuil)
『パンセ』分類番号は Lafuma 版—Brunschvicg 版を併記した。

外界がそれ自体で存在しているのだという意識は、自然学者のパスカルを、〈実験〉を極めて重んじ、自分の自然研究の唯一の方法とする「実証的機械論者」にした。また自然学と形而上学を問わず、パスカルの推理と論理が常に「事実」effetsに基づいた、具体的な、即物的なものであるのも、ここに帰因する。

「自然の秘密は隠されている。自然は常に活動しているけれども、人がその現象ses effetsを常に発見するとは限らない。時間が、時代から時代へと現象を顕わにしてゆく。そして自然はそれ自体、常に同じであるが、常に同じようには知られない。

その知識を与えてくれる実験はたえず増加している。実験こそ自然学の唯一の原理なのであるから、帰結もそれに比例して増加する。」(『真空論序文』p. 231 B)

ここで彼は「自然はそれ自体、常に同じである」と言い、自然は秘密を隠しているとも書く。思い切った比喩で言うと、「自然は」、丁度カフカの「城」のようなもので、彼はKが城の内部に入るための努力を決してやめなかったように、自然の「秘密」(真理)に至るため、自然の周辺を経巡るわけであるが、彼が得るのは「現象」にすぎなくて、決して「自然それ自体」ではない。彼にとって「自然」(外界)は、知りつくしえない、たどりつけない、彼よりも巨きな、厳とした存在である。

右のような一節から『パンセ』の例の「二つの無限」の断章を思い出す人もあろう。それにしても彼の外界考察は、常に、自ら好んで茫然自失するような場所に導かれるようである。「二つの無限」の断章(199-72)で、彼がいわば現実を垂直に深さという面で考察しているとすれば、今度は現実を横の拡がりに、多様さdiversitéという面で観察している断章もある。例えば彼は、人の声の調子、歩き方、咳の仕方、はなのかみ方、くさめの仕方、そんなものにも様々な段階と種類があり、ぶどうの品種はもちろん一房の個々の粒さえ、あらゆる点でどれもこれも異なっている、などと書いている（558-114）。また彼は、遠くから見ると一つの都会が、近づくにつれて家々となり樹々となり、その葉っぱとなり草となり蟻となり蟻の足となり、ああ限りがない、これら全てが都会という名のもとに含まれているのだ、とも言う（65-115）。そこで彼は、外界とは「中心が至るところにあって周辺をどこにも持たぬ球体だ（199-72）と表現するわけであるが、ここまで見てくると、事態がこういうことになるのも、どうやら彼（人間）自身に原因するもののように思われる。彼が現実を多様にし、あるいは無限を生みだすのだ。

何故、パスカルの外界に関する考察は、常に「無限」に逢着せざるを得ないのか。こんな現象はデカルトの場合には起こっていないのであるから、ぼくはここで再び二人の文章を比較し検討してみようと思う。次に掲げるのは、思考する〈私〉について思考している二人の文章である。

「この〈私〉なるもの、即ち私をして私であらしめるところの精神は、身体と全く別箇なものであり、なおこのものは身体よりもはるかに容易に認識されるものであり、またたとえ身体がまるでないとしても、このものはそれが本来有るところのものであることをやめないであろう……。」（『序説』p. 42）

「〈私〉というものは、私の思考（ma pensée 意識）のうちにある。だから（donc）、もし私の母が私を生む前に殺されていたら、考える私というものはなかっただろう。してみると私の存在（un être）とは必然的なものではない。（135-469）」

この二つの文章で、彼らは共に、〈私〉なるものは〈思考〉のうちにあるという、同じところから出発しているのであるが（パスカルが、デカルトの〈コギト〉の価値を正当に評価していたことは、彼の『幾何学精神について』のなかで明らかである。p. 358 A）、デカルトの問題にする〈私〉が終始して「精神」存在であり、〈私〉という精神が、自分という精神を見つめている、あるいは、〈私〉という精神を、デカルトという精神が見つめている（だからこそ、身体がなくとも、自分は本来あるところのものだと言う）のに対して、パスカルの〈私〉という精神は、「だから donc」という接続詞以後、自己のなかに肉体をしか見ていない。パスカルの視線は、丁度外界をながめる具合に、自分の存在 un être に向っている。パスカルの「精神」には常に肉体が付着しているのだ。

ぼくは先に、パスカル自身が現実を多様にし、無限を生みだすのだと言った。この人間はまた、外界（自然）をそれ自体で存在するものと考え、外界に独立した秩序を見る。しかも、右の引用からも分かる通り、自分自身を反省するとき、彼の精神は自己のうちに肉体をしか見出さない。このような「精神」の働きを、ぼくらは、ぼくらのよく知っている言葉で「意識」のそれだと呼ぶ。

意識とは、視線のような存在であり、他を見ることによって自己を意識する（他と区別する）のだから、それが見た（つまり意識した）というまさにそのことのために、その見られた物は、彼（意識）から遠ざかり、「外物」という名が与えられる。そして彼が一つの物をよりよく見ようと努めるのに比例して、その対象物は彼から遠のいてゆくのだ。だからこそ、物事の究極と根源とを求める彼は、外界に「二つの無限」を生じさせ、また自分を反省するとき、自己の偶然な肉体存在を見出し……かくして人間が人間にとって不可解な怪物となる。「人間は人間自身にとって自然における最も不可思議な対象である。何故なら、彼は肉体とはどういうものであるか考えることができない。精神とはどういうものであるかはさらに考えることができない。いわんや肉体が精神といかに結合しうるかは全然考えることができない（199-72）。」さらに、この意識が意識を反省するとき、自分が自分にとって分らなくなる。「私の語る事柄を考えるところの、そしてあらゆることを反省し、自分自身を反省するところの、しかも他のものと同じく自分自身をも知らないところの、私の一部分とは何であるかを、私は知らない（427-194）。」

「〈私〉とは何か」と題した断章がある（688-323）。ここでは、自我が自我を否定しているのであって、意識存在たる人間は、ついに自己の存在を怪しむに至っている。

「一人の男が通行人を見るために窓に寄っている。そこへもし私が通りあわせたとして、私は彼が私を見るためにそこにいるのだと言いうるか？　否。何故なら彼はとくに私のことを考えているわけではないから……。もし人が私を、私の判断力の故に、私の記憶力の故に愛するとしたら、人は私を愛するのだろうか？　この〈私〉を？　否。何故なら、私は私自身を失わずに、そういう特性を失うことはありうる。してみるとこの〈私〉は、肉体のうちにも魂のうちにもないとするなら、一体どこにあるのか？……」

「パスカル的思考」という言葉は、対象（それ自体で存在する外物：外界）の本質（根源、究極、秘密等々と彼の呼ぶもの）に至るために、丁度タマネギの皮をむくようにして、対象から「現象」（effets、事実、目に見えるもの）をはぎとってゆき、結局「芯」というものにたどりつけない「意識」の行動（動き）を表現する言葉である。意識存在は、他へ視線を向けることによってのみ存在するのであり、自分に視線を向けると自分が消滅するから、それ自体で存在する外物（外界）に憧れるが、決して外物のような存在を得ることができず、かえって外界に脅かされていると感じる。またこの存在は自分の肉体を見、それを根拠付けることができないから、自分の存在の偶然性に気づき、自分を余計者と考える。彼は死を恐怖する。しかも現実の生は、人間の自尊心と自尊心との戦いの場であるから（意識存在にとっては、他人もまた、外界と同様、覗い知れぬ対象である）「他者地獄」ともいうべきものとなっている。

ここでぼくらに予想できることは、右のような不安を知る意識存在が初めて慰めと安らぎとを得るのは、それ自体で存在し、自己原因であり、しかも全ての事物の根源であるような存在、〈私〉の外部にあり同時に〈私〉自身でもあるような存在を、彼（意識）が所有するとき、あるいはそういう存在と一体となるときのみであろうということである。

次章をまずこの予想の吟味から始めよう。

2　神

誰かがキリストは真理の外にいる、真理は確かにキリストを除外する、と私に証明したとしても、私はキリストと一緒にいたい、真理と一緒にいたくない。

（ドストエフスキー）

『ド・サシ氏との対話』の一節に、「定義そのものからして無限であるこの至高の存在……（p.294 A）」というのがある。ぼくが本章を〈神〉の定義から始めるという無謀で無益に見える企図を抱いたのは、パスカル自身が定義という言葉を使っていたからだ。しかし、パスカルが『パンセ』のなかで、神を「無限」だと形容するとき、彼は必ず前もって人間の側の現実（ここでは、人間存在の「有限性」）を明らかにしている。つまり、パスカルの光は、人間の存在の状態の一角を照し出すとともに、この光はさらに無限の彼方なる神のところにまで達して、神の構造の一面を浮かびあがらせるのである。従って、ここでとりあげる二、三の「定義」とは、このパスカルの照明が顕わにした神の構造の二、三の特質、というほどの意味である。

まず神は「無限《アンフィニ》」（infini）で「不変《イミュアーブル》」（immuable）で「永遠《エテルネル》」（éternel）かつ「必然的《ネセセール》」（nécessaire）な存在である。前章で引用した「私は必然的な存在ではない、もし私の母が殺されていたら云々」の断章の続きに「私はまた永遠でもなければ無限でもない。しかし自然には、必然的で永遠かつ無限な存在があることを私は明白に見る（135-469）」とある。また断章148-425には、「何故なら、無限の深淵は、無限で不変なるもの、即ち神そのものによってのほか満たされえないのであるから」と言う。

また神は、二つの無限（大の無限と小の無限）の相合う地点に存在し、事物の向う唯一の「目的」であり、そのよってくる「原理」であり、全ての事物の創造者である。「自然にあって人間とは何か。無限に較べれば虚無、虚無に較べれば全体、無と全体とのあいだの中間者。両極を把握することからは無限にへだてられているので、事物の究極《ラ・ファン》とその根源《プランシープ》とは、人間にとって覗い知れぬ秘密のうちにどうしようもなく隠されている。……この両極は互いに離れているが故に触れあい結びつき、そうして神において、ただ神においてのみ、互いにめぐりあう（199-72）。」「いかなる宗教も、その信仰において、神を全ての事物の原理《プランシープ》としてあがめず、その道徳において、ただ神のみを全ての事物の目的《オブジェ》として愛さないものは誤っている（833-487）。」「全ての事物は虚無から出て無限に向って運ばれてゆく。誰がこの驚くべき運行についてゆけるか？これらの驚異の創造者はそれを知っている。他の者は誰も理解できない（199-72）。」

さらに神は「普遍的」な存在であり、その上、前章で見たような意識存在である人間に愛しうる対象として、神は「人間の内にして外」なる存在である。「真の、そして唯一の徳とは、自己を憎むこと……そして本当に愛すべき存在を探し求め、それを愛することである。しかしぼくらは、自分以外のものを愛することができないのだから、ぼくらの内にありしかもぼくらではない存在（un être qui soit en nous, et qui ne soit pas nous）を愛さなければならない。このことは、全ての人間のめいめいについて真理である。ところで左様な存在は普遍的な存在者のほかない。神の国はぼくらの内にある。普遍的な善はぼくらの内にあり、ぼくら自身であり、しかもぼくらではない（564-485）。」「幸福は、ぼくらの外にもぼくらの内にもない。それは神のうちに、ぼくらの外にして内にある（407-465）。」

しかし事実は、このような神を、パスカルは決して宇宙の彼方に見出しはしなかった。既に述べたように、彼は「実証的・機械論的」自然学者であったから、宇宙を「物」としか見ず、古代人のように霊感に満ちた「天」と見ないばかりか、むしろ宇宙は彼の恐れの対象であり、無意味で不気味な存在であった。このことは例の有名な一句がよく表明している。《Le silence éternel de ces espaces infinis m'effraie.（201-206）》

ヴァレリーは書いている。「パスカルは無限な空間のうちに、沈黙しか見出さない。彼は自分が〈おびやかされている〉と言う。この世界の中に打ちすてられていると嘆く。彼は宇宙のうちに、予言者エレミヤの口を借りて〈われは天と地をみたす者である〉と語った者を見出そうとしない。この奇妙なキリスト者は、諸天のうちに聖父を認めない。」（『パンセ』の一句を主題とする変奏曲）

ここでパスカルの神の定義に帰る必要があるのだ。例えば次の断章。

「ぼくらは、有限なるものの存在とその本性とを知る。何故なら、ぼくらはそれと同様有限で

くらは神の存在もまたその本性も知らない。何故なら、神は拡がりをもたず限界ももたないから何故なら、それはぼくらと同様拡がりはもつが、ぼくらのような限界をもたないから。しかしぼあり拡がりをもつから。ぼくらは無限なるものの存在を知るが、その本性については知らない。

(418-233)。」

右の断章で、「無限なるもの(l'infini)」とあるのは、正確に言えば、「無際限(l'indéfini)」の概念を指していると思われる。「無際限なもの」とは例えば「数」であって、ぼくらは数が無際限であることを知っているが、その本性(例えばそれが偶数なのか奇数なのか)を知らない。彼が「無限な空間」を恐れるとき、その空間とは無際限に拡がった宇宙のことだ。

また右の断章で彼が「神」と書いているのは、数学で言う「無限」であり「超限(le transfini)」のことである。「無際限」に対比されるものは「一」であり「無限」に対比されるものは「無」であるから、「一」である人間は決して「無限」なる神と比較できず、従って神の存在を知ることもできなければその本性を知ることもできないわけである。

以上のことから言えるのは、パスカルは宇宙に無意味と無秩序と神の「沈黙」(あるいは神の不在)をしか見出さなかったこと、従って『パンセ』では、宇宙を、人間のたどりつけない、恐ろしい、無際限なものとして、また神を、人間の覗い知れない、無限な、超越的な存在として、それぞれ表現せざるをえなかったということである。彼ははっきりと、神は〈隠れたる神〉であると書いている。

ここで、パスカルがすでに青年期に、ジャンセニウスの教義を受け入れていたことを思い出そう。何故神が隠れ、人間には覗い知れないのか、この説明のために、彼は人間の堕落と原罪を主張するのだ。彼の場合、「原罪」は理屈ではない。「原罪は人々の目から見れば愚かなものである。しかし原罪は、そういうものとして与えられているのだ。それ故諸君は、この教義が道理を欠いているといって私を非難しないでもらいたい。というのも私はそれを、道理を欠くものとして説くのだから。しかしこの愚かさは、人間のどんな知恵よりも賢い。何故なら、この愚かさなくして、諸君は人間をどう説明するのか（695-445）。」確かに「原罪」は人間を説明するにしても、これはかえって神から人間を決定的に遠ざけてしまう結果を導くのである。「それ故ぼくらは、神がいかなる存在なのか、また神が存在するのか否かを知ることができない。そうであるなら、一体誰があえてこの問題を解こうとするだろうか？　神と何のつながり（rapport）ももたないぼくらにはできない（418-233）。」しかしこのつながりを、果してぼくらはもちえないか？

　いわゆる「決定的回心」以前のパスカルの信仰については、ぼくの読みえた限りでは、モーリヤックを除いて、神の「知的な」理解にとどまっていたと大方の研究家がいう。ぼくはもちろんそのいずれが真実であるか決めることができないし決める意図ももたないのだが、モーリヤックのエッセェを興味深く読んで、神の「知的な理解」が人を信仰へ導きはしないことを学んだ。「回心」が二度であろうと一度であろうと、一六五四年一一月二三日の夜以来、パスカルがイエス・キリストなしでは生きられなかったこと、この点では全ての意見が一致している。

　ひとくちにパスカルの信仰といっても、次の三つの時期がその準備を行なったことを記憶しておく必要があろう。彼は幼年期から、宗教的な家庭が授ける教義的な宗教教育を受けていた。彼は父を敬愛していたから、父の教える言葉を素直に信じただろう。また青年期の初めに、彼が二人のジャンセニストと知りあって学んだものは、神のみを生活の中心とする彼らの信仰生活のあり様《よう》であった。さらに「社交時代」なる期間に、彼は生涯愛してやまなかったロアネス公を得ている。パスカルの愛は、「人がもし私に愛着するとしたら、それは正しいことではない（396-471）」と書きつけ、自分の身近にその紙片を置いておかないでは抑えられぬたぐいのものであった。「イエス・キリストなしでは生きられない」とは、彼がそんな愛着をキリストに抱いていたということである。

　しかし、ぼくはどうやら先走りをした。先の引用の末尾に、「神と何のつながりももたぬぼくら」とあった。パスカルはキリストのうちに、このつながり rapport を見出したらしい。彼は『パンセ』の随所で、イエスを médiateur（媒介者）と呼んでいる。

　こういう言葉がある。《Jesus Christ is what He does and does what He is.》この一句は、まずキリストは人であると言っている。このイエスは、自分が『パンセ』で描き出したような人間のあらゆる喜びや悲しみ、悲惨と栄光とを知悉した人である、彼は人間のあらゆる心理に通じ、一瞥のもとに見抜いた相手の心の底を正直に語ってみせる、その語りくちは子供のように素直で不思議にぼくらを傷つけない、その視線は静かで思い遣りがこもっている、この人こそ「謙虚について謙虚に語りうる」実に稀有な人だと、福音書を読んでパスカルはそう考えなかったろうか。句の後半は、そうしてこの人間は神であると言っている。そういう稀有な人が、神は人の心のなかにあると教え、自分の言葉を信じる者は新しい生命を得ると説き明かし、自分をきっぱりと神の子だと言うのであってみれば、自分はこの人の言葉が信じられるから、確かにこの人は神であると、彼は信じなかったろうか。

　キリストを Verbe といい Logos と呼ぶのは実に興味深いことだと思う。このキリストという人間はほとんど言葉でしかない。この精神は肉体を極度に欠いている。彼の言葉を信じないでは、彼はただの紙片にすぎないのである。しかし人が彼を信じるとき、彼の言葉は、つまり彼は、受肉する。こんな存在を、ぼくらはかつて想像しえたろうか。

　ぼくらは物のような、それ自体で存在する存在を知っている。しかしこの存在（外界）は、ぼくらをただおびやかすだけであった。ぼくらはまた他に問いかけることによってのみ存在し、自己を問題とするときこの自己は外物となってもはや自己に属さなくなり、自己が無となってしまう、そういう意識存在を知っている。しかしこのキリストという存在は、もともと紙片に印刷された文字にすぎない。がぼくらが視線を向けるとき、この存在は外物のようにぼくらをおびやかしもしなければ、ぼくらから無限に遠ざかりもしない、それどころか、ぼくらがこの言葉でしかない存在を読みすすむ（＝理解する、とは結局信じることになるが）につれて、この言葉は一層堅固な肉体となって、ぼくらの眼の前に、（あるいは眼の中に）存在を始める。しかもこの存在はあの思い遣りのこもった目でぼくらをみつめる。この存在は、ぼくらの外にあるからぼくら自身ではない、しかもぼくらの内にあるからぼくら自身でもある。この存在においてのみ、意識は自己を失なわずに自己を所有するのだ。キリストは信仰によってしか存在しない存在である。パスカルはこれを実在（réalité）と呼んだ。

　もうすでに明らかだろう。彼は書いている。「その宗教は、一人の人間によって全てが堕落し、神と人間との間のつながり（liaison）が絶えたこと、また一人の人間によって、そのつながりが回復されたことを教える（205-489）。」

　パスカルの神が、イエス・キリストの神であったこと、彼の信仰がイエスから始まることを、次章においてぼくらは彼の『メモリアル』のうちに読むだろう。彼が『パンセ』で語るイエスについては、さらにそののちに（簡単にではあるが）研究してみたい。

3 『メモリアル』

《Donc, la vérité est à Pascal et l'image à nous.》(J. Demorest: Dans Pascal)

『メモリアル』（本章末に原文）を注意して読めば気づくことであるが、そこに書かれた言葉のさす内容は均質でない。ハックスレーの用語を借りれば、当夜の直接経験（direct experience）を示す層と、その経験の知的解釈（intellectual interpretations after the fact）の層とが互いに交錯しているのだ。ぼくはこの直接経験の層にあたる行に下線を施しておいた。(＊)

（＊）Aldous Huxley: *Do What You Will* (Chatto and Windus) pp. 250-254
フォルチュナ・ストロフスキー『フランスの知慧』（岩波書店　森、土井他訳）p. 195
フランソワ・モーリヤック『パスカルとその妹』（理想社　安井、林訳）p. 133, p. 142
なお、『メモリアル』のテキストに（A）（B）……（J）なる符合をつけたのは、筆者の読み方を示すとともに、本文中での言及を便利にするためである。

（A）最初の「火」（Feu）という言葉で、ぼくらは「純粋経験のただ中に立つ。（ハックスレー）」しかしぼくはここで「火」について、自分の揣摩憶測を述べるつもりはない。ストロフスキーとモーリヤックの説を紹介しておこう、ぼくには二人の見方が妥当だと思われるから。

「パスカルが火と書いて焔とは書かなかったこと、啓示ないしは見神を得たのではなく、彼の失意のどん底の心にふたたび活を与えた熱を感じたということに注意しよう。（ストロフスキー）」「パスカルが肉眼で本当に火を見たとは思われない。かのエンマウスの夜、使徒たちも《主が聖書を説き明かしておられるあいだ、われわれの心は燃え立っていたではないか？》と語りあったものであった（ルカ24・32）。パスカルも、この二時間のあいだ、己が魂が燃え上がるのを感じた。（モーリヤック）」

（B）次の二行の解釈の層と、その次のCertitudeの一行とを読むとき、この夜の経験が、ひとつのvision（見神）をではなく、神の直観を主な内容とするものであったことが推察できる。「火」という言葉は、恐らくこの夜の全経験を要約してみせたものであったろうが、この言葉だけでは彼はもどかしかったに違いない。自分は、哲学者や学者の神をではなくて、《アブラハムの神、イサクの神、ヤコブの神（出エジプト3・6／マタイ22・32）》を確実に直観したというのである。Sentimentとは、sentiment de cœur（110-282）（「心底からの直観」）の意であろう。（ちなみに、ペンギンの英訳では、heartfeltとなっている。Tr. by A. J. Krailsheimer）Certitudeとは「直観からくる確実さ（ブトルウ）」であり、そこから彼の「歓喜」と心の「平和」が生まれたのである。後に彼は書いている。「アブラハムの神、イサクの神、ヤコブの神、キリスト教徒の神は、愛と慰めの神である。抱かれる人々の魂と心を満たしてくれる神である。人間の悲惨と神の無限のあわれみとを心の内に感じさせる神である。自らを人々の魂の根底に結びつけ、その魂を謙虚と歓喜と信頼と愛とで満たし、人々をして神のほか目的を持ちえなくする神である。（449-556）。」

（C）次の解釈の層は、彼が直観した神をさらに明確に表現している。「イエス・キリストの神。わが神にして汝らの神（ヨハネ20・17）。汝の神はわが神とならん（ルツ1・16）。」（ヨハネによる福音書のなかで、「わが神にして汝らの神」と言ったのはイエスである。すると汝とは、ここではパスカルのことになる。また「ルツ記」で「汝の神はわが神とならん」と言うのはルツであるが、ここではパスカルが言うのだとすれば、「汝」とはイエスのことになるまいか。）さらに、彼の生な心理的経験（immediate psychological experience　ハックスレー）を表わす「神以外の、この世及び一切のものの忘却」という一行について、「神は福音書に示された道のみに見出される」という重要な一句がある。ここから、前章でぼくが述べた事柄が明らかになるだろう。パスカルの場合「イエス・キリストの神」はまたとくに「イエス・キリスト」自身であった。「ぼくらはイエス・キリストによってのみ神を知る。この媒介者《メディアトゥール》なくしては、神とのいかなる交り《コムニカシオン》もない。……このことをよそにして、聖書がなく、原罪がなく、また約束されやって来たこの必要なる媒介者がないなら、人は絶対に神を証明することができないし、正しい教理と正しい道徳とを教えることができない。それ故、イエス・キリストは人々の真の神である（189-547）。」

「無限」な神と「悲惨」な人間とを結合するというイエスの思想は、パスカルには決して考えつくことのできなかった解答であるとは言えぬかもしれない。しかし大切なのは、すでにそれを実行した人がいるということである。イエスは、福音書のなかで極めて感動的にこの結合を生きた。それなら、自分はこのイエスの福音を信じよう、この人が信じられるから、自分は非合理な奇蹟も信じられる、決してその逆ではない。ここからパスカルの信仰が始まるのである。「聖体等を信じないなどという愚かさを私は嫌う。もし福音書が真実なら、もしイエス・キリストが神なら、そこにどんな困難があるというのか？（168-224）。」

（D）「人間の魂の偉大さ」とは、彼がこのように神を認識しうる人間の魂に思いをはせたことだろう。彼はもう自分が神を正しく知ったことを疑わない、《正しき父よ、世は汝を知らず、されどわれは汝を知れり（ヨハネ17・25）。》彼は自分もまた正しく神を知る魂を与えられていることを思い、神の祝福のようなものを感じて気持が高揚したのかもしれない、Joie. Joie. Joie ……と書きつけている。

（E）幸福のさなかにあると、必ず、ぼくらはこの幸福を誰かがやがてとりあげに来るだろうと想像し、誰かの影が動いたように思い不安におびえるものだが、パスカルも「歓喜」のなかにあって、自分が再び神を離れる時が（あるいは神が自分を見捨てる時が——これは同じことである）来るのではないかと恐れている。彼には周知のように、「社交界にいらした頃には、浮々とおすごしになって」とか「お兄さまが、あんなにもわれをわすれるまでにはまりこんでおられた泥沼の悪臭云々」と、妹のジャックリーヌが書いているような、いわゆる「社交時代」なるものがあったから、彼は自分の過去の生活を思い出したのだろう「私は彼から離れていた」と嘆く。《生ける水の源なるわれを捨てたり（エレミヤ2・13）》そんな非難めいた声が、どこかで聞えたのかもしれない。《わが神、われを見捨てたもうや（マタイ27・46）》これはキリストの言葉であるが、同時にパスカル自身がキリストに哀訴する言葉でもあったろう、だから彼は「願わくば私が永久に彼より離れざらんことを！」と祈願の文章を綴る。『パンセ』に次のような一節がある。「まことの回心とは……自分はこの存在者なくては何事もできないこと、自分はこの存在者の寵愛を失うに値しただけの人間にすぎないことを認めるところにある（378-470）。」

（F）次の二行は、「火」の一語が彼の直接経験の層を圧縮し要約してみせているのと同じ働きを、解釈の層に行なっているのだと言えよう。彼はキリストの言葉（ヨハネ17・3）を改めて確認するように書いている。《永遠の生命は、唯一のまことの神にいます汝と、汝のつかわしたまえるイエス・キリストを知るにあり。》信仰生活《ラ・ヴィ》が永遠の生命《ラ・ヴィ》なのである。

（G）右の二行の終りにJésus-Christと彼のペン先が書きつけたとき、彼の視線と注意力とがこのJ.-C.の二文字に停止し集中したのだと思う。彼の想像力は（あるいは追憶は）様々な感情をともなってしばらくはこの文字の周辺を舞って落ち着くことがなかったかもしれぬ。諸々の感情が徐々に一焦点に収斂し高まって来、ついに爆発したかのように次の二行がある。Jésus-Christ.

Jésus-Christ.。「パスカルが『メモリアル』のなかほどにイェズスの御名を二度までも書きつけたその瞬間、彼の心に映じたのは人性としてのイェズスであった。それはもはや神ではなく、人となり給うた神である。……人の中の人。万人に代って彼らの罪を一身に荷い、もっとも親しい友達からも棄てられ敗れて、ただひとり、夜の恐怖の中に立つ御者である。(モーリヤック)」だからこそ、彼が再び「私は彼から離れていた」と書くとき、先(E)のにはなかった文章が付加されているのだろう、「私は彼から逃れ、彼をうち捨て十字架につけた。」「どうか私が決して彼から離れないように。」何故なら、「イエス・キリストなくして、人は不徳と悲惨のうちにあるより他ない。イエス・キリストと共に、人は不徳と悲惨とからまぬかれる(416-546)」からである。

(H)次の文章が、(C)の最後の行と異なっている箇所((C) Il ne se trouve que…, (H) Il ne se conserve que…)に注目したい。先のが意味するところはこうであった。「自分の知った真の神はイエス・キリストの神であり、従って神・人キリスト自身であって、この神は福音書のなかで示された彼の行為においてのみ見出される。何故なら、彼の行為が彼をつかわした神を証明しているからである。」ここ(H)では、前者を受けてさらに続けている。「このキリストは、福音書で示される彼の行為と態度の一つ一つを真似ることによってのみ保たれる。」彼はここで、信仰とは実行でありそれ以外ではないと言っている。ぼくらがある人について「彼は信仰を持っている」といわれるのを耳にすると、まるでその人が「信じ尊ぶ心」を持っているかのように想像するのであるが、「心」などというものは、人間の内のどこにも存在しないのであって、その人のする一連の行為があり、その行為の全体をひとつの名称で呼ぶとき「信仰」としか名付けようがないので、あの人は信仰を持っている、ということになる。しかし、人は決してこの行動を自分から決意して起こすことができない。丁度音楽が、ぼくらの内にあってぼくらを衝きあげ新しい行動へと誘うように、「神」がぼくらの内にひとつの感情を吹き込み、これが信仰の行為へと仕向けるのでなかったなら。パスカルはこのことを『恩寵文書』のなかで、信仰とは神の賜物、というアウグスチヌスの言葉をひいて説明している。パスカルの内にこの「感情」を吹き込むのはイエスなのであり、だからこそ彼は極端にイエスを愛したのであり（彼もドストエフスキーのように「自分は真理（神）と一緒にいたくない、キリストと一緒にいたい」と言ってもよかったのである）、キリストを常に心に感じている必要があった。このためにキリストの道を真似るのは信仰を持続する（彼がロアネス兄妹にあてた手紙に「何故なら、信仰（la piété）のうちにあって持続するのを見るのは、信仰に入るのを見るよりも一層まれなことですから」という一節がある（p. 268 A））方法でもあり、また逆に彼の信仰の証明であり、また神の存在証明ともなるのである。何故なら、彼が行動している以上、この行動を内から鼓吹する「神」がいないはずがないではないか。さて彼の実行はこんな風であった。「私は貧しさを愛する、何故なら彼がそれを愛されたから。私は富を愛する、何故なら富は、貧しい人々を助ける手だてを私に与えてくれる。私は全ての人々に忠実を守る。私は人々に悪を報いない。むしろ私は、人々の側から善をも悪をも受けない私の状態と同じ状態に、彼らもなってほしいと思う。……そうしてただ一人でいるときでも、人々の前にいるときでも、私は自分のいかなる行動をするときでも、神の視線を感じる。神は私の行動を裁かれるに違いないし、私は神に自分の行動の全てをささげる（931-550）。」

（I）以上が彼の「回心」の出来事であった。これはキリストへの「全き心地よき自己放棄」によって完成する。

（J）最後の三行は、後日彼が書き加えたものであるという。「またわが指導者への全き服従」とあるのは、彼が現実に教会のあてがってくれる指導司祭の下で、自分の信仰を実行するという覚悟を書き記したものであろう。

〈メモリアル原文〉

L'an de grâce 1654,

Lundi, 23 november, jour de saint Clément, pape et martyr, et autres au martyrologe,

Veille de saint Chrysogone, martyr, et autres,

Depuis environ 10 heures et demie du soir jusques environ minuit et demi,

(A) *Feu.*

(B) 《Dieu d'Abraham, Dieu d'Isaac, Dieu de Jacob.》

non des philosophes et savants.

Certitude. Certitude. Sentiment. Joie. Paix.

(C) Dieu de Jésus-Christ.

Deum meum et Deum vestrum.

《Ton Dieu sera mon Dieu.》

Oubli du monde et de tout, hormis Dieu.

Il ne se trouve que par les voies enseignées dans l'Évangile.

(D) Grandeur de l'âme humaine.

《Père juste, le monde ne t'a point connu, mais je t'ai connu.》

joie, joie, joie, pleurs de joie.

(E) Je m'en suis séparé:

Dereliquerunt me fontem aquae vivae.
《Mon Dieu, me quitterez-vous?》
Que je n'en sois pas séparé éternellement.
(F) 《Cette est la vie éternelle, qu'ils te connaissent seul vrai Dieu, et celui que tu as envoyé, Jésus-Christ.》
(G) Jésus-Christ.
Jésus-Christ.
Je m'en suis séparé; je l'ai fui, renoncé, crucifié.
Que je n'en sois jamais séparé.
(H) Il ne se conserve que par les voies enseignées dans l'Évangile.
(I) Renonciation totale et douce.
(J) Soumission totale à Jésus-Christ et à mon directeur.
Éternellement en joie pour un jour d'exrcice sur la terre.
Non obliviscar sermones tuos. Amen.

4　イエス・キリスト

《Qui ôte Jésus-Christ à Pascal lui ôte tout.》(A. Suarès: Trois Hommes)

　パスカルが『キリスト教弁証論』の執筆準備を始めたらしいのは、彼の「回心」の三年後、彼三十四歳の頃であったが、その翌年彼はポール・ロワイヤルで、この『弁証論』の構想に関する講演を行なった。次の引用は、彼の友人で、この講演を記録したフィヨー・ド・ラ・シェーズの伝えるパスカルの言葉の一部である。

「イエス・キリストについて予言が全くなくとも、また奇蹟が行なわれなかったとしても、キリストの教えと生涯のなかに、極めて神聖なあるものが存在しているので、少なくともそれらに魅惑されないではいられないし、またイエス・キリストへの愛なくしては、真の善徳も心の正しさもないと同様に、イエス・キリストへの讃仰なくしては、高尚な知性も高雅な感情もない。」

パスカルの信仰がイエス・キリストとの出会いに始まったことは前章でみたところであるが、彼の『パンセ』もまた、この「イエス・キリストへの愛」をその執筆動機とし、彼にならっていえば、『パンセ』のどんな矛盾する章句も、この「愛」という一点に会合する。彼の所有する「ひとつの意味」(257-684) はこの「愛」である。

予言がなく奇蹟がなくとも、キリストの教えと生涯の中に、極めて神聖なあるものが存在すると彼は言う。ぼくらは次のような断章に、彼がキリストの「極めて神聖なあるもの」を見出しているのを知る。「イエス・キリストは重大な事柄をいかにも単純に話すので、その事柄については、彼がまるで考えたことがなかったかのように見える。また、そのくせいかにも簡潔に話すので、彼のその考えているところが実によく分る。この素朴さに加わった明断さには驚くべきものがある (309-797)。」彼のここでの驚きは、あの子供のように純真で、かつその寸鉄は人を刺すかのような心理観察家であるムイシュキンを知る、『白痴』の他の人物たちの驚きに似てはいないだろうか。彼らがムイシュキンに抱く愛着は、パスカルのキリストへの愛着に似てはいないか。彼の「驚き」は、「極めて神聖なあるもの」が彼の内に吹き込んだ「愛」(la charité) のひとつの表現である。

「愛」は、彼の信仰を生んだとともに、彼の信仰の持続を支えてもいる。だから「愛」を、

Verbe（言葉）を受肉させる情熱と言っては当たらないか。何故なら彼のキリスト（Verbe）は、「墓」のなかでのみ受肉するのであるから（560-552）。キリストは死んだが、まだ十字架の上で衆目の下に晒されている、だから彼が復活するのは、そこではないと彼はまず断っている。「彼は死に墓のなかに隠された。イエス・キリストは聖徒によってのみ葬られた。イエス・キリストは墓のなかでは何の奇蹟も行なわれない。そこに入るのは聖徒のみである。そこにおいてこそ、イエス・キリストは新たな生命を得るのであって、十字架の上ではない。これは受難《パシオン》と贖い《レダムプシオン》との最後の神秘（mystère）である。」

彼の使うところの「神秘」は、ぼくらの知っているこの言葉の用法とはまるで違う。「神秘」とは、不可思議、不可解なものの意ではない。彼はまるで、自分のような愛がなく信仰がなければ、諸君にとって「神秘」は実に不可解なものになるだろうと言っているようである。

パスカルは『パンセ』のなかで、決して無神論者を説伏しうるとは考えていなかったようだ。彼はむしろ、信仰ある者とない者とを峻別し、すでに信仰（la piété 敬虔）を持っていてそれに気づいていない人々を見つけようと試みているのである。彼は書いている、（人は彼の言う「心情（le coeur）」を、いかにもパスカル一流の用語として解して、自分を信仰とは無縁なようだと考えるが、彼の言う「心情」は、人間の精神の一器官を指している――「心情」は信仰を容れる一器官である――にすぎないのであって、これはみんなの人々が持っている。「心情」の有無が、信仰の有無を示しているのではない。）「心情は普遍的存在に、あるいは自己に専念するに応じて、自ずから普遍的存在を愛し、あるいは自ずから自己を愛する。そして心情はこの選択によって、それらの一方あるいは他方に対してひややかになる。君は普遍的存在を棄てて自己をとった。君が君自身を愛するのは理性によってであるか？（423-277）」彼は諸君に信仰ある者の非合理的な行為《ふるまい》を嘲う資格はないというのだ。キリストは死んで聖徒によってのみ葬られた、といえば、懐疑家の諸君はすぐこれを懐疑のたねとするであろうし（655-377）、自分らはここに「神秘」を見る。彼は『パンセ』のなかで、「二種の人々」といって自他を区別する。彼の「隠れたる」神が現われてくるのはここからである。「もし人が、神はある人々を盲目にし、他の人々の目は開けたということを原則として認めない限り、神の業について何事も理解できない（232-566）。」彼の神は、求めようと求めまいと全ての人々にとって真理であるような神ではなかった。

　パスカルは、人間がいかにも悲惨であることを、これでもかと言わんばかりに証明してみせたが、「しかし」と言って、彼が「悲惨」を追求して止まない精神の働きにふりかえって目をとめ、「このことを認識する点で人間は偉大だ」と言った、この論法に注目しよう。彼の神は常に「うめきつつ求める」（405-421）行動を遡ってみれば見出されるであろう。神は、人間が一歩神に向って歩むと、一歩人間に向って歩んでくる。だから彼はミトンを非難している。「神がミトンに近づくであろうという時、動こうとしない彼を非難すること（853-192）。」これが彼の《アポロジー》の論法である。そして彼のこの論法は、やがて（例えば『恩寵文書』）次のようなstyleをとるようになる。「今は神を知り、むしろ神に知られたるに……（パウロ）」（ガラテヤ4・9）

　多くの人々を感動させる「イエスの秘義」（919-553 et 791）は、パスカルが（あるいは、人間が）神へ向って一歩二歩前進するのに比例して、神が一歩二歩歩んでくること、つまり「イエス・キリストへの愛」とは即ち「神の愛」であることを物語っている。事実、この断章を注意して読めば二部に分かたれるのであって、前半が彼の（人間の）イエスへの愛が綴られているのに対し、後半は神が彼に愛をもって答えてくるのである。そして、「心を安んぜよ、汝がすでに私を見出しているのでなかったなら、汝は私を探しはしなかったろう。」この一句で、人間と神との間の共同の、描かれつつあった円環が完結する。

この完結した円環を比喩的に表現したものが、「考える手足」(des membres pensants)と名付けられた一連の断章である。彼は人間の個々は、ものを考える「手足」であって、この手足は、イエス・キリストという「胴体」を離れては、「生命と存在と運動」を持ちえないと書いている(372-483)。ここで思い出されるのは、「イエス・キリストなくして、世界は存在しないであろう。何故なら、世界は破壊されるか、地獄のようになるかのいずれかであろうから(449-556)」という彼の激しいが一見不可解な言葉である。何故世界は存在しないのか? イエス・キリストが無かったにしても、世界は現に存在しているのではあるまいか。しかし、再び例えとして言及するが、ここで「ロシアのキリスト」だというムイシュキンのような人物の存在を想定してみよう。ぼくらがあの人物を知ったとき、こういう人がどこかにいそうなものだ、いやどこかにきっといてほしい、と願っていた人間に邂逅した思いがしなかったろうか。世界の秩序は、みんなの人がそれぞれ内に持っているこの願望と理想とによってのみ、そしてこれらのためにのみ、保たれているのではあるまいか。実際この願望と理想とが、世界が壊滅し、あるいは他者地獄となることから、幾分、救っているようではないか。してみると彼が、右の断章の続きに、世界は人々に神を教えるために存在するのではない、「そうではなくて、世界はイエス・キリストによってのみ、イエス・キリストのためにのみ存在するのだ」と言うとき、彼は多分正しいのである。彼はキリストを人間社会の中心に据えようと考えているのだと、ぼくは思う。「考える手足」を持つ「胴体」とは、従って彼の内面の「教会」であった。

966

スタンダールの文体について

1

作家でスタンダリアンでもある大岡昇平の小品に『再会』というのがある。フィリピンから帰還した彼は伊東温泉で「X先生」(小林秀雄のことらしい)に会い、戦争の体験をもとに百枚ほどの小説を書くように勧められる。

「……他人の事なんか構はねえで、あんたの魂のことを書くんだよ。描写するんぢゃねえぞ」

「へえ」

しかしスタンダリアンを捉へて、描写するなとは余計な忠告といふものである。……

これは、ぼくが今から書こうと思う事柄のすすむべき方向を示してくれる。確かにぼくらは右のような一節から、「人の心の描写であるものしか私は心にとめない。それ以外のことでは私は無だ。(『日記』一八一一年八月十日)」というスタンダールの言葉を想起することができる。それに彼が『パルムの僧院』の執筆中、思想と論理を愛しすぎる自分の文体が「タキトゥスの翻訳」のように読者を疲れさすことを考慮し、たまには風景描写を加えるのも必要であると反省しているのが、彼のマルジナリアの中に見られる。しかもなお彼はこう書き足さないではおられないのだ、「こんな風景など、一九〇〇年には、もしこの本がそのときまで生き延びるものとしても、おそらく馬鹿馬鹿しいものになっているだろうが。（チヴィタ・ヴェッキア一八四〇年七月二十七日）」

2

バルザックは『パルムの僧院』の読後、スタンダールを称讃する相当長文の『ベイル氏論』(Étude sur M. Beyle, Frédéric Stendhal) を、自分の雑誌『ルヴュ・パリジエンヌ』に載せた。スタンダールは早速感謝の手紙をバルザックにあて書き送ったが、残されたその三種の草稿を見ると、彼は称讃者の色々な忠告に一々従うむね返事しつつも、文体に関してだけはあなたの意見に承服しがたいと書いている。

「私の規則はただ一つです。すなわち明瞭であること。もし私が明瞭でなければ、私の世界はすっかり崩壊します。私はモスカ、公爵夫人、クレリアの魂の奥で起ることを語りたいと思っているのです。……（第二草稿）」

人物の魂の奥で起る事柄を明瞭に語ること、これがスタンダールの、文体に関する理想であり、かつ彼自身の事実とった文体であった。何故なら、「文体ということでは、すべてのことと同様、自分自身のたどる道しか是認できません。それがわるければ別の道をとるでしょうから。（M・アルヌー・フレミー宛の手紙、パリ、一八三六年十月二十六日）」

一例をとろう。ぼくはここから、つまり「魂の奥で起る事柄を明瞭に語る」方法の具体を闡明《せんめい》することから、以下彼の文体の研究（あるいは彼の文体論の研究、もっともこれは今右に引用したばかりの手紙から、同じことであるとはすぐ分ってもらえるだろう）を行うつもりなのだから。

サンスヴェリナ公爵夫人がファブリスに恋愛感情を抱いているという讒言《ざんげん》の手紙（これは大公の捏造であるが）を受け取ったモスカ伯爵が、嫉妬にさいなまれ、彼女に関し、ファブリスに関し、また彼自身に関して、果てしのない反省と妄想と絶望と憤怒とを重ねるところ（『パルムの僧院』第七章）。ここで作者は、モスカの心のなかで起る事どもをいかんなく表現しているのであるが、なお、「死ぬような苦しみの三時間の間、この情熱にとらわれた人間を苦しめた反省、わが身に起ったことに対する考えを、どうして書き尽くせよう」と書いている。

3

しかしそれにしても、作品の人物の行動や思想は、生みの親たる作者のそれを真似るものであろうか、モスカが右の三時間の絶望的な反省の間、幾度か「そうだ、今は偽らずに考えなければならぬ」とか「そうだ正しく見よう」と言って妄想に陥いることから自分を極力救済しようと努めている様は、まさしくスタンダール自身が現実を前にしてとった態度を思わせる。アランが「幾何学者」と呼ぶところの態度である。

幾何学者とは何か。「老人――つづけよう。青年――検討しよう。」デカルトのような懐疑をもって現実を検討すること、正確に感じ、正確に思考すること（自分の感じるところを正確に見てとること）。スタンダールは死ぬまで青年であった。

確かにつよい精神というものがあって、この精神がたとえぼくらとは異なった主張をしていたとしても、この主張をするための根拠とした様々な観察は、ぼくらが世界をよく見るために役立ち、またぼくらの眼力よりもはるかに正確に、徹底して、見ているのである。その観察の正確と徹底性の故に、ぼくらは自分のとは異なると思われる彼らの主張を吟味してみるということも起りうるのだ。そして彼らの観察するところをぼくらの眼もまた見はじめるころ、ぼくらは彼らがほとんど何も主張などしていないことに気づくだろう。よく見、弁別し、在るがまま、見えるがままに表現すること。……最愛の主人公に向って言うスタンダールの言葉を聞こう。

「彼はまだ若すぎた。彼の魂は暇なとき、想像力がいつでも作り出してくれるロマネスクな状況から生じる感覚を味う喜びにふける。事物の真の特性を辛抱づよく見つめ、その原因を見抜くために時間を用いなかった。現実はまだ彼には平凡で不潔に見えた。私は人が現実を見つめるのを好まぬのを認めるが、それならば現実について推理すべきではない。特に自分の無智のさまざまの破片をもって異議を唱えてはならぬ。(『パルムの僧院』第八章)」

こういう思想をもって現実を表現しうる方法は何か、文体とは如何なるものか。彼の一八〇五年の日記の一節に「事実や物を、それの与える効果をいわずにそのまま示すこと」とある。ぼくらは、例えば『パルムの僧院』のなかに、(丁度物理学者によって物体の運動を原因と結果とで説明してもらうときのように、)人間の心理と行動が諸人物間でぶつかり合い反応し合い化合し、新事態が生まれる様を鮮明に見る。つまり政治のメカニスムを。アランは言っている、「政治的文体、正に彼自身言ったようにナポレオン民法の文体である。」

4

ここでぼくはやや脱線を試みる。即ち、彼は何故小説形式を選んだか。

前段で述べたこと、〈事実や物を、それの与える効果をいわずにそのまま示すこと〉の最も可能な形式を彼は小説のうちに見たようだ。デカルトのいう bon sens、つまりやわらかな心の自由を以って（とは、何ら偏見もなしに、予備知識もなしに、自分に明証的に真であると認められるまで）、人間を見、その人間の営む社会を観察するとき、凝視《みつ》めれば凝視める程、社会は一層謎めいて来る……。「真の偉大さにあっては、何事も秘密であり、恐らくそれを歎賞し得る者に対してさえ、秘密である。ただ美のみがこれを外部に顕わす。ひとりスタンダールの文体のみが彼の大胆な思想を荷い得る所以である（アラン）。」

ここからひとはスタンダールのいわば小説美学を打ち建てようと望むなら、そうすることも可能であろう。アランの使う「美」という言葉が、ぼくらにスタンダールのみならずアラン自身の思想を打ち明けてくれるようだ。

「私は若いときに一種の歴史である伝記（モーツアルト、ミケランジェロ）を書いた。いま後悔している。大きな事柄でも小さな事柄でも真実ということはほとんど到達することが不可能な気がする。少なくとも少々細かな真実は、である。トラシー氏は私に言った、人はもはや小説の中でしか真実に達することはできない、と。日に日に私は、これ以外のところでは自惚《うぬぼれ》だと思われてくる。（『演劇は不可能である』一八三四年）」

むろん、ぼくらが日々生きるということにとって大切なのは「細かな真実」だ。もし現実が秘密なら、秘密なように表現することが必要であろう。人はスタンダールの小説を心理小説だと呼び、あるいは彼をロマンティストだと言う。しかし丁度ドストエフスキーを心理小説家だと呼んで間違ってはいないが、この呼称を卑小だと感じないではいられないように、スタンダールもまた、それらの範疇からつねにはみ出てしまう。偉大な人達が例外なくそうであるように、語の本来の意味で彼はレアリストである。

5

réaliste—Philosophe qui regarde les idées abstraites comme des êtres réels.

周知のように、スタンダールは彼の作品のいくつかを、また『パルムの僧院』を口述筆記によって書いた。『パルムの僧院』の書き込みにこうある、「自分のためのメモ――私は口述しながら即興した。ある章を口述しながら、次の文章がどうなるかわかったことはなかった。（チヴィタ・ヴェキア、一八四〇年十一月三日）」

「即興」とは何だろう。彼は『パルム』を二ケ月で書いたと言う。「語る対象に気を奪われていた」とも書く。一体彼は何に気を奪われ、即興したのか。

「私は書きはじめると、自分の文学的理想美のことなどもう少しも考えません。是非書きたい様々の思想に攻めたてられるのを感じます。想像するに、ヴィルマン氏は文章の形に攻めたてられるのでしょう。詩人と呼ばれる人達、ドリーユとかラシーヌとかは詩句のかたちを気にし、コルネイユは劇の対話の形になやまされたのでしょう。」

ここで語っているのは彼の創造の秘密だ。従って彼の文体を解く鍵がここに見つかる。

彼がローマで蒐集した十六、七世紀イタリアの物語草稿を種本として、如何に彼は『イタリア年代記』や『パルム』等を生みだすのか。彼は何故口述筆記を行うか、彼は何故 style parlé と言うか。小説のプランを立てることが、何故彼をぎこちなくするのであるか？

このむずかしい問に答える前に、ぼくは彼の創作方法に未だ達しない「詩人」（といっても彼の小説に登場する人物の一人だが）の例を示そう。この人物に対して彼はこんな風に言う。

「ロドヴィゴはこういう長い暇を利用して、ファブリスにいくつか自作のソネットを聞かせた。感情はかなり正確だったが、表現によって鈍くされていた。そもそも書くだけの値打はなかった。奇妙なのは、この元御者が情熱を持ち、ものを生き生きと見ることを知っていたことである。ただいざ書くとなると、冷たく平凡になった。《これは俺たちが社交界で見るところと反対だ》とファブリスは思った。《このごろの人間はなんでも優美に言うことを知っている。ただ心はなにも言うことがないのだ。》（『パルムの僧院』第十一章）」

ぼくらには（少なくともぼくには）ロドヴィゴの事情がよくわかる。ぼくらは言いたいことの十分の一ほども文章に再現することができない。ここで逆に、おなじくスタンダールの人物中、表現に常に成功する人間の例を引こう。

『パルムの僧院』第二巻第十四章。ついにファブリスに有罪宣告が下されることが判明した日、敗れた公爵夫人は屋敷の召使たちを全員集めて最後のお別れの言葉を贈る。召使たちは感動しみんな涙をいっぱいうかべる。作者は説明して、「公爵夫人は正確に口で言うとおりに考えていた」と書いている。

正確に口で言うとおりに考えていた、つまり彼女は考えるとおりに喋ったわけである。これが彼女の成功の原因だ。

style parlé の意味するところは、話し言葉を用い、俗語を用いて語ることのみではない。「彼は俗語を愛した。俗とは下品なの謂ではない。書きたいと思うことは、却って注意しながら即興を行うことが出来る道具である。（アラン）」それ故ぼくは、style parlé とは、丁度ぼくたちが日常会話において、まさに話すように、語るように、書くことであると考える。何故ならぼくらは日常会話にあって、みんな例外なく天才なのだから。ぼくらは頭にあることと、口から出てくることが、いかなる経路をたどって一致するのか知らないけれど、とにかく「考えるとおりに喋る」ことができる。ところがいざ文章になると、たちまちこの天才は雲散霧消する。

パスカルを引用する必要があるだろうか。彼は、上手に話すことができるのに、うまく書けない人は、喋る場の雰囲気と聞き手が彼に与えてくれる「熱」を、記述するとき失ってしまうのだと言っている（『パンセ』555-47）。パスカルはまた大切なのは正確に話すこと parler juste（ここで「話す」とは広く書く行為も意味する）なのであって、形式を整えること faire des figures justes ではないとも言う（559-27）。

スタンダールも書いている、「何か或る深い感情に支配されている人間は偶然に、もっとも明晰な、もっとも単純な表現を手に入れる。（『ローマ散策』）」

むろん、スタンダールの、いわゆる「即興的創作《アンプロヴィザシオン》」（ジャン・プレヴォー）が、熱にうかされてする自動記述だなどというつもりはない。「即興の筆」についてはアランを読むと、これは熱にうかされることではなくて、極度の注意と、精神集中、検討と忍耐の方法であり、一種の行動であり、まさに創造の方式であることがよく分る。

「注意深い読者は、私［＝アラン］の思想では、まず一方を書いて定着した後で初めて第二の意味が現われるということに気づかれたことと思う。何故なら、書き、そして読み返すことによって離れる。打立てた里程標から離れるように。……実際、一旦書いたことに手を触れるのは不可能だ。（何故昨日より今日の方が霊感があると考えるのか、とよくスタンダールが言った。）のみならず既に私は事物の間に記載された思想に触れようと思わぬ。従って私は再びそれについて考え、そこからそれとは異なったものを引き出さねばならぬ。（アラン）」

スタンダールにとって、プランは必要であるが、これはできる限り大まかに立てておかねばならぬ。蒐集した物語草稿は彼にこの大まかな事件の骨組を与えてくれる。「(人物の)性格は明瞭に、(起る)事件は大まかに決定しておく。細部はそれがあらわれてくるに応じて受け容れる。理由——実際に本を書いているときほど詳細なことに深く注意していることはないのだから。」彼の手の中に、人物たちの「魂」は納まっている。彼は、彼らがどう行動し、いかに語るか見当がつかないが、とりあえず、パルム公国のなかに配置するわけである。彼らの「魂」は作者の「魂」であるから、作者は自分が「パルム公国」の専制主義下に在る人物として、自己の「魂のなかに起る事柄を明瞭に語り」はじめる。人物たちは作者の思いも及ばぬ行動をしでかす可能性があるが(これがロマンというものだろう、レシではそうは行かない)、一日の章を終えてみると、物理学のメカニスムのように、人物たちの行動は整然としており、何よりも必然性の相貌をおびている。前述のバルザック宛の手紙に、自分はその日の文章を終えると、夜は度はずれな気晴しが必要なのです、と書いている。つまり、明日、今日の章の続きを展開するためには、想像力に休息と栄養を与える必要があるということなのだ(第二草稿参照)。

「この文体は大変模倣がむずかしい。それは真実なるニュアンスの継続にほかならない。真実なるニュアンスの継続によってしか生きない。(『パルムの僧院』の書き込み、一八四〇年十一月一日)」

真実なるニュアンスとは、彼の内部につぎつぎに生まれる繊細な思想のことであるから、彼のような正確無比(正確であることは、どんなささやかな細部をも見落すまいとする注意力の態度をいう)の眼を持つ人でなければ、彼の文体を見ぬけないし、従って模倣がむずかしいと彼は言ってよかったのである。

6

何故、「即興」は彼の思考の運動と行動を再現するか。再現という言葉自体がすでに誤解であろう。それは、彼が、まずもって自分の考えた思想を読者に語ろうとするのではなくて、書きながら考えること、いうならば彼が思考し言葉が表現するのではなくて、いわば言葉が思考するのであるからだ。

アランの文章にかえろう。「のみならず既に私は事物の間に記載された思想に触れようとは思わぬ。従って私は再びそれについて考え、そこからそれとは異なったものを引き出さねばならぬ。」これはまさに、書くことによって自己を未来へ投げ込もう、前進させようと試みることだ。美神（霊感）は、この未来からやってくる。「丁度他の芸術で霊感が全く踊り歌い科白を言い立て彫り描くということから来るように、書く行為から不可避に霊感がくる。この一致は私には貴重である。」

画家が、実物を再現するのが仕事ではなくて、タブローを構成するのが芸術なのだと言うように、言い換えると、彼の最初の一触が次の色彩と形との一触を指示し命令し誘導し或いは困難に直面させるように、つまり、ヴァレリーが彼を描いている一女流画家を観察し、彼女を、モデルと画面《タブロー》との間で、「行動中の芸術家」だと呼んだように、ぼくらは作家もまた同様に行動するのだと言うことができる。スタンダールの文体をぼくは行動する文体と名づける。

テスト氏の方法

…regarder, c'est-à-dire oublier les noms des choses que l'on voit.　(Degas Danse Dessin)

1

ヴァレリーがその第一冊目を「航海日誌」(Journal de Bord) と名づけて「カイエ」の仕事を開始したのは、一八九四年、彼二十二歳の折であったが、その二年前の一八九二年十月四日（から五日にかけてと言われている）、《ジェノヴァの夜》と呼ばれて喧伝されている、彼のこの一生の仕事を決定した、ある種の「啓示」の体験があった。「啓示」とは本人の言葉である。この種の出来事は、元来、当人以外のどんな読者や研究者にとっても、推測の域を出ることのない内容の体験であるにもかかわらず、人口に膾炙しているのには、何か喧伝したのはヴァレリー自身だと考えたくなるようなところがある。事実この転機の重要性についての、彼自身による言及やほのめかしや告白は、ほうぼうに見つかるのであるが、しかし他人《ひと》の知りたく思う肝心な点だけは、むろん、そういうところには見つからなくなっている。「発見は何ものでもない、困難は、発見したところを血肉化する点にある（Soirée, PL. II, p. 17）[*]」とはテスト氏の作者の言葉であって、それ故、その発見物は、仮面をかぶった、最も架空の、或いは韜晦した姿で、作品の中に現われるのである。この夜の「発見」後、「カイエ」の仕事の着手までに二年かかっていることも考えねばなるまい。

（＊）引用、言及の際の作品略号は以下の通り。
PL. I et II = Paul Valéry: Œuvres (tome I et II), Bibliothèque de la Pléiade, Gallimard.
Cahiers -1-29 = Paul Valéry: Cahiers (en 29 volumes), C. N. R. S., Imprimerie Nationale.
Lettres à qns. = Paul Valéry: Lettres à quelques-uns, Gallimard.

彼は自分のその体験を、デカルトの炉部屋での「知的クーデタ」になぞらえることが気に入らなくもなかったようであるが（H. Mondor）、デカルト論の一つでも、（デカルトの十六歳及び二十三歳時の二度の内的な事件に言及した折、一般に、十六歳といえば多くの場合、その人の思想がどれほど自由で個性的になりうるかが決定される年齢であると書いている。ちなみにヴァレリーは十六の年に父親を失っている）。「長い内的葛藤と、分娩の苦痛に似た苦悩とに続いて起る、このような精神の照明の他の幾つかの例を自分は知っている」と言い、これを、（例えば、パスカルの回心のような）宗教上の「神秘的体験」とは区別しなければならぬと断っている。「神秘的領域においては、その変容はあらゆる年齢において現われうるのに対して、知的領域にあっては、通常十九歳から二十四歳の間に起るように思われる。少なくとも、自分の知る幾つかの《種》において事実そうであったのだ。（Une Vue de Descartes, PL. I, p. 815）」

娘のアガートのこしらえた年譜によれば、ヴァレリーには「カイエ」とは別に、未刊の日誌のようなものがあるらしく（Ephémérides）、その一九二四年六月二十四日付の記事に、ベルクソン（ここで、一人の人間が一生かかって考えつくことのできる思想は二十五歳までに出尽くし、以後はその拡大と深化の仕事である、という彼の言葉が思い浮ぶ）と出会って、ベルクソンが、一八九〇年に、記憶を研究することで自分の体系化を開始したと語ったのに対して、自分の哲学は、その二年後の一八九二年、精神内の事物を見るその見方を唯一の方法として始まったと答えたとある。さらに「カイエ」には（vol. 22）、彼自身の「長い内的葛藤と分娩の苦痛に似た苦悩」を説明するものとして、「ぼくの『哲学』の全ては、九二年から九四年にかけて、ぼくの心にたかまった極端な努力と反動から、絶望的な防衛手段として生まれたのだ。（1）その眼しか知ることのなかったR夫人への気狂いじみた愛情　（2）九二年、マラルメとランボーの独特の詩の完璧さに意気沮喪させられた精神の絶望……」とある。

要するに、この種のヴァレリーの言及と、研究家たちの控え目な推測とを総合すれば、二十歳の折、或る女性に対する内気で一方的な、打ち明けずじまいの恋情や、マラルメという存在に強いられた自己の詩作の能力への懐疑等に惹起されて、「危機的」状態に陥り、その緊張の昂進の極大と解放との瞬間、「方法」と称する、認識と表現との或る能力の啓示を得、同時に「終生のテーマ」を発見、以後、従来の詩作の放棄、パリへの定住、母親からの独立、通常の意味での「作品」を産むことのない「仕事」への従事等々の、決意と実践へと続くのである(*)。

（＊）Cf. E. Noulet: Albums d'idées ── Les Cahiers de Paul Valéry 1934, Jacques Antoine. (pp. 11-59)/ Gilberte Aigrisse: Psychanalyse de Paul Valéry. Editions Universitaires. (pp. 136-140)/ Octave Nadal: A mesure haute, Mercure de France. (pp. 151-164)/ Henri Massis: Suicide de Paul Valéry, Editions Dynamo (pp. 5-8)/ 山田直：ポール・ヴァレリー ──「ジェノヴァの危機」をめぐって（慶応義塾大学法学研究会）(pp. 1-139) etc.

とはいえ、韜晦し仮面をかぶせてはあっても、彼の当夜の体験そのものを描いた文章が、彼の作品の中にないわけではない。次に引用し以下に解明を試みるが、その一つは、『未完の物語』中、「法悦の啓示」と題された断章、他の一つは『わがファウスト』からである。劇中ファウストは秘書のリュストに、彼の『回想録』を口述し筆記させているのだが、引用はその切れ切れの口述を寄せ集めたものである。炉辺に坐って「発見」するファウストは、恐らく露営地のデカルトによりは、ジェノヴァでのヴァレリーに似ているのである。

「　法悦の啓示（An abstract tale）

（1）その頃（一八九二年）、二人の恐るべき天使、ヌース（知）とエロス（愛）によって、破壊と支配の道、及びこの道の窮まるところに在る確実な「限界」（Une Limite）の存在が、私に啓示された。私はこの「境界」（la Borne）の確実さと、それを識る重要性とを知った。そのことは、「何か確乎としたもの」を知ったときの利点《ありがたさ》にも比すべき利点をもち、或いは、（他の象徴《たとえ》で表わせば、）剣士が壁を背にして、背後カラ（a tergo）の攻撃の憂い全くなく、あらゆる敵手を等しく正面に廻し、それによって敵手らを相互に比較しうるものとなして、（これがこの発見の最も注目すべき点なのだ。何故なら、その敵手たちのうちで、「自己」という「敵」、或いは、私という現在あるところの「人格」を形成している〔私の内なる〕敵ども——さらに、自分のもつ様々な不完全さという敵ども——はまるで他人事《ひとごと》のような、外発性の状況として姿を見せてくるから。）敵手たちに立ち向うことのできる、そういった壁の利用法に類似した利用ができるものなのである。

かくて、うしろから私を追い立てるその二人の天使たち自身も、合わさってただ一人となるのである、つまり私は、彼らの方へ向き直って、彼らに立ち向いつつ、一度《ひとたび》あの「壁」をわが背後に感じるや、唯一つの威力と戦うだけであった。

（2）私はこの境界を見据えようとし、この壁を定義しようと努めた。——私はこの認識を活用するため、この限界（limite）ないし閉鎖（fermeture）の起る諸条件、或いは（結局同じことだが）そこに来て衝突するもの一切を均一化（unification）するための諸条件を、自分のため、かつ自分の内に《明記》しておきたいと思った。さらには、通常我々にはこういった事どもに気づかないし、思考はこの「境界」の彼方に幻影の領域を色々つくりだしてしまうものだが――「壁」が透明なガラスのように作用するのかもしれないが（私はそうは思わない）――そんな風にさせてしまう諸条件をも。ガラスというよりむしろ鏡であるが、しかし忘れてならないのは、もし君が一つの「鏡」のなかに、自分以外の何か別なものも見なければ、自分の姿を自分と確認することもないであろうということだ。そしてこの鏡のなかに、君は君以外のものは全く見ないのである。」（Histoires brisées, PL. II, pp. 466-467）

「或る冬の夕、燃えさかる火の前で、わたしは瞑想に耽って焔を見つめつつ、また放心して上述の女性を愛撫し、その女性はわたしの膝の上でうつらうつらしていたが、丁度そのとき、次の如き考えが浮んだのであった。即ち、ここに現存するこれら一切の事物、この火、この寒気、この陽の色、この最も愛すべき放念のうちに眠る優しい均整のとれた姿、わたしの精神の影の内におだやかに生きている漠然とした感情、これらと、他方、わたしの抽象的思考との間には、深奥かつ確実な関係がある。それは、わたしの過去にも及び、また疑いなくその後起りえたところにも及ぶ関係、これまで誰ひとり把えられなかったが、わたしが、一瞬のうちに、その起源（la racine）と定式（la formule）と内容（la portée）とを認めたところ、或る関係（une relation）、一致（un accord）である。その時、わたしの悦びは極めて大きく、わたしの勝利はまったく疑いようがなく、思考の非力に対して争い、偶然に恵まれて克得した、長年の困難な勝負の、思いがけない結果は、極めてうれしいものであったので……云々」（Mon Faust, PL. II, p. 329）

2

ヘルダーに『言語起源論』（J・G・ヘルダー著、木村直司訳、大修館書店）があって、これには、およそものごとの起源など、知りようも確めようもないではないかといったたぐいの、ぼくらの懸念や常識を、雲散させてしまう力がある。確めようもないが、しかし丁度生物学でいう「個体発生は系統発生を真似る」という仮説（受精卵から成体になる間に、その「種」の進化の歴史を短期間に再現して見せるという説）のように、或いはフロイトが、原始の息子たちが部族の父親を殺しその肉を食った故事を、われわれ個々人が、エディプス・コンプレックスというかたちで繰返しているのだと主張した風に、ヘルダーの説の根底にも（彼は一言もそうと口に出しては言っていないのであるが）、人類の言語の誕生は、日々、根源的な詩人が、詩を書く行為のつど再演しているのだという考えがあるかのようで、逆に、この詩を書く行為への理解が、ぼくらに、確めようのない起源論を支持する気にさせることもあるのではあるまいか。

さてその起源論のなかで、概ね彼は、次のような平明なたとえ話をしながら、巧みに彼の説を披露している。

人間の眼前に、仮に羊が一匹やって来たとしよう。彼の眼には、（むろんまだ言葉はないが、後に獲得した言葉で言えば）白い、何かやわらかそうな形象が写っていることであろう。彼はもっと近づいてそのかたちに触ってみ、（かたい角）や（ふさふさした毛）や、（しっぽ）や（湿った尻に垂れる糞）や（脚）や（ひづめ）などを、一方で匂いをかぎながら、同時に、一々掌で触れさすり指でつまんでみたりするかもしれない。しかしまだ言葉はないから、明確にそれらのひとつひとつを弁別できないまま、それぞれがどこか違うのを漠然と感じつつ、視覚的触角的嗅覚的な無数の印象に襲われるのである。そんなとき偶々その羊がメェと鳴いたら、そのメェという鳴声は、それまでの感覚の印象とはずいぶん異った感覚だから、彼の心に妙に（恐らくは最も）印象深く残るであろう。そしてその羊が向うへ去って、こういった記憶も曖昧になろうという頃、また別な羊に出遭い、ながめながら、以前のと似たような印象をぼんやり反芻するうち、その羊が今度もメェと鳴いたら、とたん彼はその鳴声とともに幾つかの印象をしっかりとりもどし、やあお前はメェと鳴くやつだなと、認識、確認、追認、認知し、以後メェという音声が、羊の名前（或いはそれを思い出すよすが、想起記号）となるのである。この名前が、彼の羊をめぐる認識の体験の全体を、包みこんでくれたわけだ。……

ヴァレリーの好きな言葉にロゴスというギリシァ語があって、周知のように、これは「理性」という意味でもあり「言葉」という意味でもある。一体に、一つの語に幾つかの語義がある場合、それらの語義は、その語のいわんとする（指示する）或ることがら（事実）が、現実に存在する際に見えるその幾つかの側面なのだ。最初その語に意味が一つしかなかったとしても、その語の指し示す「もの」の性質（側面）が、時とともにまた多くの人々によって、種々発見、認識されるに応じて、その語も、その発見、認識と同じ数の語義をもつにいたるだろう。時代により土地により、或る語義が特に好んで用いられることもあれば、忘れられやすかったり、すっかり捨てられてしまうこともある。それは、そういう時代と人々の思想とともに歩む歴史である。しかしその使用されなくなった語義は、その「もの」が、その語義に対応している側面を持ちつづけている限り、いつか再発見、再認識されて、すっかり使い古された語義のおかげで陳腐になりかかったその語を、新しく建てなおすために（つまりはその「もの」を救うために）、再び復活することも起るだろう。そういうわけで、もしロゴスという語に、「理性」と「言語」という二つの語義があるのなら、これは、この語が、同時に理性でもあり言語でもある、そういうひとつの「もの」(事実)を指示しているということではあるまいか。(語源探究のたのしさと眼目とが、ここに、即ち、この「もの」の発見にあるのだ。)ヘルダーはこのことを、「言葉」と「理性」とに対して同一の名称をもつ国語は一つにとどまらないと言い、この同義性に、言語の発生の起源の経緯の反映をみている。

そこで、羊をながめている男のもとへ戻れば、言葉なく突っ立っている男とは、外界が彼の感覚器官を通って、感覚(印象)というかたちで彼を襲うところの、場のようなものだ。世界が動き移ろうものなら、そこではあらゆるものが、感覚の絶え間ない流れとなって、彼をとりまきひしめきあっている。音も匂いも形象も手ざわりも、全ゆる異質な外界の事物が、感覚という等質なひとつの「もの」となって、彼の内のその「場」に現前しているのである。しかし、彼がそのことに気づくためには、或る瞬間、彼の内で、感覚する自分と、感覚している自分を認識する自分とに、分裂する必要がある。この一瞬の分裂こそ、意識(内省)の生成であり、思考の誕生なのである。何故なら思考とは、この「もの」(感覚像、映像《イメージ》)についての意識であり、外物そのものをではなく、映像という外物の等価物を見つめ操る行為のことだからだ。この自分自身から自己をもぎ離すちから(これは生得のものでありながら、しかもぼくらに努力を要求するものでもある)、この分裂するちからが、外界の刺激に対して、機械のように即座に正確に反応する、人間の内の動物とは異なるところの、人間の精神の「自由」(選択力《チャンス》、余裕のようなもの)を生みだすのだ。

この意識力は、押し寄せる外界の感覚の流れを瞬時止め、音や匂いや形象や手ざわりを、「イメージ」として、いわば外界と内界との境界線（面）上の一種のスクリーンのうえに、必死で押しとどめ映し出そうとする。もしこの流れがそのまま内に押し入ってしまえば、人間は動物機械となり、もし流れが、全く押し寄せてこなかったのだったら、人間は無生物であったのであろう。彼は身体で羊をながめながら、実は一歩、自己の内へとひき退って、このスクリーンを見つめつつ、即ち思考しつつ、メェという音声を待っていたのだ。こうして、思考（意識）の際の、思考（意識）された「もの」（外物の映像、外物のしるし）は既に一種の言語であったのだが（内言語。言いかえれば、思考行為の第一歩に、この言語が必要であったことだ。）、この不安定で、常に注意力と緊張とを要求する「もの」を、後になっても思い出しやすくしてくれる、想起の（開けごまの）呪文のような音声に置き代えて初めて、ぼくらの使用している言語が誕生したと言えるのである。ヘルダーの説のたくみな点は、この音声が、外物自身が個々に所有し発するものであるとともに、人間自身にも容易に真似し発声できるというところにある。

　こうして、外物を映像（心像）に、映像（心像）を音声に、そしてこの音声を文字にと、三度の置換をほどこして（音声がぼくらの思考を映し、その音声を文字が写し象るのだ）徐々に形成されてきた言語も、一度制度として確立され、コミュニケーションの道具となれば、そして言語の体系自身も、丁度定義と公理とからユークリッド幾何の一体系が体系自らの力と秩序に従って成長し展開され整合されて行くように、自身の法則と秩序をもつこともあって、発明当初のような、物とその名前との一対一の対応関係が失われてしまう。喋り書く者の意識力がつねにこの関係を支え監視しているのでなかったら、レアリテ（「もの」）を欠いたと言われるような発言や文章も生れることになるのだ。恐らく、詩人とぼくらとの相違は、このいささか強力な意識力の、監視能力の有無にあるのである。「観察といおうか、心の二重生活といおうか……（Introduction à la méthode de Léonard de Vinci, PL. I, p. 1162)。」

3

ここで、先の、『わがファウスト』から引用した断章を読み返してみれば、ヴァレリーの発見した「方法」の一粗描が得られるのである（本書119ページ参照）。そこにはこう書いてあった。「即ちここに現存するこれら一切の事物と、わたしの抽象的思考との間には、深奥かつ確実な関係（ないし一致）がある。」このときファウストは、愛する女性もいれば、あたたかい暖炉もある心地よい室内に、いわば自分の身体を置きざりにしたまま、それらを全て等価値、均質なものとして写し出すスクリーン上の映像（感覚像）に、見入っていたと言える。そして、ここでは、この見入るという行為がそのまま思考の行為であって、事物の名前という媒介を経ない、いわば裸の事物を、直截に思考の用語（道具）とし、かつ対象としていることを認識したのである。この用語を、そっくりそのまま正確に、日常の言語で翻訳できたなら……しかしこの正確さの限度には果てがないことは、すぐに推察できることだ。だからヴァレリーは「飽くなき厳密」（『ダヴィンチ論』）と言うのである。

恐らく、全て表現する行為は、この、意識とものとことばとが協同で形成する、内と外との境界線上にある「場」に見つかるのであって、この場に出会うことは、表現する人間にとっての、神秘的というよりは根源的な体験なのだが、本当に生きられる体験が全てそうであるように、それは、逆説的な、イロニックな、つまり裏と表のある、不毛と「霊感」の状態なのである。……

『嘔吐』の、例の、マロニエの樹の前での経験の、ロカンタンの記述を思い出してみよう。彼が公園のベンチに坐ってマロニエの樹をながめていると、或る変化が彼の内に起る。彼にはその樹の名前が思い出せなくなり、樹にまつわる言葉や概念が、次々と、彼から（或いは樹から）剥げ落ちてしまい、要するに「マロニエの樹」がただの「樹」となり、やがて「物」となって、純粋に視像となって、彼の眼前にただ在るだけの存在となるのである。「……ぼくにはもうそれが樹の根であるということが思い出せなかった。言葉が消えてしまって、言葉と一緒に、この眼前の事物の、意味合い（signification）やその使用法とか、事物の表面に人間たちが記した、たよりない符号（repères）などが消え失せた。ぼくは、ちょっと背を丸めうつむいて坐ったまま一人ぽっちで、その黒ずんで節くれだらけの、すっかりむきだしの塊に向い合っていた。……」「というか、むしろ根も、公園の柵も、ベンチも、芝生の貧弱な芝草も、そういう一切が消え失せてしまったのだ。物の多様性とか個性とかは、単なる仮象か漆にすぎなかった。この漆が溶けて、あとには、怪物のような、ふにゃふにゃで、無秩序の、幾つもの塊だけが残っていた……。（La Nausée, Gallimard, pp. 175, 176）」

小説の『嘔吐』が、この体験を転回点として、啓示（これまた本人の言葉である）を得たロカンタンが、ド・ロルボンなる人物を蘇生させるための歴史研究を放棄し、何か、本当に自分だけの生きる時間の刻まれる、小説のようなものを書く決意をするところで終ることは周知の通りであるが、ヴァレリーに「ロンドン橋」と題する断章が（他にも、これに類する文章がいくつか）あって、右のに似た体験を記述していることは、案外知られていないのである。ロンドンと言えば、ヴァレリーは生涯に何度もここを訪れていて、一八九六年（《ジェノヴァの夜》の四年後）には、ここで自殺未遂（失敗したのでなくて、途中で断念）を行っている。

「一個の通行人が、突然喪心状態（absence）に捉えられ、彼の内に極めて深奥な変化が生じ、ほとんど全て記号（signes）から出来ている一世界から、不意に、ほとんど全て意味内容（significations）からつくられている別の一世界へ落ち込むようなことが、そもそもどうして起りうるのか？　全ての事物が、突如、彼にとってその平生の効果を失い、そこに自己確認させてくれるものが消滅してゆく。物象のうえにはもはや略語表記のたぐい（abréviations）はなく、ほとんど名前（noms）もない。……知識（savoir）は夢のように消散し、そしてぼくらは、いわば全く未知の国の、純粋な現実のど真中に置かれるのだ。……物象が不意に、人間的習慣的な全ての価値を失い、魂はただ眼の世界のみに属する。」「突如彼は無意味（le non-sens）の中に、共約不能のものの中に、不合理なものの中に、沈められていることに気づく。すると全てが彼に、際限もなく無縁な、得手勝手な、同化しえないものと見えてくる。彼の眼前の自分の手が、彼には怪物のように見えてくる。……」「このとき、限界あって尺度のない時間の持続の間……ロンドン橋上に存在し不在しつつ、ぼくはぼくが在るところのものであり、ぼくはぼくが見るところのものである。」（Choses tues, PL. II, p. 514; Analecta, PL. II, p. 721）

彼らのこの一種失語の状態は、「存在」そのもの、「物」自体の発見であって、物自体を前にして、彼らは習慣によって第二の「自然」としていたはずの日常の言語を苦もなく失い、文字通り言葉なく、「聾唖者のように」、物たちにとり囲まれて立ちつくすのである。「あの根は、ぼくに説明できない限りにおいて存在していた。節くれだって、死んだような、名前のないあれは、ぼくを惹きつけ、ぼくの眼をいっぱいにし、ぼくを絶えずそれ自身の存在へとつれもどすのだった。」（La Nausée, p. 179）」

しかしここに、この経験の逆説があるのだ。即ち彼らの言語能力の喪失とは、対象を純粋に感覚として眼のなかに所有することであるから、もしこのように感覚している自分を認識（意識）しさえすれば、実は前述の（ヘルダーの）、命名の能力の源泉に戻ったということではないか。ぼくは、自分が見たものの生きたものを自分の言葉で表現するために、自分が発明したわけでもない言語を一たんは忘れて、自分で全てのものを新しく認知し（同じことだが）命名し直さなければならないのだ。たとえそのとき新たに採用する言語が、ぼくには、忘れたはずの、以前と同じ国語しかないとしてもである。でも少なくともそれは、以後日常の言語とは、発生と用途からして異るものとなる。何故なら日常の言語は、ただ意図（意味）を伝達すれば足りるが、この言語は、「もの」そのもの（レアリテ）を、読み聞く人に手渡そうと望むからだ。言いかえれば、このとき初めて、この言語は、文学と呼ばれるものとなるのである。

それ故、こういう失語の状態にあってマロニエの根をながめるロカンタンは、そのときいわばマロニエの根そのものであるが、かつ同時に、他方でこういう失語状態に自分があることを認識する「意識」でもあって、これがこの時の精神に残された唯一の、最後の光となるのである。（「ぼくはマロニエの根であった。あるいはむしろ、この根についての意識そのものであり、しかもこの意識について意識していたから、この意識から解放されており、とはいえやはり意識の中にとっぷり浸っていて、意識以外の何ものでもなかった。（La Nausée, p. 182）」ヴァレリーはこれを「認識（connaissance）の最後の切札（Rhumbs, PL. II, p. 624）」と言い、或いは「この痴呆に近い状態を、自分は認識の特異な原点と見做す」と言い、それを「認知の絶対ゼロ（le zéo absolu de la Reconnaissance）」と名づける。この瞬間、不毛から豊穣への転回が起るのである。「哲学や諸芸術は――思考一般まで含めて――、この認識と再認識〔＝認知、認識の認識〕との間の往復運動を食って生きている（Analecta, PL. II, p. 721）。」

何故なら、詩人のメタファーや、画家の求めるフォルム（「もの」のかたち）は、この「場」に立って、この視力によって得られ見つかるものだからだ。この視力のおかげで、「言葉なしに、物について、物を以って（La Nausée, p. 178）」思考している彼らの眼の中には、画家たちにとっての物の真のかたちが生息してい、詩人たちは、このかたちを見据えつつ、視線を同時に内へ向わせて、自分の記憶の拡がりの内に、言葉ではなしに、言葉と結びついた別な物の映像（かたち）を探し出し喚起し浮び上らせ、この二者を（二つの視像《イメージ》を）同じスクリーンの上に並置し或いは重ね合わせて、メタファーを獲得するのである。これがヴァレリーが『ダ・ヴィンチの方法への序説』で行ったanalogieの定義である。彼らは、マロニエの根っこをながめながら、「マロニエの根」とは言わず（何故なら彼らはその名前が思い出せないのだから。或いはここから、芸術家の方法とは、物の名前を忘れる術の謂だと言えようか）、しかもその見える「もの」を別な次元で存在させたいから、何か別な、沼地なり生き物なり、或いは何かの音楽の切れ端のようなものを、ひきあいに出すかもしれない。『嘔吐』の注意深い読者は、事実彼が、「みどりの錆」と言い「煮た皮革」と言い、あれは「海豹」の皮ふのようだとも、「痣」「分泌物」、果ては「ある匂い」をすらもちだし比較するのを覚えているだろう。「あそこにあるあの黒は、畸形のだらしないあの現存物は、視覚、嗅覚そして味覚を遠くまであふれさせていた（p. 181）。」つまりここは例の、「万物照応」の場であるのだ。

この〈視力〉を手に入れた人には、葉のそよぎといった運動すら、葉や樹や空が、名のない「物」となったふうに、「物」となる（cf. La Nausée, p. 183）。またそういう人は普通人のように概念でものを見ることがないから（「たいていの人々は自分の網膜によって知覚するより、むしろ字引き le lexique に従って知覚する（Introduction à la méthode de Léonard de Vinci, PL. I, p. 1165）」）、遠ざかれば海は立っていると見え、その大きな屋根を鳩が歩いていると歌うだろう。彼には外物の個々のもつ固有の色彩さえ「物」となって、概念で分類できないから、赤いとか緑だとか言えなくて、丁度ジャコメッティやドガのように、自分には白い紙に黒い鉛筆があれば充分だと告白するだろう。そのとき彼らの眼のなかには、描かれるべき現実と自分との間の、遠近法では処理できない、近づきも逃げ出せもできない距離が、こびりつくように存在していることだろう。そしてこの〈視力〉をもつ人が映画館で映像を見ていたら、初めて写真を見せられた原始人のように、シミみたいなものしか目に入らないかもしれない。そこに人間が写っていることが分るには、知性と習慣《なれ》とが必要とされ、彼には今、網膜だけがあって、そんな約束の心得をすっかり失くしているからだ。ジャコメッティがこんなことを言っている。「空間についてぼくの一切の考えをくつがえし、ぼくを、ぼくが今いる道に決定的に導き入れてくれた真の啓示、真の衝撃ともいうべきものを、ぼくは（……）一九四五年に、ある映画館で体験したのだ。ニュース映画を見ていたのだけれどね、突然、ぼくには、そこに映っている人の姿のかわりに、三次元の空間を動いている人のかわりに、平たい布の上の幾つかの斑点が見えたのさ。ぼくには画面に映った人々の存在がもう信じられなくなっていたんだな。ぼくは隣にいる人を見た。するとこれがまた対照的に、何か途方もない深みを帯びているのだ。ぼくは突如として、あの深みを意識していたのだ。ぼくたちは皆、この深みのなかに身を浸しているけれど、慣れているせいで気づかないんだよ。（ジャン・クレー「ジャコメッティとの対話」）」「あの深み」、あのぼくたちと物とをへだてるあの遠い距離を、目に見え手に触れもできるかのように、彼らはデッサンや彫刻の上にそのまま移し再現しようとする。

そしてこの〈視力〉をもつ人に、時折、物たちが胸を開くように思え、物たちが自ら語りだす幸福な瞬間に恵まれることがあるのだ。友人の伝えるところによれば、プルーストは実際に散歩の折、庭に咲くさんざしの花の前にずっと佇むようなことがよくあって、まるでそれに耳を傾けているようだったという。彼の小説には、主人公の語り手のそんな瞬間への言及が幾つもあって、むろん読者は知っているし、多くは蒐集さえしていることだろう。また、「言葉と事物《もの》との完全な不一致のため、およそ事物《もの》に到達できない言葉に対する嘔吐感（H・ブロッホ『ホフマンスタールとその時代』）」を抱いて、一切の文学活動を放棄したというチャンドス卿にも、その不毛の状態とは裏腹の、「喜ばしい瞬間」がないわけではなくて、何でもないありふれた、例えば庭の如露とか馬鍬とか、日なたぼっこする犬や、墓地や村の小さな一軒の農家といった触目事をただながめているだけで、それらが「或る崇高な、魅力的な」、まるで「霊感のあふれる器」といったような、豊かな相貌を帯びるという、この時への言及がある。そしてロカンタンにさえ、そんな瞬間についての記述があるのだ。「ぼくは立ち上って公園を出た。柵のところまで来るとふり返った。そのとき公園がぼくに微笑んだ。ぼくは柵によりかかって長いことみつめていた。樹々の、月桂樹の茂みの、この微笑みが、何事かを言いたそうだった。それこそ実存の真の秘密であったのだ。……（p. 186）」と書いている。

　肝要なのは、「耳を傾けているふう」だったことであり、対象が「ありふれた触目のもの」だった点である。何故なら、自分が書くのでなくて、物が語り、自分はただそれを筆記し、紙の上に移すだけのことだと感じられるときにこそ、そしてそのときにのみ、ひとは真に自分の文体を、自力ではなくて、いわば「物」に助けられて、わがものとして表現するからだ。このとき物は紙の上に実在するだろう。そしてこの文体がありふれた日常を対象にするとき、ひとは自在に、自分も他者も生きる時間と世界を記録できるだろう。プルーストやチャンドス達は、この物たちの語る言葉を書きとることに結局失敗したかに見えるが、しかし彼らが言葉に尽せないと記述することが、その体験の結実だったのである。或いはもしそのとき物をみつめながら何か比喩を思いつくなら、その比喩が、それらの物の語った言葉なのだ。ぼくは、プルーストの「語り手」が、次のように断って、少年時に、鐘塔が自分に向って何かを語りかけている気がして綴ったという短文（「マルタンヴィルの鐘塔」）をそのまま掲げる行為に、あれはプルースト流の文体発見に対する作者自身による記念といった意味合いを読む。あの短文には、プルーストが好ましいものと賞讃するノワイユ夫人とか、セヴィニエ夫人やセレスト流のメタファーが満ちているのである。

「マルタンヴィルの鐘塔の背後に隠されていたものは、私を喜ばせる言葉という形で姿を見せたのだから、きっと美しい文句に似た何かに違いないとそう思ったわけではないが、私は……鉛筆と紙とを借りて、気持をやすめるため、そして感興に従うため、馬車に揺れるのもかまわずに短文を綴った、これは後になって見つかったが、少し手を入れるだけでよかったのである。（Du côté de chez Swann）」

最後にヴァレリー自身から引用しておく。これは、丁度画家が、海辺にキャンバスを据えて対象を目の内いっぱいにし、「物」を「距離」として見ているといったふうに、あるいは海が語りかけることばに耳を傾けている人のように、あの〈視力〉が、海（映像）を見つめ同時に心の内（言葉）を見つめている、その現場の記述である。

「　Homo scriptor（書く人間）

ぼくは荒れ狂う海を見ている、すると、文字のつまった自分の身体（l' être de lettres）の内に隠れひそんでいる「辞書」が、波や雲がうまい手をさし、ぼくの眼がもっとうまい手で勝負に勝つごとに、一群の語を鳥のように、感受性の領域へ飛び立たせようとする。この場では、話されいる（articuler 分節する）書かれるものが、精神の光をあびながら通りすぎてゆくのだ、……一瞬一瞬、〔外界の〕物理的視覚的な出来事に、言語の世界での出来事が呼応し、恣意的な時間を、少しでも組織化された時間――書くという行為の時間――の内へと移そうとしている。（Mauvaises Pensées, PL. II, p. 806）」

さて第一節（本書118ページ）に引用した「法悦の啓示」に戻らねばならない。

4

意識が自分を際限なく反省し始めるとき、ひとはよく二枚の向い合った鏡の比喩《イマージュ》を持ちだすが、これは正確な比喩とは思えない。意識の仕事は、無数の自己の姿を心の内につくりだして疲労困憊し、無数の自己にとりかこまれて果てに自己を見失ってしまう、そういうことではないのである。見失うのなら、意識ではないではないか。ただ一つの力があって、その力が無限回、自己反省しただけのことだ。それはまさに力（エネルギー）だから、泉のように湧いて、古い自分を前に押し出して行くのである。そう考えるとき、ひとは悪い循環を脱して、背後に、ひとつの「壁」を感じないであろうか。この「壁」は、安心というよりは、勇気づけの壁だ。これを感じるとき、意識は、自分を一個の意志と感じ、これ以上疑えない、最後の、唯一の「私」となるのである。このとき初めて、「意識」は、文字通りすべての事象を（つまり自己をも、外物と変らないものと扱えるようになって）対象として判断を下すことができる、単純で一徹な「方法」となる。デカルトの「コギト（考える私）」とはこの「私」なのだ。

ヴァレリーは、デカルトを読むとき、自分の一番興味を惹くものは、実は、彼の形而上学でもなければ、『序説』に述べているような「方法」（四つの規則のとくに第一規則）でさえなくて、スタンダールなら「エゴティスム」と呼ぶような、彼の「自己意識」であって、「これこそデカルトの真の方法である」と言っている。そして彼のコギトは、デカルトがこの自己意識の諸力に集合を命ずる「ラッパのひびき」のように感ぜられるとも言う（Descartes, PL. I, pp. 804-808）。「テスト氏とはぼくの閻魔さま（croquemitaine 子供をおどすなまはげのようなもの）だ。ぼくが利口でなくなると、ぼくは彼のことを思い浮べる（Cahiers–1-248）。」彼は、注意力の「召集ラッパ」だと言ってもよかったのである。或いは彼に拍車をかける、パスカルのあの釘を刺した腰帯《ベルト》だったのだ。

「広場にて」と題する断章がある（Autres Rhumbs, PL. II, p. 688）。広場で男が鳩にパン屑をやっていると、杖をついた男がやって来て、いつまでも見物して飽きない様子だ。「あなた、いつまで見ているのです」と男が言うと、杖の男は答える。「黙っていてくれ！　私には鳩なんかどうでもいい。私は、鳩を見ている自分を観ているのだ。私は、自分の見ているものが、私に言うこと、或いはひとりで喋っていることを聞いているのさ。穀粒が鳩を惹きつける。鳩たちは人の眼を惹きつける。その眼は、つつき、啄ばみ、横取りする。その眼は囁き、描き、表現する、漠然と混沌と、ね。つまりこれが二番目の見ものをつくり、この見ものが二番目の見物人をつくるのさ。この見ものが、私の内に、二番目の目撃者（témoin）を生み、そしてこの目撃者で最後の者（le suprême）となる。三番目ってのはない。私には、鳩を見ている男、を見ている者がしたり見たりしていること、をさらに見るような「誰か」、〔そちらのあなたの側からじゃなしに〕こちら側から見る「誰か」を形造る力はない。従って私は、何かの力の最先端《はずれ》にいるわけだ。私の精神には、これ以上僅かな精神の入る場所もない。……」これは要するに、意識はこれ以上後へ退れない壁を背中に感じたということである。意識は腰をすえて、自分の前面のみを見ることができる。このときに、前述の一種の「スクリーン」（「法悦の啓示」に言う「鏡」）が現われるのである。

「法悦の啓示」を読み替えてみればこうなる。自分が二十歳のころ、一人の類まれな知性に出会って、この人の模倣をしこそすれ、彼のなすこと以上の仕事は自分に決してできないことを思い知りすっかり絶望し、また同じころ、一人の女性に恋してしまって、自分の多少は自信もあった精神生活は、全くの壊滅状態に陥ったが、そんなころ、一つの単純な事柄に気がついた。即ち、自分たちが経験する現実のどんな出来事も、それが社会問題であれ、恋愛という個人的なものであれ、感覚上の体験であれ、知的な、あるいは霊的なたぐいのものであれ、対象が文学、芸術であれ、政治や経済であれ、外界に起るものであれ、自分の内面で起るものであれ、要するに全ゆる質を異にする事象が、意識（という、体験している自分を観察することのできる注意力）の前では、映像（心像）という点で等質かつ等価なものになるということである。全ては自分の感受性が受けとめて反応しているのであるから、自分の意識力がそれを注意してながめればよいのだ。いうまでもないが、この注意力に対しては、自分の心の内の出来事も、外的な出来事や対象と同列に置かれるのである。これは何も世界について全て知りうるということではなくて、自分の知りうることについては全て知りうるということだ。自分の感受性を経ていないものについて、自分には分からないと、自信をもって言いうるということだ。こういう世界観察の方法は、いわば、自分一人しか入れない幅の、しかも背後は行きどまりの横穴にいて、前から一人ずつしかやって来ざるを得ない敵に対するようなものではないか?! 或いは、意識は、自ら世界を写しだす鏡と違って、どこへ行かずとも自らを覗き込んでいればよい、といったものだ。この鏡は、ふつうの鏡と違って、自分の感受性を通ったものしか写しださないから、結局諸君は諸君自身の姿をしか、そこに見出さないであろう、云々……。

ヴァレリーの定義では、「方法」とは、丁度デカルトの「代数幾何学」のための座標軸のようなもので、この発見のおかげで、従来個々の問題を、そのつど恵まれるか分からないひらめきや勘という不確実で曖昧な経験をたよりに解いていたやり方から、全ての図形と問題を、単純な数と式に還元し得るようになり、「解く」という頭脳行為を、一連の計算操作に換え、思考の経済と確実性とが得られるようになったのである。ヴァレリー自身の見出した方法では、数学の計算操作のように、誰が解いても同じ解答が出てくるといったものではないが、座標軸の設定のように、意識の「場」(スクリーン)を設け、そこに現われる対象は皆一様に「映像」となって、数と式の代りに、ここでは言葉に置換されるのである。それ故、一度《ひとたび》「場」が設定されたなら、あとはこの場で無限の対象を観察すべく、自己の可能力を世界に適用する仕事が残ることになる。

「人間は、認識と行為とに関しては閉ざされた体系である (l' homme est un système fermé quant à la connaissance et aux actes.)」ということを二十歳の頃、自分用に見極め発見してから、テスト氏の言う《一人の人間に何ができるか? (Que peut un homme?)》が、ぼくの全哲学となった。それが、ちからの適用 (application de forces) のための究極の拠り所だった。…… (Propos me concernant, PL. II, p. 1518)」

要約すれば彼の発見した方法は、意識というスクリーンの上にすべての思考の対象を映像化し、その映像を言語化することだが、しかしヴァレリーの「方法」は、意識の「場」と、この場を観察する注意力との二者のみが構成するものではない。この「場」を、洞窟や鏡や座標軸といった比喩で正確に言いあてられないゆえん、「注意力」がとても代数の計算操作に比較できないゆえんは、それが人間の生命の場であり力であるからだ。意識は、丁度視線が一点を凝視し続けようとしても耐えられず、蠅のように、即刻別な物へと移動するように、常に持続し連続するわけのものではないのである。意識は一瞬断絶し、次の瞬間再び意識化を開始する。この断絶と再開のつど、「場」や「力」は生れ死ぬから、この方法で観察される対象は、この断続と同数だけ（また、観察する人間の数をさらにこれに掛ける必要がある）存在することになる。しかし既に述べたように、「コギト」とはこの営為に耐える意志力であった。従って彼の「方法」を形成する三番目の要素に意志力を加えなければならない。そもそもこの意志力がなければ、彼の方法の「場」が生れることがないのは、前述の「自己の諸力の召集ラッパ」という言い方を思い出せばよい。さてそれ故、この「方法」は、マラルメのそれとは似ていても、マラルメのように宇宙に向わず、ひたすら人間の（或いは自分の）精神の働きを観察することに終始するのである。「ぼくの《方法》序説！　一八九二年の物語……ぼくの「体系《システム》」は〝哲学的体系〟というたものではない、それは自我（このぼく）の、ぼくの可能性の、ぼくの往復運動（va et vient）の、ぼくがものを見に行きまた戻ってくるそのやり方（ma manière de voir et de revenir）のシステムなのだ（Cahiers–18- 55）。」テスト氏とはヴァレリーの発見した「方法」の謂であり、彼にはこの往復運動以外の仕事はないのである。これが作者の与えたテスト氏の定義であった。「カイエ」とはこの往復運動の痕跡であり記録であり、「精神《こころ》の内の「もの」それ自体を書いた一種の詩（Cahiers–25-460）」であるから、これをテスト氏自身の仕事（作品ではない）として読むと言うNouletのことさらの言い方もよく分かるのである。

テスト氏のモデルを問題とするのではないけれど、ヴァレリーはティボーデに宛てた手紙のなかで、「この体をなさない粗描である『テスト氏』は、マラルメとは充分な関わりを持ち得ません。(Lettres à qns. p. 95)」と断っている。ドガやポー（デュパン）については周知の通りで、これは次稿に触れるつもりである。また、マラルメについて、ティボーデ宛の別の手紙で、「テスト氏は、マラルメとは、私が望んでいたようなマラルメとの関係を持っていないのです（p. 97)」とも書いている。この奇妙な言い方に、ぼくは、繰り返すが、モデル問題についての言及とは異った文意を読む。対マラルメの、ヴァレリーとテスト氏とのそれぞれの関係は違ったものであったとはどういう意味であろうか。

ヴァレリーが、モンペリエから、マラルメに最初の手紙を送った十八歳の折から（一八九〇年十月二十日）、マラルメが死ぬ（一八九八年七月三日）二十六歳までの間、（のみならず終生、）彼のマラルメに対する敬愛の念（こういう言い方では尽せないが）は変ることはなかったが、しかしこの間に彼は《ジェノヴァの夜》があって、自ら、「詩作を放棄した」とティボーデに言っている。「マラルメの力を一番よく私に感得させてくれた者は、他でもないポーでした。私はポーの中に自分の必要とするものを読みとり、彼の伝える明晰に由来するあの熱狂を経験しました。その結果、私は詩をつくることをやめてしまったのです。一八九二年の私には不可能になっていたこの芸術を、私はすでに、より重要な探究の一練習ないし一適用と見做していたのでした。……このような状態の中で、私はマラルメを、それこそ貪るようにして識ったのです（p. 97）。」しかし、彼のこの「より重要な探究」には二律背反があった。『テスト氏』の「序文」に、文学という「他人の心に或る効果を産みだそうとする心配り」と、「自分の在るがままを、残る隈なく、まやかしなく、仮借なく」認識しようという情熱との間に自分を二分することは、不当なこと（indigne）のように思えたと書いている（Préface, PL. II, p. 12)。しかし二律背反とはこれではない。もっと辛いことが、この「探究」そのもの、この「情熱」自体の中に、在るのだからだ。「この自意識のための自意識、こうした注意力の解明、そして、自分の存在を明確に自分に描きだそうとする苦慮が、私を離れることがほとんどなかった。この秘かな苦しみは、文学から源を発するにもかかわらず、しかも人を文学から遠ざけるものなのである。（Dernière visite à Mallarmé, PL. I, p. 670)」即ち、「カイエ」の仕事は、彼の己れの才能に対する絶望と反省とから始まりこそすれ、決して文学へのそれからではなかった。マラルメはつねに彼の文学上の理想であり規範であったのである。しかしその仕事を押し進めることは、文学をもはや情熱の唯一の対象としない、文学がその一分野にすぎなくなるような領域へ向うことなのだ。ヴァレリーにマラルメの十全の価値を教えたのはポーであったが、しかしそのポーのおかげで、彼は、マラルメに告白できないたぐいの仕事を自ら見出したのだ。しかし彼はこの二つの自分の性向を、情熱を、マラルメの前で、マラルメに告げないままで、「共に保持しようと努めた（Lettre sur Mallarmé, PL. I, p. 643)。」ここに、ヴァレリーのマラルメに対する関係があったのだ。だがテスト氏はマラルメと、ほとんど交際はなかったろうと、ティボーデ宛の手紙は言うのだ。マラルメは詩人たらんとし、それ以外の在り様を望まなかった人である。しかしテスト氏は、文学も芸術もおよそ創作を行わない。「詩人たることではない。詩人たる可能力を所有すること Être poète, non. Pouvoir l' être. (Lettres à qns. p. 95)」である。彼は純粋に、作者の「自己認識」の探究の情熱をのみ養分として、いわばマラルメに背を向けて歩みだす。それがテストに与えた作者の定義であったのだ。

テスト氏の文体

...Je l'〔=M. Teste〕ai entendu désigner un objet matériel par un groupe de mots abstraits...

(*La soirée avec Monsieur Teste*)

1 「肖像画」の文体

ヴァレリーは『テスト氏との一夜』を小説と呼ぶよりは、むしろ絵画の一ジャンルをさす用語を使って、portrait（肖像）と好んで称している。彼が『一夜』に触れて小説という語を用いるときは、たいてい、彼が構想してはいたが、ついに実現しなかった、もっと長大な作品となるはずの、抽象小説の一断片（あるいは「ひとつの脳髄の小説」の最初の章）にすぎない、という言い方をするのである。彼がジッドにあてた手紙によれば（一八九六年一月十一日付、この頃まだ『一夜』は完成していない）、彼はドガとポアンカレに関する一文を書く意向をもっており、そのためには「肖像こそ、ぼくが取組んでみたいジャンルだ」と言っている（Gide-Valéry: *Correspondance*, p. 256）(*)。また同じころ、兄のジュール・ヴァレリーにあてた手紙には（一八九六年二月）、アンリ・ルアールの家で初めてドガに会えたことに触れて、「ぼくは幸運なことにドガと知己になりました〔……〕。彼の作品にぼくはとても興味を惹かれていたから、ほんの数ケ月前に、彼に関する長い研究を、肖像という形式で書こうとしていたくらいです〔……〕」（Lettre à

Jules Valéry, inédite, cf. PL. I, p. 23)」とあり、「肖像 portrait」という表現形態に、偏愛をもち、ある種の意味合いをもたせていることがわかるのである。（このドガ論が実現するのは、三十七年後の、恐らくは『ドガ・ダンス・デッサン』（一九三三）においてである。）

（＊）文中、言及、引用した作品及びその略号は以下の通り。
PL. I et II=Paul Valéry: *Œuvres* (tome I et II), Bibliothèque de la Pléiade, Gallimard
Cahiers, 1~29=Paul Valéry: *Cahiers* (en 29 vols.), C. N. R. S., Imprimerie Nationale
PL.-Cahiers, I et II=Paul Valéry: *Cahiers* (tome I et II), Bibliothèque de la Pléiade, Gallimard
André Gide-Paul Valéry: *Correspondance, 1890-1942*, «n. r. f.», Gallimard
Marcel Proust: *A la recherche du temps perdu* (tome I, II et III), Bibliothèque da la Pléiade, Gallimard

彼の portrait という形式と呼称への好みは、のちになっても変っていない。エドモン・ジャルーの証言によれば、「『テスト氏との一夜』を書いたとき、ヴァレリー氏は、この『一夜』が、ある小説《ロマン》の第一章となるだろうと考えていたが、この作品を書き終えたときには、自分がこの主人公について全てを語ってしまったこと、そして第二章というものは不可能であることをはっきり理解したのだった（Edmond Jaloux: *le Romancier*, dans l' *Hommage à Paul Valéry, le Divan*, n° 79, mai 1922, p. 214 cf. PL. II, p. 1386)」とあるのだが、にもかかわらず、周知のようにヴァレリーは『一夜』の発表後も、のちに《テスト群《シークル・テスト》》と称される一連の作品を書き続けていた。（『友の手紙』、『エミリー・テスト夫人の手紙』、『（英訳本のための）序文』、『テスト氏の航海日誌抄』の発表されたのが『一夜』の三十年後であり、他の残りの四篇はさらに二十年後、彼の死の翌年である。）しかし、それらの作品が、彼の構想していた大きな「小説《ロマン》」の二章以下にあたるか否かは別にして、そういう作品群を書き継いできた数十年後でさえも、彼は相変らず「この文学的肖像」とか「抽象的肖像」と言い、「架空の肖像」と呼んでいるのである（Lettre à A. Thibaudet, 1911, PL. I, p.35; lettre à M. Gould, 1936. PL. II, p. 1381; *Degas Danse Dessin* 1933, PL. II, p. 1168 et p. 1384; Cahiers–21-695, 1938)。彼はこの portrait という言葉で、一体何を思い描いていたのであろうか？

「カイエ」には、『テスト氏』のための創作メモといえる断章がたくさんあるのだが（Jackson Mathews によれば二百弱）、その一番最初に現われる覚え書には（一八九四年、即ち『一夜』の執筆を開始した年であり、完成した『一夜』が発表される二年前のノートになる）、「ある紳士《ムッシュー》の肖像（Le portrait de Monsieur un tel）」と題して、ある男の「肖像」を描くために次のような三つの骨組が示されている。まずその人物の外観、外貌を呈示すること、第二にその人物のアイデンティティを、言い換えればテストの、テストたるゆえんを定義しておくこと、そして第三に、この「定義」された人物を、何らかの具体的な状況《シチュエーション》下に置いてみること。

「　ある紳士《ムッシュー》の肖像

(a) 彼の外観《みてくれ》の全て。彼の外観が意味するもの全て。また彼の、自分自身の眼に映る肉体的、精神的姿。歩き方、顔の特徴、膚色、しなやかさ、身ぶり手ぶりの仕方、彼の性格におけるヴァリエーション。

(b) 彼の彼たるゆえん（son identité）を定着すること。「知の領域」における半径p[*]の描く最大距離と可動範囲。

彼の識別能力のおびただしい数量。

彼は何について考えてきたのだろうか？
彼は何について最もよく考えただろうか？
彼の主導的な世界観のこと。
彼の均衡性の雛型をこしらえること。
彼は他者たちのことを考えるのだろうか？
自分を誰かと比較することがあるのか？　自分を分類したりするのだろうか？
言葉や仕草・振舞いの、その使用頻度のこと。
（c）応用。ヴァリエーション。
彼が食事をし、性交し、苦悩するさまを描くこと。
解釈―舞台裏の原理。彼の「収支帳尻」。（Cahiers–1-19）」

（＊）これは、例えばある人間の「行動半径」などという言い方にみられる「半径」の意か。

このノートが明らかに『テスト氏との一夜』のための覚え書であり、『一夜』がたしかにこの三つの要素から構成されていることは、この作品を分解してみれば明らかになる。その分解の仕方も色々可能であろうが、ぼくは二通りの分解作業を試みた。そのひとつは、例えば聖書註解者が福音書を対象とし、シャーロキアンが《ホームズもの》の原典を対象として、文章の一字一句をとりあげて、キリストやホームズの、思想や発言や事蹟のみならず、日常的な細部を蒐集するように、テスト氏の細部を求めて、作品群を、とりわけ『一夜』を、いわば腑分けするのである。こうして集った細部を大きく分類して浮かびあがってくる幾つかの項目は、テスト氏の顔つき、身体つき（背丈、肩幅、頭部、足等）、立居振舞、服装、嗜好品、日常の行動範囲、生計、住まいや部屋の様子、ほのめかされる過去の履歴などの、いわば「調書」であり（右の引用に言う（a）である）、テスト氏という存在の、さまざまな言いまわしで語られる「定義」集であり、彼の本質をなす思考と方法への言及であり（b）、エミリー夫人や「私」という友人、モッソン神父等、他の人物たちが見聞したところの、かれらとの間に起る彼のエピソード集（c）であった。これらは右のカイエに言う（a）（b）（c）にそれぞれ対応しているのである。

もうひとつの作業は、『一夜』を、物語の筋に従い場面の展開に応じて、いくつかのまとまりに分節することである。『一夜』を仮に次のような八つの部分《シークエンス》に分解することができるだろう。

（1）話者たる「私」の自己紹介とその考え方の披露（テスト氏登場のための下ごしらえ）
（2）テスト氏の外観、外貌、立居振舞
（3）テスト氏をテスト氏たらしめる能力とその努力
（4）「オペラ座」での一夜
（5）「オペラ座」からの帰路
（6）テスト氏の部屋の様子
（7）就寝前のテスト氏のおしゃべり
（8）テスト氏の眠り

このうち（1）のテスト氏紹介のための導入部を別にして、（2）は右の創作メモの（a）に言う、対象たる人物の外観・外貌の描出、（3）は（b）での、その人物の本質のいわば「定義」づけ、（4）〜（8）は、（c）に言う「応用」篇であって、テスト氏のテスト氏ぶりを、オペラ座での観劇と、自室での就寝という二つのシチュエーションに彼を配置することによって、発揮させる部分となっている。

こうして、どちらの分解作業によっても（これら二通りの作業が、文体についてぼくがこのエッセエで書こうと思うことがらの基礎となったのである）、彼が「肖像」を描くために必要と考えた三つの構成要素が、小説的粉飾をほどこされながらも、発表された『テスト氏との一夜』の骨組をかたちづくっていることが明らかになる。そして右に引用したカイエの断章が、単に『テスト氏との一夜』のための創作メモにすぎないにもかかわらず、ここに表われているportraitの構造は（あるいは技法は）、実は彼のこの『テスト氏』という「小説」に限らず、他の多くの批評作品にも見てとれるものであって、いわば彼の批評の原理ともなっている。例えば、『ドガ・ダンス・デッサン』はその見事な表われである。この批評作品全体が、ヴァレリーによるドガという画家の「肖像画」となっているが、個々の三十いくつかの短い章もまた、それぞれが、異なったポーズをするこの人物を、別個の視点から描いた肖像デッサンかクロッキーといった趣となっている。つぎにそのデッサンの一例として、「ドガの政治論」と題された断章を引用して、彼の「肖像」の文体を示してみよう。（ただしここでの直接の対象はドガではなく、政治家のクレマンソーであるが、むろん同時にこの両者の肖像が彷彿とするようになっている。文体見本として、当然『一夜』から引用すべきであるが、そうすると『一夜』全体を示さねばならなくなるので、ここでは「肖像」の雛形見本として、『ドガ・ダンス・デッサン』の一節を用いる。）

(A) Il avait jadis connu Clemenceau dans les coulisses de l'Opéra, où ce personnage [1]curieusement égoïste, [2]jacobin absolu, [3]aristocrate des plus méprisants, [4]persifleur universel, [5]sans amis, fors Monet, [6]mais ayant des fidèles, [7]dur, [8]aimant d'être craint, [9]capable d'aimer un peuple, de le roidir jusqu'au salut, [10]homme de plaisir, [11]d'orgueil, [12]de péril, fréquentait. [13]Il adorait la France et [14]méprisait tous les

Français... 〔……〕

(B) Un soir qu'il se trouva auprès de Clemenceau, tous deux assis sur la même banquette, au foyer de la Danse, il l'entreprit... Il m'a conté cette conversation, ou plutôt ce monologue, une quinzaine d'années après.

Il développa sa conception haute et puérile. Que, s'il fût au pouvoir, la grandeur de sa charge dominerait tout à ses yeux, qu'il mènerait une vie ascétique, garderait le logement le plus modeste, rentrerait tous les soirs, du ministère à son cinquième...Etc.

«Et Clemenceau, lui dis-je, qu'est-ce qu'il vous a répondu?

—Il m'asséna un regard...d'un mépris!...»

(C) Une autre fois, rencontrant encore Clémenceau à l'Opéra, il lui dit qu'il était allé le jour même à la Chambre: «je ne pouvais, durant toute la séance, dit-il, détacher mes yeux de la petite porte de côté. Je me figurais toujours que le paysan du Danube allait entrer par là...

—Voyons, Monsieur Degas, riposta Clemenceau, nous ne l'aurions pas laissé parler...»

(*Degas Danse Dessin*, PL. II, p. 1200 et p. 1201)

(A) かつて彼〔ドガ〕は、オペラ座の楽屋でクレマンソーとよく顔を合わすことがあったのだが、というのも、この人物、①奇妙に独断的で、②過激な共和主義者で、③人に対しては極めて傲慢な貴族主義者、④手あたりしだいの冷笑家で、⑤モネ以外の友達はないが、⑥その代りに多くの心酔者をもち、⑦横暴で、⑧人に恐れられることを好み、⑨しかも一国の国民を愛することもできれば、救国にむけて奮起させることもでき、⑩さらには享楽主義者で、⑪気位高く、⑫危険を喜ぶたぐいのこの人物が、こ

の楽屋によく通ってきたからだった。⑬彼はフランスを熱愛しながらも、⑭あらゆるフランス人を軽蔑していた……。〔中略〕

(B) 或る晩ドガは舞踏劇場の休憩室で、クレマンソーと同じ長椅子に隣りあって坐り、話をしたことがあった……。そのときの会話、というよりもドガのモノローグのことを、彼は十五年ほどたってから私に話してくれた。

彼はクレマンソーに、彼の高邁で子供じみた持論を披瀝したのだった。曰く、もし自分が国政を司る者であったら、自分の責任の重大さがすべてにまさると考えて、自分は苦行者のような生活をして、住まいもごく質素に保ち、毎晩、役所から住いの六階に帰ってゆくだろう……云々。

「で、クレマンソーはあなたに何んと答えました?」と私が聞くと、ドガは、「何か……軽蔑したような眼つきで私を見ただけだった……」と言った。

(C) また別なとき、オペラ座でまたもやクレマンソーに出会ったドガは、彼に向って、今日は議会を傍聴しに行きましたよと言った。「私は傍聴しているあいだ、脇の小さな入口から目を離すことができませんでした。例のダニューブの農民(*)が入ってくるさまを絶えず想像していたもので……。

「だけどドガ君」とクレマンソーがやり返した。「入ってきたとしても、発言させやしませんよ……。」

(*) ラ・フォンテーヌの寓話に出てくる人物で、一般にむさくるしいなりをして、無遠慮に種々の適切な苦言をする人間という意味で用いられる(筑摩版全集訳注による)

彼の肖像portraitの技法の基本的なパターン（さきの（a）（b）にいう肉体的、精神的定義づけと、（c）にいうその人物をめぐるエピソードのつみ重ね）は、この短い章のなかでも異なっていない。これは、内容はむろん別にして、形式としては、『一夜』の（また、『ドガ・ダンス・デッサン』をはじめとする彼の批評作品一般の）ミニチュア模型のようなものである。まず（A）の部分は、クレマンソーという宰相の「定義」づけであり、（B）と（C）は、その二つのエピソードの紹介である。（A）において、クレマンソーの、数えてみれば十四ほどの特徴が、形容詞により、名詞により、現在分詞、句、文によって、いわば鉛筆の描線によって粗描されている。この部分は、絵画の人物デッサンかクロッキーのようなものだ。なぜタブローといわずデッサンであると言うかといえば、これらの十四の形容辞句がすべて断定表現であるからであり、個々にみれば、恐らくその断定にいたるためのさまざまな逸話や出来事や来歴の、うわさや見聞や証拠のたぐいがたくさんあったことであろうが、それらを要約し、細かな要素を捨象しているためであって、これを、随所で印象派のタブローを想起させるプルーストの小説の文章と比較してみれば、一層納得されるだろう。(*)

（*）ついでながら（A）の部分の文体のもうひとつの特徴をあげれば、où 以下の関係節における主語の長大さ（ce personnage~de péril）と、最末尾の短い述部（動詞 fréquentait）との対照であって、彼が批評し、その手のうちが見えると言ってからかったパスカルの、例の一句 Le silence éternel de ces espaces infinis m'effraye. の構文を思わせるのである。これは、作者がここで人物の特性描写を重視し、明らかに楽しんでいたことの表われと読むことができる。

例えば、政治家のクレマンソーの肖像と比較するため、『失われた時を求めて』から、今さしあたって思いつくところで外交官の「ノルポワ侯爵」を紹介する部分（『花咲く乙女たちのかげに』PL. I, pp. 434-438）と対照されたい。このノルポワ侯爵の人となりを紹介する文章は（この部分が印象派の画風を連想させるというわけではない）、ページ数にして引用したヴァレリーの文章の数倍はあるのだが、クレマンソーの特徴を列挙したように、ノルポワのそれをあえて箇条書きにすれば、（1）貴族の生れにもかかわらず、共和政府から外交官として重用されたこと、（2）長い外交官生活を通じて、消極的、旧体制的、保守的な、いわゆる「お役所かたぎ」がしみこんでいたこと、（3）その職掌がら、言葉使いに慎重な、ひどく「つめたい男」として通っていたこと、の三点にすぎず、こういう特徴づけならほんの数行ですむ。残りの大部分は、このそれぞれの特徴を述べるための、それらにまつわるさまざまな出来事の見聞やうわさの記述であり、さらに（これが最も小説を小説らしくさせるものであるが）、ノルポワとこの小説のなかで係わりや交際をもつ「私」や「私」の母や父をはじめとする他の登場人物たちの、ノルポワのそれらの特徴をめぐる意見や関連ぶりの陳述なのである。引用したヴァレリーの文章の（B）（C）に見られるエピソードが、一応これに相当する風に思われるが、小説では、一人物とそのもろもろの特徴とは、他の人物たちと何よりも有機的な結合をし、新しい生命をもって成長し発展し、ちょうどこの実人生と似たような、作者でさえ予想しない展開をおのずからもつ可能性があるのに比べれば、批評（やヴァレリーの小説作品）は、いかに生き生きとした人間や場面を描いても、あくまで観る人の手による人生の一切断面であり、写真で言うトリミングとなっているのである。（しかしここにこそ批評があるのだ。）言ってみれば、ヴァレリーの「肖像画」にあっては、その対象たる人物を坐らせ、ポーズをとらせて、あるいは動作の最中を枠取《トリミング》りして、作家はその人物《モデル》の周囲を歩き、さまざまな角度から観察し、解釈して、鉛筆なり絵筆なりによって、その人物を背景から浮きぼりにするのに対し、小説のなかでは、その人物はいつまでもポーズしているわけではなくて、呼び声を耳にすれば立ちあがって、話者や他の人物たちと会話し、交際し、交渉し、交錯して、いつの間にかいなくなり、また別の新しい場面に姿を見せるものなのである。

こうして『テスト氏』の（とりわけ『テスト氏との一夜』の）文体の第一の特徴は、この「定義」とエピソードのつみ重ねとからなる「肖像（portrait）」の技法からくるのである。それはデッサンの文体であり、批評の文体である。しかし『テスト氏』には他にもいくつか文体特徴があって、以下の章において、その特徴の最も顕著に表われた例を示しながら論じてみよう。

2　抽象性の文体

『テスト氏との一夜』は、《テスト群《シークル・テスト》》をなす他の作品の、色々な意味で原器のようなものであって、前章においてこの作品をぼくは仮に八つの部分に分節してみたが（本書143ページ）、他の作品は、個々に分解してみれば、この八つのいずれかに分類することができるのである。ということは、他の作品は、この『一夜』の八つの部分の何らかの変奏《ヴァリエーション》であり展開であるということになる。これをさらに言い換えてみれば、ヴァレリーは、テスト氏の「肖像」を描くためにテストという存在の「定義」と、それを応用し適用するためのいくつかの舞台設定を考案した際、彼に考えつくことのできるかぎりのことは、『一夜』のなかでほとんどその原型を考えつくしていたと言うことができるのだ。なるほどこの意味で、エドモン・ジャルーの証言（本書140ページ）にみられる彼の言葉が、別のニュアンスを帯びて納得されてくる。「『テスト氏との一夜』を書いたとき、ヴァレリー氏は、この『一夜』が、ある小説《ロマン》の第一章となるだろうと考えていたが、この作品を書き終えたときには、自分がこの主人公について全てを語ってしまったこと、そして第二章というものは不可能であることをはっきり理解したのだった。」

こうした『一夜』という原器に照らしてみれば、『テスト氏との散歩』（一九四六）という小品は、《オペラ座の一夜》の場面の変奏である。オペラ座で「私」とテスト氏とは、演じられていたかんじんの舞台《オペラ》の方はそっちのけで、観客の反応を見るという、社会観察ないし集団心理の研究を行っていたように、この『散歩』では、マドレーヌ教会の近くの歩道に立って（あるいはカフェに坐ることもあったのだろうか？）、この大通りを行き交う人々と外の景色をながめ、そこのもの音に耳を傾け、そこに存在する人や物を内感覚によって触覚しているのである。実際、この短い作品はわずか八つの段落からなり、各々の段落はほんの数行の、長くても十行にも達しないものであるが、ひとつひとつの段落に、このような二人の視覚・聴覚・内感覚（触覚）などの感覚体験のそれぞれを対応させているため、およそ無駄なおしゃべりと感じさせる記述は何ひとつない。まさにこのような感覚の記述こそ、この作品の目的であるからだろう。

〔……〕Nous nous metons ensemble et nous regardons le mouvement doux et incomprégères, de la voie publique qui charrie des ombres, des cercles, de fluides constructions, des actions légères, et qui apporte quelquefois quelqu'un de plus pur et d'exquis: un être, un œil, ou une bête précieuse faisant mille formes dorées et qui joue avec le sol.〔……〕

Nous écoutons, d'une oreille délicate, le mélange du bruit de la rue ample, la tête pleine des nuances abondantes du pas des chevaux touffus et de l'homme interminable, qui anime vaguement les profondeurs, leur faisant rouler comme en songe, une sorte de nombre confus dont la grandeur tremble et rassemble les marches, la mue opulente du monde, les transformations des indifférents les uns dans les autres, la presse générale de la foule. (*La Promenade avec Monsieur Teste*, PL. II, p. 57)

〔……〕われわれ〔テスト氏と「私」〕は一緒になって、この大通りの、おだやかだが理解しがたい動きを見つめる、この動きは、さまざまな影や輪や、流動する構造物、軽快な動作などを運ぶが、またときには、さらに純粋で、精妙なものも運んでゆく、即ちひとりの存在《ひと》、ひとつの眼、あるいは金色をした無数の姿態を示しつつ地面と戯れてゆく貴種の動物。〔……〕

　われわれは、繊細な耳を傾けて、この広い通りの騒音の混合を聴いている。頭の中は、混みあう馬たちや途切れることのない人間の足音の豊かなニュアンスで一杯にしながら。この騒音の混合は、漠然と内奥を活気づけ、夢の中でのように一種の、大きさの増減する拍数《リズム》を響かせるのであり、また（この騒音の混合は）さまざまな進行や世界の豊穣な変貌や、相互に無関係な変容、群衆の大きなひしめきが集まっている。

　さて、ここに掲げた二つの断片は、そのうち視覚と聴覚の記述の部分である。読者は、何よりもこの二つの段落が、どちらも、長いがたったひとつの文で書かれていること、そしてその文《センテンス》の統辞法的な構造が、極めてよく似た形態をもっていることに気づき驚くのである。そのことは、一読したところではよく分らないのだが、文の要素を次のように配列し直してみると明らかになるだろう。

{[…] ensemble […]

nous regardons le mouvement—doux et incompréhensible de la voie publique
S V O

—qui charrie—des ombres,

—des cercles,

—de fluides constructions,

—des actions légères,

—qui apporte quelquefois quelqu'un de plus pur et d'exquis:

—un être,

—un œil,

—une bête—précieuse

—faisant mille formes dorées

—et qui joue avec le sol.

{—d'une oreille délicate,
—la tête pleine des nuances abondantes du pas—des chevaux touffus

—de l'homme interminable,

Nous écoutons le mélange—du bruit de la rue ample,
S V O

—qui anime vaguement les profondeurs,

(leur faisant rouler comme en songe une sorte de nombre—confus

—dont la grandeur tremble)

— 〔qui〕 rassemble — les marches,
— la mue opulente du monde,
— les transformations des indifférents les uns dans les autres,
— la press générale de la foule.

即ち、どちらの文も、その主要な骨格はSVOの文型となっており、それぞれの目的補語（O）を、ひとつの語群と二つの関係節とが修飾し説明しているという形態を示していることだ。これらの文章の主語（S）をなす「われわれ」（テスト氏と「私」）の感覚する行為（見つめる regarder 耳を傾ける écouter）の対象（O）が、具体的な個物ではなく、大通りの「動き」le mouvement であり、同じこの通りの騒音の「混合」le mélange であるという、どちらも抽象的なもの（即ち抽象名詞が用いられている）であることは、やはり大きなひとつの特徴であるだろう。一般的に言って、ヴァレリーの文体特徴のひとつに、抽象性をあげることに恐らく異論はないと思われるが、その抽象性の印象の理由は、個々の文章によって異なっており、その理由のいくつかを、いくつかの文章を例示することによって示すこと（本章だけでなく、別の章でも適宜論じられるはずである）は、結局このエッセェの最終の目的なのである。そしてここで、この二つの文章から抽象的な印象を受けて、その理由を探る場合、次のような二つのことがらを頭において読む必要がある。

ひとつは、抽象とは、元来、個々具体の物や現象から、それらに共通したものを抽出する行為であるのだが、逆に、そうして抽出して得られた抽象物には、それを共通にもつ個々具体の事物が隠されて含まれているということだ。もうひとつは、ものごとの認識の（従ってまたその表現の）仕方には、例えばある一本の樹の真近に立って、その幹や枝や葉や花を観察し描写するやり方もあれば、その樹から一歩二歩と遠ざかって、その樹も属する（すでに点のようにしか見えなくなっていても、確かに属している）林の一角なり全体なりをながめ表現するやり方もあるということだ。

第一の点を念頭に置いてこの二つの文章を読むとき、このどちらの抽象名詞にも（「この大通りの動き」にも、「この広い通りの騒音の混合」にも）、その街角を行きかう男や女たち、馬車や馬車馬や動物たちの、運動とそれらの立てるもの音、要するにこのパリの一角の人々の生活の或る時刻（朝の十一時ごろ）の具体的な情景が隠されて含まれており、このどちらの文も、これらの情景を、むろん個々具体の姿でとは言えないが、いわば「抽象的」に暗示し、描き出し、感じさせようとしていることに気づくだろう。それが、《doux et incompréhensible おだやかだが理解しがたい》といったような形容詞や形容詞句（〜〜線をほどこしておいた）となり、《des ombres さまざまな影》などの、主に複数の（ときに単数の）、主として不定冠詞のついた一群の名詞（——線を引いておいた）による表現となる。《des ombres》、《des cercles》、《de fluides constructions》、《des actions légères》、《un être, un oeil de plus pur et d'exquis》といった表現から、ぼくはこの太陽の差した（何故なら、「さまざまな影」と言う以上、天気のよい日に違いない）マドレーヌ広場近くの通りを行きかうたくさんの、思い思いに着飾った、体型も背たけも異なる通行人の男女たちや、馬車の往来（《des cercles いくつもの輪》という言葉に、少なくとも馬車の車輪が含まれているはずである）、それらが刻々に形造る種々様々の図形や幾何学模様、人々の歩きぶり、走り方、身ぶり手ぶり、ときにテスト氏や「私」の注意を惹く人物（《un œil》という表現から美しい女性の魅惑的な眼《ながしめ？》を思い浮かべることも可能だろう。二人は通りすぎる横顔を見ているのだ。）などを具体的に想像する。またこんな風に、ちょうど代数式で一般性を表わすために用いられたa、bやX、Yなどの文字記号のなかに具体的な数値を代入するように、想像力によって語表現のなかへ具体的な現実世界の映像をいわば代入しなければ、この文章は一向に面白くもないし、まさに「抽象的《チンプンカンプン》」な一節ということになるだろう。とくに、《une bête précieuse, faisant mille formes dorées et qui joue avec le sol 金色をした無数の姿態を示しつつ、地面と戯れてゆく大切な、あるいは貴種の動物》という一行を読むとき、何故かこの動物がペットの「犬」であり、ジャコモ・バラの例の絵（「鎖につながれた犬のダイナミズム」——貴婦人風の女性が犬を連れて散歩しており、その歩みの時間的経過を、女性の足元やゆれる鎖とともに犬の順ぐりに送られる四肢の動きの残像をいくつも重ねて描いたもの——）を思い浮かべないではいられない。

　ただ、（ここから、前述の第二の点を想起してほしいのであるが、）こうした具体的なパリの情景を恐らくは眼の前にしながら、ヴァレリー（あるいは「私」）がここで用いる表現は、あくまで抽象的な、一般的な、総称的な語と語法である点に、作者があえて、ある一本の樹の詳細を語るやり方ではなくて、その樹も含んだ林の全体を見渡す位置に立って描くやり方を意図的に選んでいるということができるのである。そこに、この文章の抽象性のゆえんがあるのだ。しかも読者は、ヴァレリーの全ゆる文章がそうであるように、この抽象的な文章からも、現実世界の、感覚的実在の印象を同時に受ける気がするのである。まさに『一夜』のなかで「私」がテスト氏の語りくち（文章で言えば文体）に触れて、「私は彼が一連の抽象語と固有名詞とを用いて、物質的な一対象を指し示すのを耳にした（*La Soirée avec Monsieur Teste*, PL. II, p. 19）」と言ったように、彼のこの文章は、「一連の抽象語」（抽象名詞及びそれに類する語——というのも、例えば《des ombres》という語は決して抽象名詞ではないが、にもかかわらず様々な影を包括するその総称性、一般性のゆえに、抽象性の印象を与えるからだ）によって、物質的な現実的な対象を記述しているのである。

　それにしても、前のページで図示したように、ここに掲げた二つの文章の、文法上、統辞法上の構造がほとんど全く同じだということについて、どう考えればよいのであろうか。それは、どんな多様な思考も、ひとたび言語によって外に表出されるときには、言語の課す制約をうけて、同じ形態をとるし、またとらざるを得ないということを語るのだろうか。また、同じ一人の作者の文章上のスタイルは、結局ひとつのパターンに堕しやすいということの一証拠なのだろうか。あるいは、彼の「方法」からして、聴覚も視覚も、その感覚を意識する注意力にとっては等質であるのだが（これについては、拙稿『テスト氏の方法』を参照されたい）、そのことが文章の形態にも反映していると考えるべきだろうか。少なくとも、ここには、ヴァレリーの思考とその表現にひとつの型が（彼の喋り方のくせが）あるとは言えるのである。

＊

　つぎに、別なかたちで抽象性の印象を与える第二の場合の文体見本を掲げよう。

①Au haut de la maison, nous entrâmes dans un très petit appartement «garni». ②Je ne vis pas un livre. ③Rien n'indiquait le travail traditionnel devant une table, sous une lampe, au milieu de papiers et de plumes. ④Dans la chambre verdâtre qui sentait la menthe, il n'y avait autour de la bougie que le morne mobilier abstrait, —le lit, la pendule, l'armoire à glace, deux fauteuils —comme des êtres de raison. ⑤Sur la cheminée, quelques journaux, une douzaine de cartes de visite couvertes de chiffres, et un flacon pharmaceutique. ⑥Je n'ai jamais eu plus fortement l'impression du *quelconque*. ⑦C'était le logis quelconque, analogue au point quelconque des théorèmes, —et peut-être aussi utile. ⑧Mon hôte existait dans l'intérieur le plus général. ⑨Je songeai aux heures qu'il faisait dans ce fauteuil. ⑩J'eus peur de l'infinie tristesse possible dans ce lieu pur et banal. ⑪J'ai vécu dans de telles chambres, je n'ai jamais pu les croire définitives, sans horreur.

(*La Soirée avec Monsieur Teste*, PL. II, p. 23)

①われわれは、建物のてっぺんにある、「家具つき」のひどく狭いアパルトマンに入った。②本一冊見当らなかった。③机の前に坐り、ランプの下で、紙類とペンに囲まれてする昔ながらの仕事を示すものは何ひとつなかった。④薄荷《ミント》の匂いのする緑がかった部屋のなかには、ろうそくのまわりに、陰気くさい抽象的な家具が——ベッド、柱時計、鏡つきの洋服簞笥、それに肘掛椅子が二つ——、まるで空想上の存在のように並んでいるだけだった。⑤暖炉棚の上には、新聞が数紙、何やら数字で埋めつくされた十まいほどの名刺、それに薬びん一ケ。⑥私は、任意のという印象を、かつてこれほど強く受けたことがなかった。⑦これは定理における任意の一点というのに類似した、——恐らくそれと同じくらい有効な、任意の住居であった。⑧この住居の主人は、最も一般的な内部に住んでいた。⑨私は、彼がこの肘掛椅子で過す時間を思いやった。⑩この純粋かつありふれた場所で起りうる無限の悲しみに、私は恐怖を覚えた。⑪私もこのような部屋で暮したことはあるが、恐怖の念なしに、これが自分の終《つい》の住処《すみか》と思うことはできなかった。

これは、テスト氏と識りあった「私」が、恐らく初めて彼のアパルトマンに誘われて入ったときの、テスト氏の部屋の印象である。この彼の部屋を描きだす文章の大きな特徴は、否定辞の多出と、抽象的な語義をもった形容詞（及びそれに類した語群）の使用である。

同じ否定表現でも、二度用いられている ne jamais（⑥⑪）の果す機能と、他の ne pas（②）、ne rien（③）、ne que（④）の機能とは異なっているのであって、前者は（⑥⑪の）文章全体の文意の否定とはなっていない。「私は任意のという印象をかつてこれほど強く味わったことがなかった⑥」というのは、テスト氏の部屋について、「任意の」という強い印象を受けたということであり、⑪の文の場合にも、結局のところ、テスト氏の部屋を「終の住処」と考えて恐怖の念を覚えているのである。ところが後者の場合、否定辞として、読者の、字面を追いつつそれを映像化してゆく絵画的な想像力に、一種の昏惑を与える。

例えば、作者が《Sur la cheminée, quelques journaux, une douzaine de cartes de visite couvertes de chiffres, et un flacon pharmaceutique⑤》と言うとき、読者はテスト氏の部屋のなかの暖炉棚の上に、自分がどこかで見た「数紙の新聞、数字で埋めつくされた十まいほどの名刺、そして薬びん一ケ」を、自分に思い描ける限りに具体的な姿で置いてゆけばよい。しかし②のように、否定形で語られるとき、読者の想像力はどうなるのだろうか。その部屋に「本など一冊だってなかった」と表現したいとき、恐らくどの国語によっても、必ずひとまず「本」という語を使わねばならず、ついでその「本が存在する」ことを否定しなければならない。文の末尾に否定辞のくる日本語の場合はいうまでもなく、動詞の前に、あるいは無化されるべき対象（「本」）の前に否定詞の置かれるフランス語の場合も、この事情に大差はないのであって、その証拠が、肯定文に否定辞を付加することで否定文がこしらえられるという措辞の方法にあるのだ。つまり否定表現は、読者の想像行為に、一時停止と映像の無化という知的操作を強いることでその目的を果す（文意を伝える）が、この手順のゆえに、当の文章に一種の抽象感をただよわせるのだ。

ヴァレリーのここでの否定辞による印象的な文章は、ちょうど小学生のころ先生が行った印象深い補色の残像実験のように、名詞という、本来外物を指示する語を見つめさせ、ついでとり去る（否定する）ことによって、その物がその部屋に真に存在しないことを感じさせ、ことさら強調するのだ。テスト氏の部屋に、およそ「本」は存在しないのであり、「机」や「ランプ」や「紙類」や「ペン」といった、昔ながらの仕事を暗示するものが一切ないのであり、「ろうそく」や「ベッド」や「柱時計」や「鏡つきの洋服箪笥」、「二つの肘掛椅子」しか並んでいないのであり、しかも、まるで「空想上の存在」のように、まさに残像のように、幻のように、存在しているにすぎないのである。試みに、この一節から、外物をさす名詞を全てノートに列挙し一覧表をこしらえて、その名詞群より、否定辞によって無化されているものを文字通り鉛筆によって抹消してみれば、残ったもの（家具）が何であるかがよくわかり、テスト氏の部屋の、彼の言う「抽象的な④」たたずまいが、一層鮮かに浮かびあがってくるだろう。こんなことさらの操作がなくても、読者は頭のなかで、（ほとんど無自覚のままにせよ）同じことを行っているのだ。

いうまでもなく、この抽象性の印象は、抽象的な語義をもつ形容辞句によってさらに強められている。しかもそれらの抽象的な語や語句（abstrait ④, de raison ④, quelconque ⑥⑦, général ⑧, pur et baual ⑩）は、具体物を指す名詞と結びついているため、ここでも一層の昏惑と抽象度を増す。「陰気くさい抽象的な家具」とは、「任意の住居」、「一般的な内部（室内）」、「この純粋かつありふれた場所」とは、一体どんな家具であり場所であるのか、それらを例えば映画や演劇のために具象化し映像化するとき、困難を覚えるだろう。むろん作者の意図は、言葉によって一種の絵を画くことにはなく、数学で用いる「任意の一点」というような言いまわしのもつ意味で、どこにでもあるような、とりたててあげつらう点もない室内にテスト氏が住むことを理解させ、これと正反対にきわめて個性ある彼の内的生活を暗示し逆照射するところにある。しかし作者は、同時に、この人物が、ちょうどふつうの小説に登場する人物たちがもつ実在可能性と同程度に、あたかも実在する（あるいはし得る）という印象を与える必要があったから、このような、抽象と具体の結合した表現を発明する必要があったのだ。

3　内的レアリスムの文体

『テスト氏との一夜』のなかの《オペラ座の一夜》のエピソードを、例えば『失われた時を求めて』の、「話者」がラ・ベルマの演ずる『フェードル』を観にオペラ座へ出かけてゆく、例の海底のメタファーで有名な部分（「ゲルマントのほう（PL. II, pp. 37-58）」）と読み較べてみるとき、ヴァレリーの文章にいかにプルースト流の隠喩表現が少ないかに気づくのである。『失われた時』の場合、サックス大公らしき人物が、しめっぽくて薄暗い廊下を一階桟敷席へ向う後姿を、「話者《わたし》」にはそれが「海底の洞窟、水中にすむ水の精《ニンフ》たちの神話の王国」へ導かれる風に見えると書いてからは、それをいわば起点として、このオペラ座の情景はほとんどすべて、海や海神たちにちなむメタファーによって綴られてゆくのであり、《のように Comme》で導入されるその比喩表現は数えきれないほど（五、六十箇所以下ではないだろう）であるのに対し、《オペラ座の一夜》には、比喩らしきものがほとんどなく、強いて数えても五箇所ほど、それも、一例を挙げるなら、桟敷席に坐っている女性の光のあたった白い裸の肩を「小石のような comme un caillou」と言い、いたるところで女性たちの扇子が動き煽られている様子を「泡立っているécumant」と表現する程度なのである（ついでながら、偶々、プルーストにも女性たちの扇子の動きについての全く同じ比喩 écumeux がある PL. II, p. 40)。

一体に比喩とは、ある「もの」（喩えられるもの）を表現するために、別の「もの」（喩えるもの）を借りる行為であるが、読者は、比喩表現を通じて、その文章から実は二つの文脈を（二つのメッセージを）読みとっていることになる。ひとつは、比喩によって喩えられている「もの」の伝える文脈（メッセージ）であり、もうひとつは、当の喩える「もの」の伝える文脈（メッセージ）である。プルーストが、オペラ座へ観劇に来ている貴族やブルジョワたちの生態を描きだすために用いるところの、深海とそこに住む生きものとに因んだ一連の比喩表現から、読者はこの『失われた時』の物語の本来の筋の展開を読みとるとともに、当の比喩表現自体のもつイメージが織りなす、海底と海神たちの映像の世界を自由に思い描いてたのしむのである。最も単純な例で言えば、女性の白いむきだしの肩を「小石」に喩えるとき、読者は、（白いすべすべした小石に似た）女性の肩の白い膚（比喩されるもの）の映像と同時に、（女性のやわらかい膚あいに似た）白い小石（比喩するもの）の映像も脳裡に思い浮かべているということだ。喩えられるものと喩えるものとの両者の映像が重なり、しかも並立して初めて比喩が成立するのである。プルーストのこの部分のように、一連の比喩表現がそれ自体に連続性（ここでは「海」にちなむという）をもてばもつだけ、その比喩するものの映像は一層印象深く、それ自体の物語の世界を、つかの間にせよ描きだすことだろう。その印象深さが、その比喩表現の成功を語っているのだ。そしてプルーストの隠喩的、換喩的比喩形象ほど、むしろ『失われた時』の物語の展開以上に、その形象のもたらす魅力と喜びを与えてくれるものはめったにない。

いうまでもなくヴァレリーの諸作品にも、プルーストとは別種の比喩表現ならたくさんあって、それらもまた、めったにない魅力と喜びを感じさせることに変りないのだが、その魅力は、その表現の抽象性のなかにこそ感じられるのである。あるいはこう言った方が正確かもしれない。彼の文章を読んでいて、読者が表現の比喩性をとくに生き生きと感じとるのは、プルースト流の隠喩にではなく、彼が彼の思考と文学の永遠の対象たる、精神のなかの事物や出来事を、日常生活でふつうに使用される名詞や動詞を用いて言い表わすときなのである、と。このわけはすぐにわかることであって、外界の物事と異なり、内界の現象には、それを直截に指示する固有の言語が存在しない以上、用いられる言葉はすべて比喩表現となるし、そう受けとられてしまうからだ。

『テスト氏との一夜』や『テスト氏との散歩』などの「小説」作品にあっても、『若きパルク』や『魅惑』などの詩作品においても、ヴァレリーの作家としての基本的な態度は、実は根本的な意味でのレアリスムであって、一見そう見えないのは、彼の対象が多くは（「レアリスム」というこの用語が想定させる外的世界であるよりも）内的な現実であるからである。別の言い方をすれば、かつてティボーデが定義したように、ヴァレリーは本質的には散文家なのである。そしてヴァレリーの比喩表現にあっては、このような意味でのレアリスム（いわば内的レアリスム）と、これとちょっと見たところ矛盾するもうひとつの彼の基本的な態度である抽象志向（あるいは嗜好か）とが深く結びつき、からみあっているのだ。つぎに、こうしたからみあいから生れた最も生き生きした比喩表現の文体見本を分析してみるが、その前に、この結合のいわば最も単純な雛型《モデル》として、《オペラ座の一夜》の数少ない比喩表現から、この劇場を指して言う、《dans ce cube この立方体のなかで》という言いまわしをとりあげてみよう。

喩えるもの	喩えられるもの
dans ce cube ——	dans ce théâtre

これもまた比喩表現のひとつに違いないのだが（これは換喩《メトニミー》の一種に分類されるのかもしれないが、ここでは何が隠喩《メタファー》で何が直喩《シミリー》かといったたぐいの分類は必要も関心もないので行わない）、これが同じオペラ座の広間や廊下を海底の洞窟に喩える場合と大分様子が異なっているのは、何よりこの cube（立方体）という抽象語に特色があるからだ。《dans ce cube》という表現は、《dans ce théâtre》という意（第一のメッセージ）を伝達するとともに、この語自体のもつ幾何学的な抽象的な形態のイメージ（第二のメッセージ）から、この喩えられるもの（劇場）の具体的なイメージに、絵画的というよりは彫刻的な、立体的で造形的な、つまり感覚的な仕上げの一触を加えるのである。この短い表現のなかで、《dans ce théâtre》というレアリスムと、cube という抽象性と、cube = théâtre という比喩の働きとが、三つどもえで結びついているのである。さて、以下に、彼の内的レアリスムの躍如としている一節を引用してみよう。

«J'ai, dit-il..., pas grand-chose. J'ai... un dixième de seconde qui se montre...Attendez... Il y a des instants où mon corps s'illumine... C'est très curieux. J'y vois tout à coup en moi... je distingue les profondeurs des couches de ma chair; et je sens des zones de douleur, des anneaux, des pôles, des aigrettes de douleur. Voyez—vous ces figures vives? cette géométrie de ma souffrance? Il y a de ces éclairs qui ressemblent tout à fait à des idées. Ils font comprendre,—d'ici, jusque-là... Et pourtant ils me laissent *incertain*. Incertain n'est pas le mot... Quand *cela* va venir, je trouve en moi quelque chose de confus ou de diffus. Il se fait dans mon être des endroits... brumeux, il y a des étendues qui font leur apparition. Alors, je prends dans ma mémoire une question, un problème quelconque... Je m'y enfonce. Je compte des grains de sable... et, tant que je les vois...—Ma douleur grossissante me force à l'observer. Jy pense!—Je n'attends que mon cri,... et dès que je l'ai entendu—*l'objet*, le terrible *objet*, devenant plus petit, et encore plus petit, se dérobe à ma vue intérieure...

(La Soirée avec Monsieur Teste, PL. II, pp. 24-25)

「ぼくにはね」と彼が言った。「別に大したことじゃないんだが、ぼくには……一秒の十分の一くらいのあいだ、姿を現わす瞬間というのがあって……待ちたまえ……ぼくの身体が輝きだす瞬間があるのだ……。これは実に不思議だ。そのとき突然自分の内部《なか》が見えるんですよ……自分の肉の層の奥行がはっきりと見分けられる、そしてぼくは苦痛のさまざまな帯《たい》を感じる、苦痛の環とか極とか放電現象といったものをね。こういう生きた形象があなたには見えるかな？　ぼくの苦しみのこの幾何学が？　観念に酷似したあのさまざまな閃光というものがある。それらが理解させてくれるんだ——ここからあそこまでといったふうにね……。ところがこの閃光はぼくを不確かな状態に放っておく。不確かな、というのはうまい言葉じゃないが……。こういうことが起りそうになると、ぼくは自分の内部に、何か混在したような、拡散したようなものを見出す。ぼくという存在のなかに、何と言うか……霧のかかったような場所がいくつか出来上ってくる、いくつかの拡がりがあって、それが姿を現わすのだ。そのときぼくは、ぼくの記憶のなかを探して、何でもいい、ひとつの疑問、ひとつの問題をとりあげる……。ぼくはそいつに没頭するんだ。砂の一粒一粒を数えてゆく……ぼくに見える限りね……。——苦痛が増してきて、いやでもその問題を観察せざるを得なくなる。つまりぼくはそいつを思考するわけです！　ぼくはひたすら自分の叫びを待っている……そして叫びを耳にするや否や、——対象は、この恐しい対象は、小さくなり、ますます小さくなり、ぼくの内部の視野から姿を消してしまう。」

これは、いま言ったヴァレリーにおける比喩表現と抽象表現と内的レアリスムとの一致の表われの最も美事な一例である。オペラ座からの帰路、すすめられるまま彼のアパルトマンに立ち寄った「私」は（本書157ページ参照）、ところがひとりさっさとベッドにもぐりこんだテスト氏から、右のような話を聞かされる。テスト氏は、まだ半分は目醒めているが、すでに半分は眠りに入ってもいるという、例の寝入りばなや目ざめる直前によくある眠りと覚醒とのあわいの（詩人ならよく知っているところの、思考と表現のための最も重要な）状態にあって、その状態を観察しつつ（あるいは想起しつつ）喋っているのである。テスト氏の言葉をできるだけなぞりながら、この部分を要約してみればこんな風になるだろう。私が眠りに入ろうとする寸前に、ほんの十分の一秒くらいの間ではあるが、自分の身体が内側で輝きだすように思われる瞬間があって、このとき、まるで思念に似たような閃光に照らしだされて、私のなかで、私の肉体の深い層のようなものが、私の苦痛の帯というか輪というか極というか、そういったものが見えるし、感じられるのである。そしてこういうとき、私は自分の記憶のなかを探って、何か懸案の疑問なり問題なりを思い出し、とりだそうと試みるのだが、不思議に一瞬のうちにその解決まで含めて、その問いかけの全てが見えることがあるのだが、何しろこうした半ば目醒め半ば眠っている状態にあって、このような内的な注意力を（視覚を）持続させることは実に辛くて、その苦痛に負けて、ついにはこうした視覚を失ってしまうのである、云々。

この引用の末尾に《ma vue intérieure 私の内的視覚》とあるように、ここでは視覚に係わる語や動詞が多く用いられており、とくに二行目から九行目にかけての部分の諸要素を次のように配列して並べてみるとき、彼のこの文章が、単なる比喩表現なのか、知的、内的なレアリスムなのか、あるいは結局そのどちらとも決めるわけにゆかないものなのか、ともあれ大いに考察をささわれることになるだろう。

S（主体）	V（行為）	行為の「場」	O（対象）
je	vois（見る） distingue（はっきり見分ける） sens（感じる） trouve（見出す）	en moi（私のなかに） dans mon être （私のからだのなかに）	les profondeurs des couches de ma chair des zones des anneaux des pôles des aigrettes } de douleur ces figures vives cette géométrie de ma souffrance de ces éclairs qui ressemblent tout à fait à des idées

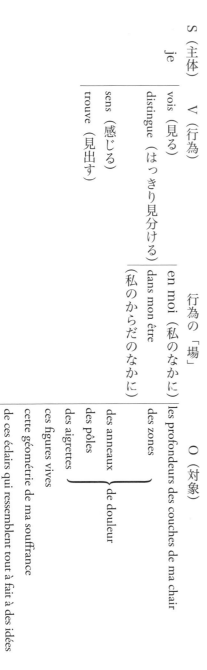

quelque chose de confus ou de diffus
des endroits brumeux
des étendues

興味深いことは、ここに集めたそれぞれの動詞が、同じように集めた目的補語群から、必ずしも原文通りでない目的補語を自由に選んでも、文意はほとんど変らないことだ。また、文中必ずしも視覚を示すわけでない動詞（例えば八行目、九行目の il se fait, il y a）の目的補語をもこのグループのなかに含めたのは、これらの存在や出現を意味する動詞も、結局は視覚を前提としていると考えたからである。

ここに用いられた動詞群は、またそれら動詞群の対象として列挙されている精神の（あるいは肉体の）内部にある場所や図形を示す名詞群は、単なる比喩形象なのだろうか、それとも作者が本当にこんな風に見たのだと考えて、事実報告《レアリスム》の文章であると言うべきであろうか。恐らく本当のところは、こうした内界の記述は、確かに何かが見え感じられる気がするのだが、それは偶々そのとき口をついて出てくる言葉でしか表現できず、それを確かめるため再び表現しようとすると別な語が出てき、結局、追求するかぎり永久にこの作業をくり返さざるを得ないというところにあると思われるが（これは最終章で、彼の「カイエ」の文体について論ずる際にとりあげるつもりである）、作者ほど内的視力にめぐまれないわれわれには、こうした内容の文章くらい、すぐれて抽象的なものに思われるものはないのである。にもかかわらず、不思議に現実的な印象だけは与えられる……。これこそ、まさにヴァレリーらしい「比喩表現」の、最も生き生きとした例であり、彼の最も彼らしい（彼の存在理由《レゾン・デートル》にかかわる）文体の見本なのである。

＊

テスト氏の精神の諸々の行為や操作は、動詞や、動詞を名詞化した抽象名詞によって示されるのであるが、行動中の精神を生き生きと表現するには、作者はとくに動詞を用いるはずである（なぜなら動詞とは、まさに作動中の行動を写す言葉であるから）。ところが前にも触れたように、精神の内部で生起することがらを表現するための固有の言語が存在しない以上、彼は、その動詞を、日常生活で用いている国語から借りてこざるを得ない。そうした動詞は、もし『テスト氏』のなかからその種の動詞を抜き出し蒐集してみた場合、ふつうの生活で人間が自分の身体のどの部位を使って行う動作を表わすものが多いのだろうか。ヘルダーの『塑像論』(＊)によれば、彫刻家に必要なものは視覚と触覚であるが、彼は、とりわけ触覚こそ、諸感覚のなかで最も「愚鈍で」、ものごとを理解するのに一番時間のかかるものでありながら、しかし最も深く認識する感覚だと言う（ドイツ語の begreiffen という動詞には「理解する」の意とともに「手で触わる」という意味もある）。興味深いことに、テスト氏の行為は、右に引用した断片で見たように「目」を使う動詞と、次にその一例をあげるように「手」を用いる動詞によって多く表現されているのである。

（＊）ヘルダー『塑像』pp. 203-294（『世界の名著 続7』中央公論社）

(A)〔……〕Je crois qu'il a trop de suite dans les idées. Il vous égare à tout coup dans une trame qu'il est seul à savoir tisser, à rompre, à reprendre. Il prolonge en soi-même de si fragiles fils qu'ils ne résistent à leur finesse que par le secours et le concert de toute sa puissance vitale. Il les étire sur je ne sais quels gouffres personnels, et il s'aventure sans doute, assez loin du temps ordinaire, dans quelque abîme de difficultés.

(*Lettre de Madame Emilie Teste*, PL. II, p. 29)

(B) Comment ne pas s'abandonner à un être dont l'esprit paraissait transformer pour soi seul tout ce qui est, et qui *opérait* tout ce qui lui était proposé? Je devinais cet esprit maniant et mêlant, faisant varier, mettant en communication, et dans l'étendue du champ de sa connaissance, pouvant couper et dévier, éclairer, glacer ceci, chauffer cela, noyer, exhausser, nommer ce qui manque de nom, oublier ce qu'il voulait, endormir ou colorer ceci et cela...

(*La Soirée avec Monsieur Teste*, PL. II, p. 19)

（A）わたくし［エミリー・テスト夫人］の思いますに、あの人の場合、いろいろな考えの間に連絡がありすぎるのですね。あの人は、自分だけが編んだり、ほどいたり、繕ったりできる網の目のなかに、みなさんをたえず迷いこませてしまうのです。あの人は自分のなかに、ひどく切れやすくて、あの人の全生命力に助けられ協力されてはじめて、その脆弱さに持ちこたえているような糸を伸ばしています。その糸を、わたくしには何かよく分らないあの人独自の深淵の上に張りわたし、日常的な時間から遠く離れて、困難などこかの渕に大胆に分け入っているに違いありません。

（B）どうして夢中にならずにいられるだろう、存在する一切をただ自分ひとりのために変形するとも見える精神をもち、自分の前にさし出された一切のものに働きかける人物に対して？　私にはよく分ったのだ、この精神が、ものを加工し、混ぜあわせ、変化させ、連絡をつけている様が、そしてその認識の場の拡がりのなかで、切断し、折り曲げ、照らし出し、一方を冷却し他方をあたため、沈め、高め、名のないものに名前を与え、自分で忘れたいと思ったものを忘却し、あれやこれやを眠らせ、あるいは色どる……という力を備えていることを。

比喩というものは、プルーストのオペラ座の「深海」にまつわるメタファーがそうであったように、最初の鍵《キー》となる語（概念、イメージ）をもとに、連想の輪を拡げていって、一連の関連語を使用することが多いのだが、この（A）でも、《Il a trop de suite dans les idées.》をキーとして《une trame 横糸》《fils 糸》の連想が生れ、tisser（織る、編む）rompre（ほどく／断つ）reprendre（繕う）prolonger（延ばす）étirer（引伸ばす）という一貫した、しかも当然「手」を使ってなされる行為を示す動詞が繰り出されてゆく。また（B）においても、nommer（命名する）やoublier（忘却する）などを除いて、ほとんど全ての動詞が、「手」による操作を表わす言葉なのである。これまた、鍵となったのはtransformer（変形させる）という最初の考えではなかろうか。

比喩性とは別に、この二つの断片で用いられている動詞について、注目すべき点がある。それは、これらの動詞が（とりわけ（B）において）、目的補語をもたないいわゆる「絶対的用法」として使われていることである。他動詞として用いられることの多い語を、その語の示す行為の対象をあえて示さないで使用するとき、その行為の「一般性」が強調されることになるのではなかろうか。例えばaimerという動詞を、「誰を」「何を」愛するか示さないで次のように用いるとき、この動詞が意味するものは、「愛するということ」という一般性なのである。《Il aime, il souffre, il s'ennuie. Tout le monde s'imite. (*La Soirée avec Monsieur Teste*, PL. II, p. 20)》「彼だって愛するし、苦しむし、また退屈もする。誰だってみな似たようなものだ。」また次の一行にあるprouver

のような使い方、《Celui qui me parle, s'il ne prouve pas, —— c'est un ennemi. (*La Soirée avec Monsieur Teste*, PL. II, p. 25)》「ぼくに話しかけてくるやつ、そいつが何ひとつ証明しなければ——これは敵だ。」aimer や prouver に限らない。テスト氏が「何に」苦しみ、また彼に話しかける人物は「何を」証明しなければならないのか、こうした動詞の用法からでは分らない。それは分らないのではなく、彼はあらゆるものに「苦しむ」のであり、あらゆるひとやものを「愛する」のであり、だからこそ、これらの動詞には目的補語がついていないのである。こうした一般化した表現法もまた、ヴァレリーの文章の抽象度を高め、抽象性の印象を生みだすのである。このような絶対的な用法は、いわばヴァレリーの十八番《おはこ》のひとつであって（引用した（B）のなかで、彼がいかにも得々とこうした動詞を重ねているのを見るがいい）、彼らしい文体の生れるゆえんである。

4　断章の文体

LE RICHE D'ESPRIT

(A) Cet homme avait en soi de telles possessions, de telles perspectives; il était fait de tant d'années de lectures, de réfutations, de méditations, de combinaisons internes, d'observations; de telles ramifications, que ses réponses étaient difficiles à prévoir; qu'il ignorait lui-même à quoi il aboutirait, quel aspect le frapperait enfin, quel sentiment prévaudrait en lui, quels crochets et quelle simplification inattendue se feraient, quel désir naitrait, quelle riposte, quels éclairages!...

(B) Peut-être était-il parvenu à cet étrange état de ne pouvoir regarder sa propre décision ou réponse intérieure que sous l'aspect d'un expédient, sachant bien que le développement de son attention serait infini et que l'*idée* d'en *finir* n'a plus aucun sens, dans un esprit qui se connait assez. Il était au degré de *civilisation intérieure* où la conscience ne souffre plus d'opinions qu'elle ne les accompagne de leur cortège de modalités, et qu'elle ne se repose (si c'est là se reposer) que dans le sentiment de ses prodiges, de ses exercices, de ses substitutions, de ses précisions innombrables.

(C) ...Dans sa tête où derrière les yeux fermés se passaient des rotations curieuses,—des changements si variés, si libres, et pourtant si limités,—des lumières comme celles que ferait une lampe portée par quelqu'un qui visiterait une maison dont on verrait les fenêtres dans la nuit, comme des fêtes éloignées, des foires de nuit; mais qui pourraient se changer en gares et en sauvageries si l'on pouvait en approcher—ou en effrayants malheurs,—ou en vérités et révlélations...

C'était comme le sanctuaire et le lupanar des possibilités.

(D) L'habitude de méditation faisait vivre cet esprit au milieu—au moyen—d'états rares; dans une supposition perpétuelle d'expériences purement idéales; dans l'usage continuel des conditions-limites et des phases critiques de la pensée...

Comme si les raréfactions extrêmes, les vides inconnus, les températures hypothétiques, les pressions et les charges monstrueuses avaient été ses ressources naturelles—et que rien ne pût être pensé en lui qu'il ne le soumit par cela seul au traitement le plus énergique et ne recherchât tout le domaine de son existence.

(*Extraits du Log-Book de Monsieur Teste*, PL. II, pp. 43-44)

精神の富者

（A）この男は、自分のなかに、たくさんの知識とたくさんの展望とをもっていたから、また多年にわたる読書や駁論や省察や内的な工夫や観察、さらにはそのたくさんの分枝的派生物で形成されていたから、彼の返答は予測することが困難であったし、一体自分がどういう地点へゆきつくのか、結局のところどのような情景が自分を驚かすことになるのか、自分のなかではどのような感情が他を圧えることとなるのか、どのような括弧が加えられれどのような思いもかけぬ単純化が行われるのか、どのような欲望が生まれ、どのような反撃やどのような照明《ひらめき》が出現するのか……といったことは、彼自身にさえわからぬほどであった！

（B）おそらく彼は、自分らしい決意とか内から起こる反応といったものを、仮のものとしか見ることができないという奇妙な状態に達していたのではないか、というのも彼は、自分の注意力が限りなく展開すること、そして、およそ物事に結論をくだすことなど自らよく知る精神にとってはもはやなんの意味もないことを、充分承知していたからだ。彼は内的文明の域に達していたから、彼の意識はどんな意見であっても、そこに付帯した限定をつけないでは許容できなかったし、唯一安らぐことができるとしたら（そんなことがあるとして）、際限ない能力蕩尽と思考錯誤と置換操作と精密化しつくしたという気持ちになるときだけだろう。

（C）……彼の頭のなかでは、閉じた眼の背後で、奇妙な回転運動が、――きわめて多様で、自由で、だがきわめて局限された変化が――、光が、生起する、この光は、夜の闇のなかで窓しか見えぬ家を訪ね歩く人のもつランプの発する光のようでもあり、遠くの祭や、夜の市《いち》のようでもあるが、それは、もし近づくことができれば、停車場や、野蛮などんちゃん騒ぎに変ってしまうかもしれなかった、――空おそろしい不幸な光景や、――あるいはまた、さまざまな真理や啓示に変ってしまうかもしれなかった……。

それは、さまざまな可能性の聖所にして淫売宿のようなものだったのだ。

(D) 思考する習慣が、この精神を、たえず純粋に観念上の実験をやる必要があると仮定させ、つねに思考の限界状況や危機的局面を利用するといった、類まれな状態の環境下に――そこを借りて――生きさせていたのだ……。

それはまるで、極度の稀薄、誰も体験したことのないような真空状態、現実にあり得ないほどの温度、途方もない圧力や荷重などといったものが、彼の生来の資源でもあったかのようだ、――また、彼のなかでは、いかなる思考も、彼が、最も厳格な取扱いを、ただそれ自体のためにその思考に加えては、自分の存在の全領域を探究することなしには、存在し得ないかのようであった。

これは『テスト氏の航海日誌抄』からの一断章であるが（他はどれも短い断章ながら、これが最も長いものである）、恐らくこの『航海日誌抄』や『テスト氏のいくつかの思想』などアフォリスム形式の作品は、ヴァレリー自身の「カイエ」からの再録ではないかと思われるし、少なくともその一部が、そのまま『航海日誌抄』のなかにあることは、或る研究家によって確められている。(*) たとえそうでなくても、『航海日誌抄』の各断章が（なかには小説的粉飾をほどこすために、新たに、ことさらつけ加えた断片もあるかもしれないが、それも含めて）そのまま「カイエ」のなかに見つかっても不思議でないのは、この種の作品の形式と文体とが、まさしく「カイエ」の形式と文体であるからだ。

（＊）筑摩版ヴァレリー全集、第2巻、月報、清水徹『テスト氏』解説（6ページ）によれば、「カイエ」の一九〇九—一〇年の部分の断章が、『航海日誌抄』のなかに見つかるという。また、私自身、『航海日誌抄』の11番目と12番目の断章（PL. II, pp. 39-40）が、一九一四年の「カイエ」(Cahiers−5-213)の断章を、この二つのアフォリスムに分けて用いたものであること、23番目の断章（Le Riche d'Esprit）の前半部（PL. II, p. 43）が、一九一八年の「カイエ」(Cahiers−7-118) にあること、さらには『テスト氏のいくつかの思想』1番目と24番目の断章（PL. II, p .68 et p.73）は、それぞれ一九二五年(Cahiers−11-253) および一九二四年 (Cahiers−10-357) の「カイエ」の文章であることを見つけた。

この種の（『航海日誌抄』や「カイエ」などの）文章の特徴は、全て断章であり断片であることだ。ひとつの断章は前後の他の断章とは、例えば小説や論文やエッセイが、どんな短いものであっても一つのまとまった作品であるかぎり、前後の他の部分と、筋の上でも論旨の展開の上でも論理的な脈絡をもつというような意味では、直接的な関係をもたないのである。一つの断章は、言ってみれば、それでひとつの独立した作品なのである。それは、小説や論文やエッセエが、ひとつのテーマをあたため、そのテーマの展開と開陳のための、程度の差はあれ構成の工夫をこらすのとは異なって、筆者の頭のなかで、何でもよい一瞬の思考の閃めきがくるのを待って、その瞬間、その閃めきの光（観念の光）を文章でとらえようとする。彼は、文章化してはじめて、自分のそのときの思考の（閃めきの）正体を知るのだ。この閃めきの光は、嵐の夜の真暗闇の室内を瞬時照らし出す稲妻のようなもので、彼は稲光に浮かびあがった室内の机やベッドやカーテンのような、自分の心のなかの思考のたたずまいを、その光が持続しているあいだに文章化するのであって、光が消え、見えた「もの」の記憶も消えてゆくとき、文章化も終らなければならない。そしてその持続の時間は、テスト氏がベッドのなかで「私」に語っているように（本書163〜165ページ参照）短く、そこでこの種の文章が全て断片に終り、断章の形をとることになるのだ。

ところで、このように文章化しているあいだ、言葉（表現）を探すことと、自分のいまの思考の正体（なかみ）を知ろうとすることとは同じことであるのだから、実は、そのとき見つけた言葉（表現）が、即ちそのままそのときの彼の思考の正体だったのだ。稲妻と室内の喩えで言えば、この内的世界にあっては、稲妻が消えても室内の机やベッドは暗闇のなかで相変らず存在しつづけるであろう外的現実世界とは違って、（照らし出す）「光」と（照らし出される）「もの」とは切り離すことのできない一体をなしており、一瞬の「光」は「もの」が存在するための条件なのである。照らし出されて見えたものだけが存在するのであり、光が消えれば、あとは何もなくて、精神の闇が拡がっているだけだ。しかし文章化する当人にとっては、思考とか観念とかの「もの」は、外物のように、光が消えても暗闇のなかに居つづけているような気がする。彼には、自分が見つけた表現と思考とが同じものだとは思われないし、つい今しがたノートの上に、闇から明るみにひき出して定着したところの、自国語（フランス語）による文章が、そのまま自分の思考の正体であったとは認めがたいのである。彼は、内言語と国語とは別のものであるから、ノートの文章は「自我語（le langage Self）」（*Extraits du Log-Book*, PL. II, p. 42）からの翻訳文にすぎないと思うし、精神内の「もの」は暗闇のなかで存在しつづけていると考えるから、再び、また三たび、「閃めきの光」が照らし出すのを待って、文章化の作業を再開するのである。こうして彼は永久に、死が訪れるまで、断章を書き続けてゆくのだ。だからこそ彼は、自分の「カイエ」について、こんな風に言うのである。

「私のこれらのカイエに書かれているものはすべて、この、断じて決定的であるまいとする性格をもっている。(Cahiers–3-589; PL.-Cahiers I. p.6)」「私はしばしばここに、捕えることができなかった閃めきの代りに、あるいは閃めきではなかったものの代りに、馬鹿げた文章を書きしるす。(Cahiers–3-665; PL.-Cahiers I, p. 6)」「私はここに、私を訪れるさまざまな観念を書く。しかしそれは、私がそれらを〔自分の考えとして〕受け入れているということではない。それは、それらの最初の状態なのである。それらがまだ充分に目が醒めているとはいえない。(Cahiers–7-842; PL.-Cahiers I, p. 7)」「〔……〕これらのカイエは、私の精神にやって来たすべての物事の、暫定的な、しかも永久に暫定的な性質を具現している。即ちペネロペー。(Cahiers–18-201; PL.-Cahiers I, p. 11)」「私の仕事はペネロペーの仕事だ、このカイエをめぐる仕事は。——というのも、この仕事は、通常の言語から出てまたそこへ落ちこみ、言語—一般—から出て〔……〕そこへ戻ることであるからだ。〔……〕(Cahiers–12-606; PL.-Cahiers I, p. 9)」

この種のノートを書くときの精神は、半ば目醒め半ば眠っているような状態にあるのだが(「(まだ半分眠っている)精神からこのカイエを訪れるさまざまな事柄……(Cahiers–21-435; PL.-Cahiers I, p. 12)」)、これは文字通りにそうであるとともに(ヴァレリーは毎朝五時に起きてこのノートに向ったのである)、そういう状態を自分のなかにつくりださなければ、自分の精神の内部を見つめつつ記述することができない、ということでもある。〝閃めきの光〟は、そういう、思考と言語とが入り混じる状態でしか見えないし、またそういう状態にあってこそ、本当に真実な文章を、しかも完成した、ということは、手直しすることの許されない、またその必要もない文体で、書くことができるのである。これは、さっき「ペネロペーの仕事」と称して、永遠に書きつづけねばならぬと言ったことと矛盾はしないのであって、書きあげた文章がたとえ自分の思考をとらえそこなったのがわかったとしても、その文章そのものには修正は加えられず、新たに（ちょうどジャコメッティが何度もキャンバスを代えては、全く同じポーズの同じ人物を描き直し続けたように）別のページに、「閃めきの光」に照らし出される自分の思考を求めて書き続けねばならないということだからである。「私の喋り方は、まるで……絶え間ない抹消、書き足し、拒否を通じて出来てゆく下書きのようなものだが、ときにそこから、きわめて明確な一行、本質的な一語が抜け出てくる。（Cahiers–3-750; PL.-Cahiers I, p. 6）」

*

さて、本章冒頭の《精神の富者》という文章には、こうした「断章」という基本的な文体特徴の他に、二、三の文体上の特徴がある。それは、何より抽象名詞の頻出であり、とくにその複数形での多用であり、また場所を示す前置詞の独特の（いわば内的な）使用である。これらの文章上の（形式上の）特色は、言うまでもなくこの断章の内容と関係がある。

この断章は（言及の便宜上、四つの段落にA～Dの符号をつけておいた）、テスト氏の「精神」の（脳髄の）、言ってみれば解剖図であって、これをつぎのような六つの要素に腑分けして整理してみたのちに読みかえしてみるとき、いまあげた文体特徴がよく理解されるのである。

（1）「場」としての精神

まず作者は、「精神」を、さまざまな出来事の起る空間的な「場」として見ているのであり、それが、通常「場所」を示す前置詞によって表わされるのである。すでに第3章に引用した文章

（本書166ページ）にも en moi（私のなかに）、dans mon être（私のからだのなかに）という表現があったが、ここでは次のようなものがある。

en soi (A)（自分のなかに）

en lui (A, D)（彼のなかでは）

dans un esprit (B)（精神のなかで）

dans sa tête (C)（彼の頭のなかでは）

derrière les yeux fermés (C)（閉じた眼の背後で）

これらの前置詞 en, dans などは、例えば avoir des idées *en* tête（頭のなかにアイデアをもつ）のように、抽象的な場所を示す慣用例はもちろんあるのだが、この断章の、とりわけ段落（C）の部分で、《Dans sa tête où derrière les yeux fermés……彼の頭のなかでは、閉じた眼の背後で》といった、いやでも頭蓋骨のなかの脳みそのつまった部分の映像《イメージ》を喚起させる言い方によく表われているように、これらの前置詞の本来の空間的場所を示す意味を「精神」の「場」に用いることによって、内的な空間の拡がりを印象づけているのである。

（2）この「場」で生起することがら

この「脳髄」のなかで、精神の活動ぶりが見えるのだが、それらは

des *rotations* curieuses (C)（奇妙な回転運動）

des *changements* si variés, si libres, et pourtant si limités (C)（きわめて多様で、自由で、だがきわめて局限された変化、発展）

des *lumières* (C)（光のようなもの）

などの生起であると言う。こうした抽象的で一般的で比喩的《メタフォリック》な複数名詞で、作者が本当のところ何を指して言わんとしているのか正確には特定しがたいのだが、この段落（C）の末尾にある「そこは可能性の聖所にして淫売宿のようなものであった」という一文から、観察、思考、空想、欲望などが産みだすところの、高尚なのもあれば低俗なのもある、様々な無数の観念、思念、映像などの、目まぐるしいような化合、結合、組合せ、変容、分離、形成の様子を語るものであろう。だから祭の市の夜景にも、駅の雑踏のようにも、野蛮などんちゃん騒ぎにも見えれば、ときには真理や啓示が飛び出してくることもあるのだ。

（3）「能力」としての精神

この断章には、（2）で触れ、（4）、（5）で言及するように、抽象名詞がしかも複数形でたくさん現われるのだが、そのため、却って

son attention（B）（彼の注意力）

la conscience（B）（意識力というもの）

という単数形の抽象名詞が目立つのである。これは、外や内で起る様々なことがらを観察し、識別し、弁別し、微分し、積分し、整理し、付加する、しかも自身決して休止し休息することのない機能であり能力である。言ってみれば、手（触覚）や眼（視覚）や耳（聴覚）や鼻（嗅覚）などの器官をもった中枢部なのである。

（4）この「精神」をかたちづくり、育み、養ってきたもの

この精神の養分となり、肉となり血となったもの。これらが複数形で示されるのは当然のこと

だろう。

tant d'années de lectures（A）（多年の読書体験）

— de réfutations（A）（〃の論戦と応酬）

— de méditations（A）（〃の考察）

— de combinaisons internes（A）（〃の内的な工夫）

— d'observations（A）（〃の観察）

telles possessions（A）（たくさんの理解、知識）

telles perspectives（A）（たくさんの展望）

telles ramifications（A）（それらのたくさんの分枝的派生物）

（5）この「精神」の示す反応、返答

この「精神」が示す様々な反応や、結論として出す決定や返答 ses réponses（A）, sa propre décision ou réponse（B）は、この精神の豊かさと強さのゆえに無限の可能性があって、幾通りも示すことができるので、何が飛び出してくるか予想不可能（A）であり、偶々何かひとつ出てきても、暫定的なもの un expédient（B）にすぎないのである。

（6）この「精神」の適正環境

このような精神が最もそれらしく生き生きとなる条件ないし状況は、ふつうの精神には最も生きにくい、窒息しそうな環境なのである。そういう諸条件が、「状態」を表わす前置詞によって示される。

au milieu d'état rares（D）（類まれな状態の環境下で）

dans une supposition perpetuelle d'expérience purement idéale（D）（純粋に観念上のいろいろな実験を絶えず思いつくような状態で）

dans l'usage des conditions-limites et des phases crtiques de la pensée（D）（思考の限界状況と危機的局面をたえず利用するような状態で）

dans le sentiment de ses prodiges（B）（自分の際限ない能力蕩尽や
— de ses exercices（B）（自分が行う試行錯誤や
— de ses substitutions（B）（置換作用や
— de ses précisions innombrables（B）（精密化しつくしたという思い
} を感じていられるような状況で

さらに次のような諸条件。

les raréfactions extrêmes（D）極度の稀薄化
les vides innconnus（D）誰も体験したことがないような真空状態
les températures hypothétiques（D）現実にあり得ぬほどの温度
les pressions et les charges } monstrueuses（D）途方もない圧力や荷重

さて、さきに（本書180ページ）あげた文体特徴のゆえん、なぜ抽象名詞の、とくに複数形が頻出するのか、その理由であるが、（場所を示す前置詞の独特な、内的な使用の理由については、すでに（1）と（6）の分析によって説明されていると思う。）テスト氏は、ボルヘスの小説に登場する「不死の人」や「記憶の人」、ムージルの「特性のない男」などと同類の、限りない注意力と認識力と記憶力とをもつ人間であって、もし可能なら、もし人間の歴史と同じだけの時間と生命を与えられるなら、過去、現在、未来の人類の全ての個々人がそれぞれに抱懐し行うあらゆる思考や感情や行動を自分ひとりのなかに見出し、具現し、認識し、理解することができるだろう。（ただ、ボルヘスの人物たちほど「寓話」的ではないし、ムージルの人物ほど「小説」的でも「現実」的でもなくて、その中間の、怪物性と人間的な限界とをもつ存在なのである。）だからこの男は、ひとつの民族が数世紀もかかってひとつの文明を築きあげるように、しかしたった一人で「高度の内的文明に達していた」（B）と言われるのである。

それ故、このようなテスト氏の「精神」のなかで生起するものごと（2）を、またこの「精神」をかたちづくり養うもの（4）を、さらにはこの「精神」の示す反応や決定や返答（5）をそれぞれ表現するために、作者が複数形の抽象名詞を頻出させるのは当然のことであって、このような複数形の頻繁な使用は、テスト氏の無限の可能性の表徴であり象徴であるといえるのである。

1985

メグレの方法

「英語では謎を *riddle* と言い、《解決を求める》の意の古い動詞 *rede* から来たものだが、《読む》という近代の動詞 *read* もここから来ている。

（N・ウィーナー『人間機械論』）」

1　「方法」について

メグレの探偵としての捜査と推理の「方法」について、作者のシムノンは、メグレにあるのは「勘」だけであって、「方法」のようなものなどないと言い、「メグレの方法」を云々する者を揶揄するのである。「人々はメグレの捜査方法について質問する癖がある。メグレの捜査方法を分析できると主張する者たちさえいる。彼はそういう連中をひやかすような好奇心を抱いてながめる。というのも、たいていは勘（instinct）にまかせて即興的に行動しているメグレよりも、彼らはメグレの捜査方法にくわしいからだ。（*La Patience de Maigret*, Œ. C. IX, p. 643）」[*] しかしその実、彼はいろいろなところで、直接間接に、メグレの「方法」の存在について、われわれの関心をかきたてるようなことを書くのである。


（＊）文中で言及する作品や略号については、本稿末を参照されたい。

なおとくにメグレ作品からの引用訳文は、小説の文脈や雰囲気や読みやすさなどを考えて、既存の邦訳を借用したが、本稿の文脈上ごく一部を変えた場合もあり、訳者諸氏（多数のため名前の表記を控えた）に感謝するとともに了解を得たい。

例えば、メグレの現在の捜査やこれまでの成功がしばしば（ほとんど事件ごとに）新聞に報道されるようであって、ある雑誌には、彼の捜査法についての特集記事さえ載ったりし（「見てなかったの？　最近出たのよ。あなたの駆け出しのころと、あなたの捜査のやり方についての四ページにわたる記事なのよ。（*L'Amie de Madame Maigret*, Œ. C. V, p. 983)」、メグレ夫人はそのつど記事を切り抜いて、たんねんにノートに貼りつけ、退職後彼が書くであろう「回想録」に備える。また、ロンドン警視庁は、パイクという若い刑事を派遣し、たまたま起った事件で南仏の小島に出向くメグレに密着させ、メグレの捜査法を研修させたりする（*Mon Ami Maigret*, Œ. C. V）。さらにアンスラン予審判事は、（メグレは事件のつど一人の予審判事と組まされ、その判事に捜査の進展状況をたえず報告しなければならず、たいていの予審判事を捜査のじゃまになる存在と感じているが、地方からパリへ転任したばかりのこの新任判事にだけは、初対面から好感をもつ）「私が今朝残ってあなたと昼食したいと思ったのは、あなたの〔捜査の〕イニシアティヴに注文をつけるためでも、あなたを拘束するためでもありません。それを信じて下さい。すでに言ったように、私はあなたの捜査方法に興味があるのです。あなたの仕事ぶりを拝見すれば、すばらしい勉強になるだろうと思ったのです。（*La Patience de Maigret*, Œ. C. IX, p. 583)」と、必ずしもお世辞でなくメグレに向って言う。最後に、その他のいたるところで、作者自身が、メグレの「方法」を紹介し説明し弁護しているのであって、その何よりの証拠に、ぼくがこれからここで論ずるために引用し言及する、「方法」をめぐるたくさんの文章は、彼のどの作品からも例外なく、まんべんなく見つけることができたのである。

2　デカルト風な「方法」

さまざまな国で推理小説が書かれ、それぞれの作者によってそれぞれに個性豊かな探偵が生まれているが、探偵の「方法」と言っても、実は、根本的なところでは、さして違いはないはずである。しかし作者や、探偵自らが、その探偵の方法を語る語り口は、そしてそもそも「方法」を語りたがるか語りたがらないかには、大きな違いがあって、それぞれのお国がらを（さらには書かれた時代も）反映しているのである。例えば、わが国の探偵は、ぼくの知るかぎり、ほとんど全く「方法」など語らないし（もちろん物語の大団円での、事件の解決と種あかしはどの推理小説にもあって、これは「方法」の披露ではない）、他方、得々として自らの方法について論じる古典的探偵に、シャーロック・ホームズや、ポーのデュパンがいるのはすぐに思いつくことであろう。

アメリカの饒舌な弁護士探偵ペリー・メースンからハードボイルド派の私立探偵たち、イギリスのスコットランド・ヤードのティベットやダルグリッシュなどの警視たち等々、それぞれがそれぞれの口調でいかにも彼ららしく、自らの方法を披瀝しているのだが、「探偵の基本的な美徳は《注意力》だ（Thomas Narcejac: *Une Machine à lire*, p. 74）」という言い方になると、これはいかにもフランスの作家のものである。そしてメグレもまた、デカルトのような語りくちで自分の「方法」を説明する。（デカルトの「方法」が、一見少しも「科学的・哲学的・論理的」方法らしく見えなかったように、メグレの方法もきわめて「常識《ボン・サンス》」的なものなのである。）その幾つかを挙げてみよう。
「《それではあなた〔メグレ〕は今朝の殺人では、彼女を疑っていないのですね？》
《私は誰も疑わないかわりに、すべての人を疑います。》(*La Patience de Maigret*, Œ. C. IX, p. 585)」
「《さきほどあなたは、〔この殺人事件について〕いかなる考え〔予断〕も持っていないと断言された。しかし、頭の隅に、何か或る考えをもっているのではないでしょうか？　こう言ったら、あなたは怒りますか？》
《その通り、頭の隅には。ただ、それは私をどこにも導かない危険があります。》(id. p. 586)」
「《君〔メグレ〕の印象じゃどうだね。犯人らしいかね？》
〔カミュ予審判事の〕こんな質問も、メグレともっと長いあいだ仕事をしていたら、しないはずだ。
《印象など何もありませんよ。》
その通りだった。彼としては、自分から意見をもつまでにできるだけ長いあいだがまんして待った。それに、自分から意見を《もった》ことなどない。彼は精神を自由な状態にしておいて、決定的な証拠が出てくるまで、あるいは相手が崩れるまで待つのだった。(*Le Voleur de Maigret*, Œ. C. IX, p. 939)」

最後にもう一例。メグレは、ある事件で、他の所轄署がすでに長時間訊問していた容疑者を、再度、自分で訊問しなければならなくなったとき、それに先立って、前の訊問の報告書をあえて読もうとしない。それはもちろん信用していないからではなく、先入観なしで、「まず自分自身の手で概念をつかみたかったから」である。(*Une Confidence de Maigret*, Œ. C. VIII, p. 468)

3　メグレの「方法」の根本的姿勢

それにしても、推理小説の愛好者で、従ってそういう人は当然たくさんの推理小説を読んでいるのであるが、たまたまシムノンの《メグレもの》を読んでいない人があったとしたら、前ページのような引用を目にして、推理小説中にこの種の会話や説明が出てくることにちょっと驚くのではないだろうか。大部分の推理小説は、事件の展開と捜査の推移を楽しませ、探偵にだけでなく読者に向っても提供されたさまざまな証拠や手がかりをもとに、読者にも推理することをうながしつつ、意外な犯人を指摘するあざやかな謎ときの結末部へと、文字通り一気に向ってゆくのであって、この《メグレ》のように、探偵の方法の、基本的な、デカルト風な、《反省的》態度などについてはまず言及しないものであるからだ。

よく言われるように、シムノンの場合、いわゆる「本格的」、「古典的」推理小説とはずいぶん趣を異にしており、彼自身、自分の作品に向けられる非難をいくつか挙げているが（*Le Romancier*, R. H. p. 94)、そのひとつに、「あなたの推理小説は本当の推理小説ではない。あなたのは科学的でないし、ゲームの規則《ルール》を守っていない」と言われると書いている。「ゲームの規則《ルール》」というのは、例えばオースチン・フリーマンの言う、推理小説の構成に必要な四つの局面、「1、事件の謎の記述　2、解決の発見に必須な与件の提示　3、捜査の展開と解決の提示　4、解決の手がかりについての探偵による議論と証明（Th. Narcejac p. 53)」にある第二の局面、読者もまたこの推理ゲームに参加できるよう、そして推理を探偵と競いあえるよう、探偵に与えられるのと全く同じ与件（種々の手がかりや容疑者たりうるすべての人物たちの紹介など）を何ひとつ欠くことなく、前もってフェアーに直接、間接に示しておくこと、が考えられるが、（ついでながらこれはヴァン・ダインの「推理小説作法二十則」の第一にあたる。（H・ヘイクラフト編『推理小説の詩学』p. 130））シムノンの小説では、そういう局面への配慮など皆無である。読者は、メグレの行動と思考を通してのみ、そしてメグレの視点からしか、事件と捜査の経緯を知り得ず、ふつうなら作者が秘かに示しておく解決のヒントとなる手がかりを注意深く見つけ出して、探偵に先んじて謎を推理することができない。

また、「科学的」というのは、これもフリーマンの四つの局面を例としてとれば、第四の、探偵による謎の解明と証明のさい、物的証拠をもとに、その犯人に可能で、かつそれ以外の人間には不可能なゆえんを、丁度数学での証明や、物理、化学での追実験による証明と似たようなやり方で、読者を納得させることなどが考えられるが、これまたシムノンの推理小説の関心事からほど遠いことである。なにしろメグレは、（これは後に、第8節で触れるが、）広い意味で当然科学的で客観的たろうとする裁判所の態度に、彼流の方法からして不満なのだから。

メグレの退職後、彼の後任となった、しかし彼の「方法」を理解しないアマディユー警視は、甥のひき起した事件ゆえに引退先からパリへ出てきたメグレに向って、今回の事件にはあなた流のやり方は通用しないと言い、「私のやり方ってどういうんだい？」とメグレに訊かれて、こう答えている。

「あなたの方が私よりよくご存知のはずです。いつもあなたは連中の生活の中へ入ってゆく。物的証拠よりも、連中の考え方とか、二十年前の連中に何が起ったのか、なんてことまで気にかけるんです。（*Maigret*, Œ. C. III, p. 109）」

ここに、メグレの方法の、根本的な姿勢があるのである。彼に言わせれば、犯罪者を理解することができれば、解決はおのずからやってくる。「いいですか、ひとたび理解すれば、一味を捕えることはそう困難ではないでしょう。ただ理解しなければならない。（*Maigret et son mort*, Œ. C. V, p. 148）」メグレが若いころ、むろん警視でもなく、警察官ですらなかったころ、彼は自分が将来なりたい人物として、「例えば同時に医者であり司祭であるような、一目で他人の運命を悟るような」、「すべての人の人生を生きることができ、すべての人の皮膚のなかへ自らを置くことができる」ような男を想い描いている（*La Première Enquête de Maigret*, Œ. C. V, p. 277）。そして彼は、刑事としての自分の仕事に天職を見る。《理解せよ、判断するな》がシムノンのモットーであるが（ジル・アンリ p. 119）、一目で他人の運命を悟ろうとし、すべてのひとの人生を生き、すべてのひとの心のなかに自分を置いてみようとするメグレの探偵能力とは、われわれがふつう探偵から連想する推理力というよりも、想像力の謂であると言わねばならない。

4　鑑識（事実あつめ(1)）

メグレの「方法」が、物的証拠よりも、人間を理解することを大切にするところにあるとはいえ、彼の捜査の第一歩が鑑識の仕事に負っていることは、他の作家の物語の場合と変らない。百二篇あるメグレもののどれをとっても、メグレがパリとその近辺で捜査を行うかぎり、必ず鑑識課のムルスやポール検死医たちがその作業を行う一節が現われる。ただちょっと違うのは、彼らの仕事ぶりとその成果を紹介する文章を読むと、探偵が犯人を探し、のちに犯人と決めつけるための物的一証拠が示されたというよりも、犯人や被害者の人物像の一素描を見せられたという気がし、さらには彼らの仕事に対するメグレの、ひいてはシムノンの、敬意と共感の念とを感じさせられてしまうことである。というのも、彼らの仕事もまた、メグレと同じ想像力の仕事であって、現場から採集した例えば「塵」という、目に見えない、あるいはほとんど目に見えないものから、その現場で起った出来事と、そこにいた、あるいは生活していた人間たちの姿という、目に見えるものを再構成するからである。

彼らの仕事ぶりからまず紹介してみよう。

「ムルスが部下の二人の鑑識課員を指さした。彼らは、死者の衣服が入れてある大きな紙の袋をふっていた。これはお決まりの、最初の技術的な作業だった。つまりあらゆる種類の塵を採集して、それを分析することだが、それはときには、例えば身元不明者の職業について、あるいは彼が常時住んでいる場所について、場合によっては、犯罪が実際に行われた場所について、貴重な手がかりを提供するのだった。（*Maigret et le Voleur paresseux*, Œ. C. VIII, p. 876)」

「ポール医師がやってきたとき、死体は素裸だった。医師はひげをきれいに剃り、真夜中に叩き起されたにもかかわらず、さえた目つきをしていた。

《ところでメグレ君、この可愛想な死体は何を語ってくれるかな?》(*Maigret et son Mort*, Œ C. V, p. 34)」

「まず私〔ポール医師〕が言いたいのは、あの男〔死体のこと〕がしがない境遇だったということだな。多分、子供のときは貧乏で、ろくに面倒を見てもらえなかったんだろう、骨格や歯の状態からそう思われるんだ……。手からはどんな職業についていたか分らない……。たくましいが、比較的手入れの行きとどいた手だ……。あの男は職工ではない……。会社員でもない、指にかすかなゆがみもないからだ、たくさん書いたり、タイプしたりすると、このゆがみができるものだが……。逆に、足がやわらかくてくぼんでいる、立って生活していた者の特徴だ……。(id. p. 36)」

ポールやムルスは自分の仕事に本物の情熱をもっており、とりわけ独身者のムルスは、四六時中仕事に従事していて、しばしば二日間ぶっ通しで分析することもいとわない。メグレが捜査の途中で何かを思いつきムルスに電話を入れて、ムルスが、裁判所の古い建物の最上階にある法医学研究所や犯罪者記録保管室で、つかまらなかったためしがない。逆にかれらの方から、確証できなかったため正式の報告書に書くことができなかったものの、気にかかる些かな痕跡を気にして、夜中にメグレに電話をかけることもあるが、それらの細部は、たいていメグレに、実際に起ったであろう現実の状況をつぶさに彷彿させるのである。だからメグレは、ムルスから、出所が分らず、説明のつけようがないものの、問題の衣服にごく微量のおが屑らしきものが付着していたという報告をうけたあとで、思わぬ幸運と偶然から、おが屑のつく可能性のある状況を、現場から遠くへだたったところに発見し、ムルスの指摘に結びつけることができるのが分ったとき、ムルスの線を追うだけでもやがては同じところへ行きついていたはずだと考え、何よりもまずムルスのために喜ぶのだ。

ある事件で、ムルスは、容疑者の特徴に関する二、三の証言（つまり、目に見えないことばである）をもとに、何十万枚もある犯罪人記録保管室の索引カードから、同定の可能性のある人物写真をいくつか選び出し、結局、容疑者探しの成功に寄与するのだが、その仕事について、作者のシムノンはこう書いている。

「この一隅で、彼がひとりやりとげたことは、大変な仕事だった。彼に提供される三人の容疑者の漠然としたいくつかの特徴から、彼はほとんど何も知らないこの三人の人間に、言わば生命をあたえ、個性を付与したのだ。(*L'Amie de Madame Maigret*, Œ. C. V, p. 911)」

これもまた、想像力というものへの礼讃であるとは言えまいか。

5　聞きこみと訊問（事実あつめ⑵）

ここで想像力の定義を繰り返せば、見えないものから見えるものを再構築する行為であって、例えば読書とは、作者の置いた言葉（テクスト）という媒介を通して、読者がその向う側に、作者の築こうとした現実を垣間見ようとする想像力の営みであるように、探偵のいわゆる「推理」と呼ばれる想像力は、さまざまな事実（証言と証拠）を集め、この事実を組みあわせ解読することによって、犯罪（起った現実）を再構成するのである。（「犯罪をもう一度組み立ててみること――これが探偵の目的です。」（アガサ・クリスティ『三幕の悲劇』p. 292）」）

つまり想像力というのは、つねに現実《レアリテ》への想像力である。そしてこの現実へ接近するための準備段階としての事実あつめ（読書の場合のテクストにあたる）が、前節で述べた鑑識の仕事であり、ここで触れる「聞きこみ」と「訊問」である。事件の周辺の人々への「聞きこみ」にしても、容疑者への「訊問」にしても、蒐集する事実（証言）は事実でなければならないから、ことさらこんな会話が、メグレとその相手との間で交わされるのである。「《わたしは何を言わなければならないの?》《真実を》とメグレが答えた。（*Une Confidence de Maigret*, Œ. C. VIII, p. 535）」「《いいか、ジョー、ばかなまねをするな。きみが何も危ないことをしていなければ、正直に言うんだ。》（*Maigret et son Mort*, Œ. C. V, p. 170）」

『メグレと宝石泥棒』と訳されている作品は、原題をLa Patience de Maigret（メグレの忍耐）といい、メグレがひたすら「聞きこみ」にまわり、長いがまんづよい「聞きこみ」の一日の後に、翌日中には犯人を捕えているという、たった二日間の短いが長い捜査を描いた物語で、内容も題名もともに、メグレにとっての「聞きこみ」の意味と実体を示すひとつの典型である。

物語が始まり、いつものように事件（殺人）が起ると、メグレの捜査方法に関心をもつ前述のアンスラン予審判事から、さてあなたはこれからどんな手をうつのか、すでにちゃんと考えがおありだろうとたずねられたメグレは、ここでも、「私にはいかなる考えもありません。もし私がプランをもっていたら、数時間後には変えざるを得なくなるでしょう。さしあたってはまず、〔殺人のあった〕あの建物の住人〔の聞きこみ〕に取りかかります。私は電気掃除機のセールスマンのように、一軒ずつ歩きます。（*La Patience de Maigret*, Œ. C. IX, p. 587）」と答える。そして彼はまず女管理人室へ出向き彼女への質問を開始するとともに、彼女から聞きだして住人のリストをこしらえるのだが、彼がこれから訪問しなければならぬ人々は、一階から六階、さらに屋根裏部屋までに住む、十数組、二十数名の、夫婦や独身の男女、女中たちなどである。もちろんなかには留守中の者もいるから、後刻出直さねばならない場合もあるだろう。

「二時間近くの間、メグレは建物の下から上まで、あちこちと個別訪問するセールスマンのあの粘り強さで、愛想よく、辛抱強く歩きまわった。管理人室でノートした住人たちの名前は、次々に抽象性を失い、姿になり、顔になり、目になり、声になり、態度になり、人間になった。(id. p. 610)」「警視はこうやって一種のパリの縮図を歩きまわったのである。階から階には、町や通りで見られるのと同じコントラストがあった。(id. p. 612)」「〔殺人のあった、もとの〕五階にもどったとき、メグレは世界中を訪ねたような気がした。(id. p. 618)」

メグレの訊問は、「あの有名なメグレのものやわらかな訊問（un interrogatoire à la chansonnette)」（このいいまわしはいろいろなところに出てくる。*Une Confidence de Maigret*, Œ. C. VIII, p.

512; *Maigret à l'Ecole*, VII, p. 296; *Le Voleur de Maigret* IX, p. 878; *L'Amie de Madame Maigret* V, p. 850, p. 986 etc. etc. この chansonnette というのは、軽くて優雅な小唄の意と、俗語で厳しい訊問の意もあるらしい）と言われ、やさしくも厳しいものである。

一面でやさしく、穏やかであるのは、彼の方法の根本的姿勢が、犯人であろうとなかろうと、先入観なしに、相手を理解しようとするところにあるからだ。例えば、ジネット・ムーランという、情夫と共謀して夫に殺人の罪をかぶせようとする女性に対してすら、メグレは、最初の訊問で何もひき出せなかったのは、彼女をまだ充分理解していなかったからだと反省するのである。「その日、二、三度、彼〔メグレ〕はドゥランブル通り〔の、彼女がひそんでいるホテル〕へ出かけて行き、ジネット・ムーランと接触を再びもちたいという気持にかられた。とくに理由があったわけではないが〔最近の捜査の経緯から〕彼女を前よりもよく知りはじめているという気がしていた。今ならきっと、的を射た質問が頭に浮かび、ついには彼女が答えることになるのではないか？（*Maigret aux Assises*, Œ. C. VIII, p. 698）」また、妻殺しで起訴されたジョセに対する彼の再訊問は、すでに所轄のオートゥィユ署での最初の訊問結果の報告が手元にあったにもかかわらず、「先入観」をもつことを恐れて、それを読まずに行ったものであることは前に述べたが（本書187ページ）、それがおよそ最初の所轄署で行ったものとは異質なものなのである。前のオートゥィユ署でもこうした質問がなされただろうかと問うメグレに対し、ジョセは、「いいえ、こういう質問ではありませんでした。私には、あなたが〔こういう質問をされることによって〕私がどんな人間かを知ろうとされているのだということがよく分ります……。（*Une Confidence de Maigret*, Œ. C. VIII, p. 470）」と答えている。

しかしメグレの訊問が、他面できわめて厳しく恐しいものであるのは、相手から真実をうまくひきだすために、長年の経験上用いるようになった訊問のいくつかのテクニックのせいである。それらのテクニックを整理して示し、実例をあげてみよう。

（1）アウトラインをつかむまでは問い急がぬようにする。「彼が警察に入ったばかりのころは先輩から、やがては彼自身の経験から、事件に対する概略の姿が見える前に、容疑者に対して、根本的ともいえることを訊いてはならないことを彼は知った。彼はいつも待ち、容疑者をしてだんだん自縄自縛の形になるままにした。（ジル・アンリ p. 129 の引用による）」

（2）予想外の質問をあびせかけ、相手の反応を観察しつつ追いつめる。「容疑者がメグレの前で、じたばたし返答を拒否したり嘘をついたりしている間は、技術的にはいわば互角の勝負をしているのである。できるだけ予想外の質問を矢継早にあびせかける。その間、警視の視線は、相手のほんのちょっとした動揺をも見のがさぬよう、じっと注がれている。こうした時間が続くと、ほとんどの場合、突然抵抗がやみ、警察官の前にいるのは、もはや追いつめられた人間でしかなくなる瞬間が訪れるのである。〔……〕メグレは一度も動物を、たとえ有害動物でも殺せたためしがなかったのだが、自白に追い込んだ人間に対しては、まるでこれから止めを刺そうとする動物を見るように、ほとんどいつも非難をこめてびっくりしたような目で見るのだった。（*Maigret s'amuse*, Œ. C. VII, p. 1228）」

（3）交代で質問攻めにする。「容疑者を質問攻めにするのはメグレ一人ではない。リュカとジャンヴィエがメグレと交代《リレー》し、そのたびに一から訊問をやり直す、これは一見くだくだしいようだが、最後には完全な自白が得られることに変りない。（*La Patience de Maigret*, Œ. C. IX, pp. 561-562）」

（4）訊問するこちらは反応を示さぬこと。「彼〔ジョセ〕は、〔メグレに〕同意を求めようとしたが、警視の方は顔の表情ひとつ動かさなかった。それが彼の役目なのだ。(*Une Confidence de Maigret*, Œ. C. VIII, p. 490)」

6　メグレの想像力

さて、いよいよ彼の「方法」の核心にふれるべきときである。彼がこうして鑑識や聞きこみや訊問を通して集めるさまざまな事実をもとに、再構築するのは、いうまでもなく犯された犯罪という現実であるが、すでに述べたように、彼の基本的姿勢が「理解する」ことにあるから、彼の場合、それはとくに犯罪を犯した人物の人間研究であり、その人物の環境研究となるのである。これらはもちろん切り離しては考えられないが、彼がこの自分の信条をつぎのように語るのを聞いていると、犯罪の解決に従事する探偵というよりも、描くべき人物を追い求める作家か、何かの研究者のようにも見えてくる。

「歴史家や学者たちは、過去のひとりの人間を研究するのに彼らの全生涯を捧げるんだ。しかも、その人間についてはすでにおびただしい数の著作がある。図書館から図書館へ、資料室から資料室へと歩きまわり、ちょっとした手紙も見逃さない、真実に少しでも近づけるのではないかと期待して……。五十年、いやもっと前から、スタンダールの手紙は研究されている、彼という人間をより深く解明するためにね……。

犯罪はほとんどつねに例外的な人間によって犯される、例外的とはつまりふつうの人間よりも心に入りこむのがむずかしいという意味だ。数日ではないにしても、数週間もらって、わたしは新しい環境に入りこみ、そのときまで何ひとつ知ることのなかった、十人、二十人、五十人の人間の話を聞く、そしてできるものなら、真実か虚偽か嗅ぎわける、というわけだ。（*Maigret aux Assises*, Œ. C. VIII, p. 647）」

「犯罪のなされた環境を知ること、生活様式、習慣、風習を知り、事件に関係した人々、被害者や犯人や単なる証人たちの反応を知ること。彼らの世界に、何の意外性ももたず、困難もなく入り込み、ごく自然にその世界の人々の言葉で話すことだ。（*Les Mémoires de Maigret*, Œ. C. V, p. 1189）」「わたしにとって、過去のない人間など人間ではないのである。これまでの捜査で、わたしが容疑者自身によりも、むしろ容疑者の家族やその周辺に時間をかけたものがいくつかあるが、謎のまま残ったかもしれない事件を解く鍵が発見できるのは、しばしばこのようにしてである。（id p. 1107）」

メグレが、めざす人物の心のなかへ入り込むために行う想像力の練習は、はじめのうちは次のようなところから始まる。「パリにやってきた最初のころ、彼は、グラン・ブルヴァールやサン・ミシェル大通りのテラスで午後いっぱいを過し、動いている群衆を目で追い、顔を観察し、一人ひとりの関心事を当ててみようとしたことがある。（*La Patience de Maigret*, Œ. C. IX, p. 600）」やがて、《一人の銀行家の精神状態を理解するためには、銀行家たちと一緒に、朝食の半熟卵やクロワッサンを食べなければならぬ（*Une Confidence de Maigret*, Œ. C. VIII, p. 562）》と考えるようになる彼は、必ず、犯罪の行われた部屋に一人残り、被害者の通ったカフェに、その仲間たちの世界へ、彼の暮らした風景のなかへと身を置いて、まわりの事物を見わたすのである、ゆったりといつものパイプをふかしながら。（「メグレは一人になるや、上衣を脱ぎ、パイプにゆっくりたばこを詰めると、まるでこの場所〔犯罪の起った部屋〕をわが物としているかのように、まわりを見まわしはじめた。（*La Patience de Maigret*, Œ. C. IX, p. 591）」）まず殺された人物から始めるのは、むろん犯人が分らない以上、殺した者と殺された者との、現在のところ分っている唯一の接点から着手せざるを得ないからだ。彼が被害者になりきって、その環境のなかを歩いていると、徐々にその人間の生活が見えてき、そこへ人々から聞き知る事実をつけ加えてゆくうち、やがて、まだ名前も顔も姿も知らない影のような人物が、被害者になりきっているメグレの前に漠然とながら現われてくるのである。またあるとき彼は、犯行現場のホテルの部屋から、こんどは殺人者になりきって（そのときの彼の顔は恐ろしいものだったと作者は書いている）、ドアを開け、廊下を通り、建物の外に出、大通りをほぼ同じ時刻に歩いてみ、周囲に見える恐らくは同じようにこの犯罪者も見たであろうものを見ることによって、犯罪者が自白せざるを得ない状況を再現することを思いつき、証拠のない事件を解決させたこともある（*Maigret voyage*, Œ. C. VIII）。とまれ、こうした彼の想像力の現場を、たくさんの作品のなかから幾つとなく蒐集する作業は、すこぶるたのしいものなのである。

　面白いのは、キュアンデという泥棒の「方法」が、メグレのこのような方法と似ていることである。次の引用を読むと、これはまさにメグレの有名な「張りこみ」や「聞きこみ」とそっくりである。この泥棒は、泥棒としては怠惰で（ここに『メグレと怠惰な泥棒』という題名が由来している）、ひとつの仕事が済むと、しばらくは老いた母と、またしばらくは別のずっと離れた地区に囲っている女性と、それぞれのところでひっそりと一緒に暮らし、金がつきるとはじめてつぎの仕事に取りかかるのであるが、めざすべき宝石に関する情報を得るため、四、五種類の新聞の社交欄や、雑誌にのったお屋敷、マンションの建物や部屋の写真入りのページなどから勉強を開始するのだ。

「火のそばに腰をおろして、このヴォー州(*)出の男は瞑想し、可否を測り、そして選択した。それから彼はその界隈に行って歩きまわり、ホテルか、ひょっとして空家でも見つかれば、ラ・ポンプ通りの場合がそうであったように、一戸建ての家に一部屋借りた。数年前にさかのぼるが、最後の捜査のとき、数多くのカフェで彼の形跡がやはり見つかったが、そうした店では、彼はたちまちのうちに、一時期の常連となってしまった。

《とてもおとなしい人で、店の隅で、白ブドウ酒を飲んだり、新聞を読んだり、通りをながめたりして、何時間でも坐っていましたよ……》

実のところ、彼はある家の、主人たちや召使いたちの動静を観察し、彼らの習慣や時間の使い方を研究していたのだし、彼の部屋の窓からは、彼らの家の内部をうかがっていたのだ。こうしてしばらくすると、その家屋全体は彼にとってもう秘密がひとつもなくなってしまった。(*Maigret et le Voleur paresseux*; Œ. C. VIII, pp. 903-904)」

(＊) スイスの一州(カントン)で、レマン湖に面し、ローザンヌ市がある。

不思議なのは、この泥棒が宝石を盗むとき、その建物から家人が留守になるのを待つのではなく、反対に彼らが外出からもどって部屋にいるのを確めたうえで押し入ることである。メグレはこのキュアンデが困っていた女性から、のちにその理由をたずねられて、心理学者や精神分析医が答えてくれる問題だろうと返事するが、またこうもつけ加えるのである。「彼〔キュアンデ〕はただ見ず知らずのアパルトマンに忍びこんだだけでなく、いわば人の生活の中に忍びこんで行ったのです。人々がベッドで眠っているところを掠めたのです。どうやら他人の宝石を奪う以上に、他人の団欒の一部を持ち去ったようですね……。(id. pp. 982-983)」メグレもまた、「いわば人の生活の中に忍びこんで行」くのであるから、彼はこの想像力の豊かな泥棒が好きだったに違いない。キュアンデは、いわば自分が時間をかけて調べ想像した通りの室内と生活と雰囲気であることを確めるためには、是非ともその部屋に、いつものように家人を配置して寝かせておく必要があると感じていたのではないだろうか。この愛すべき泥棒が、殺され顔をつぶされたうえでブローニュの森に捨てられているのが見つかったとき、メグレはキュアンデの母親を探しあてその死を伝えるのだが、彼女はほおに涙を伝わらせながらも声をあげず、息子の死因と死に様をくわしく知りたがる。《なぐられたのです》《どんなもので？》彼女は頭の中で息子の死を再現したがっているようだった。《わかりません。何か重い器物でしょう。》彼女は本能的に手を頭にあてて、苦しそうに顔をゆがめた。(id. p. 885)」つまりこれは、彼女もまた、息子のキュアンデや、メグレと同じように、想像力を具体的に行使するタイプの人間だということだ。そしてぼくはこれらの人物たちの向う側に、同じタイプの作者の姿を垣間見る。

7　ジグソー・パズル

探偵たちが事件の解決となる決定的な直感を得るとき、かれらは、不思議に、まるで申し合わせたように、ジグソー・パズルの比喩をもちだす。ジグソー・パズルの最後の一片がぴったり収ったと言う。カイヨワの言葉を借りれば、「このおはこの喩え (cette comparaison consacrée) は、探偵たちの口の端にしょっちゅうのぼってくる (Roger Caillois: *Approches de l'Imaginaire*, p. 194)」のである。それにしても何故とくにジグソー・パズルなのか？　自分たちの推理の仕方を、ジグソー・パズルに似ていると言わず、「コンピューターの計算というよりも、動物の頭にある言葉のない絵にはるかに似ていた (ハウスホールド『影の監視者』p. 52)」と言うこともあれば、クリステイのように、トランプのカードで家をこしらえる遊びに比べる場合もある。

「犯罪をもう一度組み立ててみること――これが探偵の目的です。組み立ててみるためには、ちょうどカードの家をつくる場合、カードを一枚ずつ重ねていくように、事実を重ねていかなければなりません。そしてもしその事実がピッタリ合わない場合は――つまりカードのバランスがとれない場合には、もう一度初めから建て直さなければならないのです。さもなければ倒れてしまいますから。（A・クリスティ『三幕の悲劇』p. 292）」これをジグソー・パズルの喩えと比較してみるとき、比喩として何故ジグソー・パズルがすぐれ、探偵たちに偏愛されるかがよく分るのである。

一体にすぐれた比喩というのは、丁度物理学や化学でひとつのすぐれたモデルが、そっくり現実のひな型となり、現実の現象を過不足なく説明するように、その比喩が、描こうとする現実の姿を充分に表現している場合を言うのである。つまり、たとえるもの（ここではジグソー・パズル）のもつ諸特性のひとつひとつが、たとえられるもの（ここでは探偵の推理行為）のもついくつかの局面に対応し、しかもそれらを説明するというのでなく、一気に照らしだすのでなければならない。

（1）「その晩、ヘンリ〔スコットランド・ヤードの主任警視、ヘンリ・ティベット〕は、（A）おそくまでタバコをふかしながら、錯綜したさまざまな証言の組み合せパズルと取りくんだ。（B）入り組んだ証言の群れは、容赦ない必然の勢いをもって、それぞれの収まるべき位置に収まり、（C）一つのパターンをかたちづくるように思われた。完全なパターンができるには、あと二つ、三つの材料が不足しているだけである。（パトリシア・モイーズ『死人はスキーをしない』p. 195)」

（2）「ナイジェル〔イギリスの私立探偵、ナイジェル・ストレンジウェイズ〕は、(A)〔大判の紙の上に列挙してみた〕これらの奇妙な事実の一群について思考をこらし、一つ一つがうまく組みあわさりはしないかと、いろいろ組み合わせてみた。(B) そのうちのいくつかは、まるで異ったパズルの問題が、まちがって升目にまぎれこんできたもののように、まるで合いそうにないので、まもなく彼はあきらめざるを得なかった。(C) しかし残ったものは、——驚くべきことに、それらが組み合わさって一枚の絵、ナイジェルが意識しないのに、すでにときおり眼の前に浮かんでいたことを、いまになって気がついたのだが、想像もおよばぬ場面を、つくりあげているのだった。〔ニコラス・ブレイク『メリー・ウィドウの航海』p. 204〕」

（3）〔以下は、アメリカの弁護士探偵、ペリー・メースンの言葉である。〕「(A) 事実ってものは、ちょうどジグソー・パズルのようなもので、——(B) ちゃんと合わせて行けば、ぴったりはまるものなんだ。(E・S・ガードナー『吠える犬』p. 162)」「(C) 事実を少しづつ寄せ集めて、ジグソー・パズルみたいにそれらの事実を一つの絵図にまとめるのが俺は好きだ。(同『どもりの主教』P. 38)」

たくさん蒐集した例のなかから、もっとも分りやすいものを三つ挙げてみたが、それぞれに、仮に(A)(B)(C)の符号をつけて分節しておいた文章は、ジグソー・パズルというもののもつ大きな三つの特性が、探偵の推理行為のそれらに対応する主要な三つの行為を照らし出している（つまり比喩している）ことを示すのである。

(A) ジグソー・パズルというゲームは、いうまでもなく、切り抜かれた紙片を台紙の上に置いてゆく遊びであって、これは探偵が、集めたさまざまの事実（証言・証拠）を、しかるべき秩序で再編成しなおして事件を理解してみようとする行為に対応している。

（B）ジグソー・パズルの切り抜かれた各細片（どれひとつとして同じ形のものはない）は、台紙上の、しかるべき位置に収まり、他の場所には入らないようになっているのだが、探偵の集めた事実もまた、彼の理解のなかで、そして現実のもつ秩序のゆえに、それぞれ落ちつくべき場所があるのである。（証言のなかから、嘘を見破ることができるのも、このためである。）このことを別の探偵（正確には情報局員）は、「すべての辻褄が、ジグソー・パズルの各細片が、ぴったりと合う（ロバート・ラドラム『暗殺者』（上）p. 243）」と表現する。

（C）これはジグソー・パズルの最終の目標であるが、完成すると台紙全体にひとつの絵が（風景写真のこともあれば、ボッシュの『聖アントニウスの誘惑』！の複製画であることもある）浮かびあがってくる。そして探偵の推理が完成したときにも、犯罪という現実《レアリテ》の、犯人やその犯行の経緯等、要するにすべての細部を備えた現実の姿が、人生の一断面が、彼の頭のなかに、一幅の絵のように見えてくるのである。

右に引用した三つの例と、クリスティの「カードの家」の比喩とを対比してみれば、比喩として、カードの場合、意味するものに連続性と豊かさとがないことに気づくだろう。これはあまりうまくない比喩表現なのである。

（D）ジグソー・パズルの比喩によって、さらにもうひとつ、探偵の推理行為の別の側面をうまく言いあてることができる。それは、ジグソー・パズルの全体の絵図を、いくつの細片に切り分けるかによって、そのゲームとしての難易度がきまるのであるが（百片のものと、千片のものとを比較すればよい）、探偵の推理行為もまた、その集まる事実の数が多く、錯綜し複雑になればなるほどむずかしいものになるし、また読者にとっても、その推理小説は複雑なものとなる、ということである。「複雑さが増せば増すほど、このパズルは《手ごたえがあり》、多様な特性をもつ《ほんとうの》事物に似てくる。（Th. Narcejac, p. 76）」

8　レアリテ

ジグソー・パズルの比喩で最も美しいのは、パズルの細片を（事実を）ひとつひとつ拾い集め組みあわせて、最後の一片をはめ終わったとき、枠いっぱいの絵が（ひとつの現実世界が）一挙に現われるというところではないか。そしてメグレの地道な捜査と、現実を再現することへの意味ほど、このジグソー・パズルのゲームに似たものはないとぼくには思われる。すでに第5節で言及した《La Patience de Maigret〔メグレの忍耐〕》という作品のなかで、ながい一日の「聞きこみ」のあと、翌朝（この日のうちに犯人は逮捕される）、メグレがアンスラン予審判事に前日の捜査の状況を報告すると、判事は彼に向ってこうたずねる。「あなたは、そのばらばらな要素がすべて、最後にはぴったり一つになると思いますか？（Œ. C. IX, p. 657）」メグレはその朝方の夢のなかで、ほとんど仕上った絵の最後の一片、ただ一人欠けているその「誰」かを追い求めていたのだが、判事と話すうちには、ついにその一片を発見しているのである。しかし、シムノンの作品のなかにこの比喩が実際にどれほど使われているのか、それ自体はあまり問題でないとはいえ、実はさほど使用されているわけではない。それゆえぼくにはメグレがこう言っていそうな気がするのだ、比喩は比喩にすぎない、と。実際、メグレにとって彼が再現した「現実」は、ジグソー・パズルの絵のようなものであっては不満なのである。

ひとつの事件が解決すると裁判が始まるが、前にちょっと触れた通り（本書189ページ）、彼には、予審判事も含めて、検事や裁判所のやり方が不満なのである。というのも、かれらには、メグレのような、まるで歴史家か研究者が一人物を研究する風に、時間をかけ自ら歩いて、犯人とその環境を研究し理解し再現するやり方をとることがないし、また不可能であるからだ。

「予審判事は、わたし〔メグレ〕が捜査をした後では、わたしがもっているような〈直接自ら現場へおもむき、犯罪者を理解するため時間をかけてさまざまな人々に聞き込みにまわるという〉特権を事実上もっていない、だからその個人的生活から切り離された人々に、彼の執務室の無味無臭の雰囲気のなかでしか会えないことになるのだ。彼の前にいるのは、要するにすでに図式化された人間たちなんだ。彼にしてみれば、限られた時間しか自分のものにならない。新聞や世論に責めたてられ、雑多な規則に拘束されているため率先しては何もできず、役所の手続きに埋まって時間の大部分をとられる、そんな彼が何を発見するというんだ？　彼の執務室から出てくるのがもぬけの殻のような人間たちだとしたら、重罪裁判所に残されているのは何か？　また陪審員たちは何を根拠に、自分たちと同類の一人もしくは数人の運命を決定するのか？（*Maigret aux Assises*, Œ. C. VIII, p. 648）」「起訴状の朗読、検事の論告、弁護士の弁論をも含めて二日間で、それもほとんど十時間ほどで、前日まで何も知らなかった何人かの人間の生活をすべて要約しようとする〔……〕。（*Une Confidence de Maigret*, Œ. C. VIII, p. 591）」「〔喚問される〕証人の数は最小限にしぼられる、彼らに発せられる質問の数と同様。彼らは法廷へ来て、前に〈予審判事室などで〉もう口にしたことの要約を、つまり今風に言えばダイジェストをくり返す。事件は何本かの線でデッサンされるだけ、登場人物はもはやエスキースでしかないんだ、漫画でしかないとまでは言わないが……。（*Maigret aux Assises*, Œ. C. VIII, p. 648）」

そして裁判所では、むろんメグレ自身でさえ、取調べした者として行う証言によっては、彼がついに見出した事実のデッサンかダイジェストしか描き出せない。「彼〔メグレ〕は知っていた、自分が現実《レアリテ》の単なる影、死んだ図式的な影しか提供していないことを。陳述したことの全ては真実である、が、個々の事物の重さ、密度、震え、匂いが感じられない。例えばガストン・ムーランを裁こうとする人間は、シャロンヌ大通りのアパルトマンの雰囲気を、この自分が見た通りに知っていなければならぬと彼は思った。(*Maigret aux Assises*, Œ. C. VIII, p. 618)」メグレの不満は、彼が捜査を通じてせっかく再構築した「現実」が、裁判の場では再びもとの言葉にすぎなくなることである。彼自身も含めて、裁判にたずさわる人々の表現は、下手な作家の文章について言われるのと同じ意味合いで、まさにリアリティを欠くのである。今たまたま作家ということばを用いるのであるが、メグレが、自分たちの表現は、ひとつの犯罪を通して知り、理解し、再構築した「現実」(それは、完成したパズルの描く絵などとは較べものにならない)を、そしてそのひとつひとつの事物のもつ「重み、密度、震え、匂い」や「雰囲気」を、言葉によって再現することに失敗していると言うのを聞くと、自分の表現について全く同じことを言うシムノンを思い浮かべないではいられないのである。ここに到ってやっと、われわれは、メグレとは、シムノンによってその小説作法を捜査の方法として荷わされた存在であったという、考えてみればごくあたりまえなことに気づくのだ。

9　シムノンの方法

シムノンは自分の小説について、またその創作の手順や方法について比較的よく語っている作家であるし、その種のインタビューや質問を、公的にも私的にもよく受けていたらしい。彼の思い出によると、彼の小説を読んだジッドが彼と会いたがった。最初に会ったとき、ジッドは二時間以上も彼に質問し続けたし、その後何度も会い、ほとんど毎月彼に手紙を書き、質問をし続けて飽きなかった。ジッドは、手紙のなかであらゆる事柄について質問したが、とりわけ知りたがったのが、シムノンの「創作のメカニスム」のことであったという。ジッドが彼に関心をもった理由は、モラリストや哲学者のおもむきのないではないジッドが、何よりも創造者たることを生涯夢みつづけた人であったのに対し、シムノン自身はひたすら作る人間であって、ジッドとは正反対の作家である、というところにあったのだろうとシムノンは考える。（*Une Interview sur l'Art du Roman*, R. H. pp. 121-122)

周知のようにシムノンは多作家であるが、彼の「創作のメカニスム」を知ると、なるほどとうなずけるのである。彼の方法は、多作を可能とするとともに、それぞれの作品が、短篇ではないものの長篇たり得ない理由も理解させるし、同時に、誰もが彼のどの作品にも感じるリアリティのゆえんをも納得させるのである。さらに言えば、彼のこの方法が、彼の文体の特質、即ち文章のわかりやすさと即物性と現実性とを決定していることもまた分るのだ。ここでしばらくは彼の「創作のメカニスム」について書いてみよう。

シムノンによれば、彼が新しい作品を書き始めるとき、前もってその小説のプランを念入りに立てておくことはないという（「念入りにプランを立てて書いたものなんて、人生ではない！」）。「〔例えば〕今日ここでは太陽があまり照っていない。それが私に、いつだったかの春を思い出させる。恐らくはイタリアのどこかの小さな町か、あるいはフランスの田舎なりアリゾナなりのどこかの辺地だったか知らないが、やがて少しずつ私の頭のなかに、小さな世界が、何人かの人物をともなって浮かんでくる。そういう人物たちは、一部は私がこれまでに知った人たちから、一部は純粋な想像力から出てきたものだろう。その両方の混合だ。それから、私がかねてより抱いていた想念《アイデア》がやって来、私の精神のなかで結晶化する。そしてこの人物たちをめぐる問題意識が、私に小説を書かせるということになるだろう。(*Une Interview sur l'Art du Roman*, R. H. p. 113)」

　こうして小説のきっかけが与えられると、彼はじっとしていられなくなって、(これは彼のマニアのようなものらしいのだが)電話帳と大型のマニラ封筒と地図とを持ちだしてくる。彼の書斎には百数十冊もの電話帳のコレクションがあって、これは先に浮かびあがってきた人物たちに名前をつけるのに利用されるのだ。地図が必要なのは、もちろん「そこで繰りひろげられる出来事を正確に見るため(id. p. 113)」である。(もし架空の町が舞台となるのであれば、彼なら恐らく自分で地図をこしらえることだろう。)人物たちの名前を決めると、彼はそれぞれの人物のいわば履歴書のようなものをこしらえてゆく。(この各人物の名前と来歴を書きつけた紙が、封筒のなかに収められるのである。)それは、小説のなかで使うか使わないかはお構いなしに、いやほとんど使われないような些事が極力くわしく書きこまれるもので、作品のなかにまず登場しない祖父や祖母の記述を含めた人物の家系から始まって、その子供時代、通った学校、服装、病気、特別な思い出。彼らの住所番地、電話番号、住む家の間取り図、はてはドアの位置、窓の数まで。互いに行き来している人たちのこと等々。ちょうど現実の身近な人間についてわれわれが知りうるかぎりの過去と現在の恐らく全ての細部を、彼はこの紙を前にして考えつくすのである。

　こうした作業が必要となるのも、執筆の次のプロセスに入るためであって、こうまでして人物のことをとことん頭のなかに入れておかないと、彼は登場人物の一人になりきること(なんとメグレの言葉に似ていることだろう)ができないからだ。「何故なら、私の大部分の小説は、或る一人物の周囲で起ることを描いている。他の人物たちは常に彼によって見られるのだ。だからこそ、私はこの人物の皮膚のなかまで這りこまねばならないのである。(id. p. 114)」こんな風にして彼は規則正しく一日に一章ずつ、中断することなく、恐ろしく精神集中して(その人物になりきって、その人物が見、感じ、触れ合い、喋り、行動するのと同じように、見、感じ、行動しなければならないのだから、大した精神集中が必要なのだ——ここでもまた、メグレが被害者になり、殺人者になって、その行動を追体験するさまが想起される)、「まさに修行僧のように」、書きつづけてゆく。彼に言わせれば、人物たちを充分にわがものとしておけば、ストーリーはおのずから生まれてくるのである。しかしこうした努力と緊張は、一週間も続けると肉体的にも精神的にもほとんど耐えがたいものとなるから、彼の小説はたいてい七、八章の構成になってしまうのだ。そこで彼は、書けるはずなのにシムノンは二十人、三十人の人物たちの登場する大ロマンを書かないと言って非難する批評家たちに対して、こう言うのである。「かれらは分っていないのだ。私は決して大ロマンを書かないだろう。私の大ロマンとは、私の全ての短い小説のモザイクなのである。(id. p. 125)」

ともあれ、右のような方法から、彼の作品のリアリティが、あるいはよく言われるように《雰囲気》が、生まれてくるのである。しかしこれはいわゆるリアリズムとは異っている。というのも、彼は前もって準備した人物たちの細部を、こと細かに説明したり描写したりは決してしないからだ。逆にほとんど行動で示させるからだ。ちょうど現実でわれわれが友人や知人たちのことは、実際に接触し喋りあって知る範囲のことしか知らないはずなのに、かれらの存在の全体を感じている気になれるように、あるいは、たとえてみれば、われわれがドアを開けるとき、そのドアにしか注目していなくてもその部屋全体の存在を感じているように、これは、ある全体の一部しか言わないことによって、読者の想像力に参加をうながし、残りの部分を感じ想像させようとするやり方である。読者は、その語られなかった残りの部分を想像しつつ読み進めてゆけば、先の方で、想像したものに出会うことができるだろうし、逆にそれをしない読者には、一向に面白くない文章となるはずである。彼は、「理想的な小説家とは、父なる《神》である（*L'Âge du Roman*, R. H. p. 68）」と言うが、これは、神の目から見えるように世界を描きたいという意味ではなく（すでに述べたように、シムノンは一人の登場人物の視点からしか世界を見ない）、神が創造した風に、この現実世界のもつ実在感（présence）を、文章によって摸倣したいという意味である。そのことは、彼が自分の文章上、文体上の野心や理想を語るとき、「立体感」、「三次元性」、「奥行」、「重み」、「厚み」といった言葉を多用し、また喩えとして、むしろ画家や彫刻家の営みをしばしば援用することを思い出せば充分であろう。

「ここ二十年間というもの、私の一切の努力、私の一切の野心は、*mots matière* しか用いない方へと向っていった〔……〕。ちょうどテーブルや建物やコップがもっているような、物質のもつ重み（le poids）を備えた言葉、立体性（trois dimensions 三次元）をもった言葉しか使わないようになってしまった。〔……〕理想的な絵画、完璧な絵画とは、画面の右隅なり左隅から十センチメートル四方の部分を切り取ることもでき、その一片自体で立派な絵をなすものの謂《いい》だろう。〔……〕庭でくりひろげられるドラマに係わりなく、その庭の奥の方で一本の樹を息づかせること……。その樹の一まい一まいの葉に、その重みを、その実在感（leur présence）を与えることだ……。（*Le Romancier*, R. H. p. 96）」

「商業的な画家は奥行きのない（sans relief）絵をかく。指をつっこめば、指は画布をつき貫いてしまうだろう。しかしちゃんとした画家には、例えばセザンヌの描いたりんごには、重み（du poids）があるのだ。二、三度筆を動かしただけで、りんごには果汁や全てが備わるのである。私は、セザンヌがりんごに付与するのと同じ重みを、自分の言葉に与えようとしてきた。だからこそ私はほとんど常に具体的な言葉（mots concrets）を用いるのだ。私は、抽象的な、あるいは例えば《crépuscule たそがれ》といった詩的な語をさけようとしてきた。この語はとても美しいが、何のちからにもならない。〔……〕あの立体感（cette troisième dimension）を与えるのに何の役にもたたない筆運びをさけるためにね。こうした点からいえば、批評家たちが私の《雰囲気》と呼んでいるものは、文学に適用された、画家の印象主義以外の何ものでもないと思う。（*Une Interview sur l'Art du Roman*, R. H. pp. 122-123)」

セザンヌがりんごを描く風に、自分は人物を描きたいとシムノンが言うとき、平面的な画布の上のりんごが、三次元の立体性、実在性を持つとともに、その果汁さえ感じられるという意味であったように、彼は、自分の人物たちが、現実に存在し生きる人間のような造形性をもつとともに、かれらの悩みをも同時に持つことを願うのである。「私は自分の小説をできることなら木のかたまりに彫りこみたいくらいだ。私の人物たちをもっと重く、もっと立体的にしたいのだ。とともに、私はひとりの人間を創造し、彼をながめていると、その心のなかにわれわれの一人びとりが自分自身の問題を見出せるようであってほしい。〔……〕私を喜ばせるのは、私が読者から受けとる手紙である。そういう手紙は、私の文体の美しさなどについて決して語らない。それは、一人の人間が、自分の医者か精神分析医に向って書くような手紙だ。そこにはこう書いてある、《あなたは、わたしを理解してくれる人たちの一人です。わたしはあなたの小説のなかに、しばしばわたし自身を再発見するのです。》（id. p. 123)」

シムノンは自分の作品を「商業的な小説」と、「シリアスな小説」（roman sérieux といい、ときに roman roman と呼び、単に roman と呼ぶこともある）とに分け、後者を画家の描く絵画（tableau）とすれば、前者は画家が手すさびにする、あるいは練習のため、あるいは友人のために描くデッサン（esquisse）のようなものであると言う。そしてむろん彼の《メグレもの》をはじめとする推理小説は、「商業的な」作品に属する。《メグレ》を書くあいだ、彼は、「修行僧」のような生活を送ることはなく、楽しみながら書くことができるのである。しかしそういう商業的な作品のなかにも、彼は必ず非商業的な一章を置かないではいられないし、その章全体でなくても、少なくともどこかの一節、何らかの物体に、（前に引用した一節の言い方を借りれば、「くりひろげられるドラマに係わりなく、その庭の奥の方に一本の樹を息づかせる」ように）実在感を付与しないではいられない。

とはいえ、われわれ読者がメグレを読んで、彼をいかに魅力的な人物と感じ、その実在感をつよく感じたとしても、シムノンがセザンヌのように描き、木のなかに彫刻したいと願って造形した人物のひとりと見做すことも主張することもできないだろう。そうではなく、例えばテストがヴァレリーの方法を担った存在であったような意味で、メグレはシムノンの方法をその捜査法として付与された人物であったというのである。

◇　文中言及した作品および略号は以下の通り。

Georges Simenon: le Commissaire Maigret (Œuvres Complètes), en 10 vols. (Editions Ediro-Service S. A., 1974)〔Œ. C. と略記〕

Georges Simenon: Le Roman de l'Homme (Editions de l'Aire, 1980)〔R. H. と略記。表題作の他に次の三点が収録されている。〕

—Le Romancier
—Une Interview sur l'Art du Roman
—L'Age du Roman
Thomas Narcejac: Une Machine à lire, le Romnn Policier (Bibliothèque «Méditation», Denoël/ Gonthier 1975)
Roger Caillois: Approches de l'Imaginaire («n. r. f.», Gallimard, 1974)
Francis Lacassin et Gilbert Sigaux: Simenon (Plon, 1973)
ジル・アンリ（桶谷繁雄訳）『シムノンとメグレ警視』（河出書房新社　1980）
H・ヘイクラフト編（鈴木幸夫訳編）『推理小説の詩学』、『推理小説の美学』（研究社　1976, 1974）
T・Aシービオク他（富山太佳夫訳）『シャーロック・ホームズの記号論』（岩波書店　1983）

◇ 文中引用した他の推理小説作品は、アガサ・クリスティ『三幕の悲劇』（創元推理文庫　1972）／パトリシア・モイーズ『死人はスキーをしない』（ハヤカワミステリ　1975）／ニコラス・ブレイク『メリー・ウィドウの航海』（ハヤカワ・ミステリ文庫　1978）／E・S・ガードナー『吠える犬』（創元推理文庫　1972）、『どもりの主教』（早川書店版世界ミステリー全集第2巻　1972）／ハウス・ホールド『影の監視者』（筑摩書房版世界ロマン文庫第7巻　1970）／ロバート・ラドラム『暗殺者』（新潮文庫　1983）による。

《メグレ》の文体

シムノン Geoges Simenon に *Le Roman de l'Homme*（Editions de l'Aire, 1980）という表題の、講演やインタビューを集めた本があって、とりわけ最後の二つの、*Le Romancier* と *Une Interview sur l'Art du Roman* には、彼の創作の手順や方法がくわしく述べられており、非常に面白い。ここには、シムノンの有名なマニアックな手続き（一五〇冊もある電話帳のコレクション、そこから人物たちの名前を探しだすこと、舞台となる町の地図を手元に置いて絶えず参照すること、登場人物たちの、ほとんど物語の筋には使われることのない数代さかのぼった家系から始めて、本人の過去の具体的なさまざまな思い出、住む家の間取りや窓の数、はては電話番号まで、さらに交友関係等、あらゆる過去と現在の細部を書いたいわば履歴書を前もってつくり、マニラ封筒に入れておくこと）などもむろん語られていて、シムノンの作品のリアリティ（批評家たちの言う《雰囲気》）の生れるゆえんが理解されるのである。彼の作品の理想は、まるでプルーストの一人物がフェルメールの絵画について語る一節を想起させる、次のような文章に語られている。「理想的な絵画、完璧な絵画とは、画面の右隅なり左隅なりから十センチメートル四方の部分を切り取ることもでき、その一片自体で立派な絵をなすものの謂《いい》だろう。［……］庭でくりひろげられるドラマに係わりなく、その庭の奥の方で一本の樹を息づかせること…。その樹の一まい一まいの葉に、その重み（leur poids）を、その実在感（leur présence）を与えることだ……。」

こうした実在感を作品に与えるために、シムノンは前述のマニアックな手続を経て、そのうちの必ずひとりの人物になりきり、その「皮膚のなかに」入りこんで、その人物が見るままに、感じる通りに、外界と他の人々との印象や交渉を描きだす。その間、彼はまさに「苦行僧」のように、誰にも会わず、誰とも喋らず、電話にも応対せず、ひたすらその人物になりきって、一日一章、この緊張が持続する限度だというほぼ一週間を一日も欠かすことなく書きつづけるのであり、だから彼の小説はたいてい七、八章の短い構成となるのだと言う。そこで彼は、シムノンは書けるはずなのに、二、三十人の人物たちの登場する大ロマンを書かないと言って非難する批評家たちに向って、「かれらは分っていないのだ。私は決して大ロマンを書かないだろう。私の大ロマンとは、私の全ての短い小説のモザイクなのである」と抗議する。

このようなシムノンの作品のもつ特色のほとんど全てを、彼の《メグレ》ものはそれなりに備えているように見える。百二篇あるこの作品群の短篇、中篇はいうまでもなく、長篇とされるものもたいていは七、八章から成り、どの作品もメグレという一人物の視点から、彼が事件の発端を知らされ、現場におもむき、被害者の周辺の忍耐づよい聞きこみと訊問を開始し、進展させるままに、他の人物たちや現実世界の姿が描かれるのだ。そして、これらの百二篇の作品を全て通して見れば、ひとつのモザイク風の「大ロマン」だと言うこともできるのである。しかも彼の推理小説は、推理小説としての約束ごとを無視し、非「本格的」作品だと非難される分、小説として自然な構成と文体を得、ちょうど似たような理由から、ハメットやチャンドラーたちがほめられるように、文章をほめられ、《雰囲気》があると評される。

にもかかわらず、彼は自分の作品を「商業的な小説」と「シリアスな小説」とに分け、後者を画家の描く絵画《タブロー》とすれば、前者は同じ画家が手すさびにする、あるいは練習のため、あるいは友人のために描くデッサンのようなものであると言い、《メグレ》を前者に分類する。《メグレ》を書くあいだは、彼は「苦行僧」のような生活を送ることはなく、楽しみながら書くことができるのである。しかし、そういう商業的な作品のなかにも、彼は必ず非商業的な一章を置かないではいられないし、その章全体でなくても、少なくともどこかの一節、何らかの物体に、(「庭でくりひろげられるドラマに係わりなく、その庭の奥の方に一本の樹を息づかせる」ために) 実在感を付与しないではいられないのである。

そうした一章あるいは一節を見つけることは、実は《メグレ》を読むもう一つの楽しみであって、その一例を以下に引用してみよう。

「[……] 船べりをのぞきこんでいた彼 [メグレ] は、突然、軽い眩暈を感じながら、船の下を滑るように動いていく海底を発見した。水深はゆうに十メートルはあったろう。しかし水が澄み切っていたので、海底の景色はどんな微細な点まではっきり見ることができた。それはまさに景観というにふさわしかった。緑の海草の生い茂る平原、岩塊でできた丘、峡谷と絶壁、そしてその間を縫って、魚群が家畜の群のように通りすぎていた。」(邦訳『メグレ式捜査法』谷亀利一訳)

また、彼の描く人物像にもこうした一節が多く、それが、もっぱら人物たちの行動と会話文からのみ構成される文章のなかに見つかるだけに一層のこと、読後、その短い肖像画がいつまでも印象に残るのである。

「パルドン夫人はひどく長い鼻をしていた。異常なほど長かった。それを見慣れるまでは大変だった。はじめは、彼女の顔をまともに見られなくて困った。このことでは級友たちにからかわれたにちがいない。彼女がとても控え目で、結婚してくれたことを感謝するような目ざしで夫を見つめるのは、この鼻のせいだろうか?」(『メグレの拳銃』佐宗鈴夫訳)

「彼［助役のテオ］は背は高かったが、もとは太っていたにちがいない。やせたときに皮膚がだぶつき、しわだらけの着物みたいになったのだった。彼の眼つきには百姓の狡猾な自信に、村会選挙の票数を改竄しなれた政治家の自信がつけ加っているのが読みとれた。」(『メグレと田舎教師』佐宗鈴夫訳)

1984

二つの言語のあいだの思考

1

作曲家の武満徹のエッセイ集に『音、沈黙と測りあえるほどに』(新潮社)というのがあって、これが十四年ほど前に出版されたとき、ぼくはすぐ読んで感銘を受け、その造形的な思考と、硬質で寡黙な文体とに強く印象づけられたのだった。この本は、いろいろなところに書いた文章を集めたものらしく、内容や形式は多岐にわたっていたが、なかであるひとつの試みに非常に興味を惹かれた。それは、彼が画家のジャスパー・ジョンズのデッサンに触発されて、この画家の仕事について書いた短い十個の断章を、ある人(ジョン・ネイサン)に英訳してもらい、さらにその英訳を、もとの文章を知らない別の人(大岡信)に日本語へ再翻訳してもらうという試みであって、その十の断章がどれもよく理解できたというわけではなかったけれども(あるいは却ってそのために)、最も印象深く、その後ずっと、今にいたるまで、よくぼくの記憶に残っていたのである。武満は、この試みによって、「翻訳という操作が言葉にもたらすものは何か?あるいはそこで失われるものは〈何か〉?」ということが明らかになることをねらったという。しかし彼は自分の十個の断章を、それらに対応する英訳と日本語の再翻訳とともに並記し列挙するだけで、翻訳によって何を失い何を得たかの分析は一切行っていない。ぼくは今度これらの三種の文章を十数年ぶりに読み返し、その一語一行をできるだけていねいに比較してみて、このわずか八ページという、分量としてはささやかだが、大きな意味のある試みは、翻訳という作業のもつさまざまな側面を示すところの、小さな雛型模型《ミニアチュール》となっているという感想をもった。それは、ちょうど物理学者や化学者が、大きな現実世界の複雑な仕組みを、小さくて単純化した模型《モデル》を用いて説明するときの、その「模型」のようなものなのである。あるいは、金太郎飴のどこを切っても金太郎の顔が現われてくるように、また、仮に神が世界をつくったというのなら、その世界を構成するどんな細部にも当然神が宿っているように、翻訳のもつ諸相は、どんなささやかな翻訳の試みのなかにも現前しているということなのだろう。

2

しかし、ここで、できれば十の全部の断章を引用して、その分析作業の経緯をくわしく述べるといった紙面の余裕はないので、二、三の、しかもなるべく短い断章を示しつつ、いくつかの要点のみを挙げてみたい。

＊

3時27分：ぼくはJasper Johnsについて考えている。

0　EYEという逆行不可能な文字が、はじめにぼくの考えのなかで緩やかな運動をおこす。Johnsによって描かれたEYE。Johnsのeye。誰のものでもないeye。

目は誰のものでもない。　(原文：武満徹)

3:27 A.M. I am thinking about Josper Johns.

0\. EYE—this irreversible word creates a languid activity in my thoughts.
The EYE depicted by Johns. Johns' eye.
The eye that belongs to no one. Eyes belong to no one.　(英訳：ジョン・ネイサン)

午前3時27分。私はジャスパー・ジョンズについて考えている。

0 EYE——この逆転不可能な語が、私の考えのなかにゆるやかな活気を生みだす。ジョンズによって描かれたEYE。ジョンズの眼。だれにも属さない眼。眼たちはだれにも属さない。　(再翻訳：大岡信)

*

6時18分：ぼくは「音楽」について考えている。

9 EYEから、小さなI——「私」という意味を消し去ること。
目は誰のものでもない。
An eye for an eye, 眼には眼をという言葉は、何故憎悪を意味するのか？　(原文：武満徹)

6:18 A.M. I am thinking about "music".

9\. To excise from EYE the little I, that is the you and the me.

The eye belongs to no one.

An eye for an eye—why does the expression signify enmity, hatred?　（英訳：ジョン・ネイサン）

午前6時18分。私は「音楽」について考えている。

9　EYEから、ちっぽけなIを、すなわち「あなた」とか「わたし」とかを、削りとること。

眼はだれにも属さない。

眼には眼を――なぜこの言葉が、敵意を、憎悪を意味するのか？　（再翻訳：大岡信）

＊

原文と英訳と再翻訳とを読み較べてみるうちに何よりよくわかることは、今さらながら、翻訳とはまさに解釈であるということだ。解釈とは、つまり訳者が筆者の意を汲もうとすることであって、例えば、右の断章0で、武満が、「EYE」という文字から刺激を受けて自分のここでの思考が始まったことを述べているくだりに用いた「運動」という語を、英訳者は《activity》と解釈し、再翻訳者がそれを「活気」と訳す類である。また訳者は同じ理由から、つまり解釈し筆者の意図を汲もうとするがゆえに、いきおい説明し補いの言葉をつけ加えようとする。同じく右に引用した断章9で、原文の最初の一行は、恐らく、芸術家がものを見る「眼《アイ》」は、個人的な「私《アイ》」を離れた、非人称的な視力をもたなければならぬという意味だと思われるが（むろん「アイ」の語呂合わせもここにはある）、そのため英訳者は、「小さな私《アイ》」の説明として、原文にはない《that is, the you and the me》を付加するのである。また同じ断章9で「憎悪」とあるのを、英訳者は《enmity, hatred》と、二つの名詞を並記して説明しようとしている。さらに、引用しなかった別の断章8では、原文に「多忙な原理」とあるのを、ネイサンは《a complex and diverse principle》という風に形容詞を二つ重ねて敷衍し、この英訳を大岡は忠実に訳しながら、「複雑かつ多様な性質の原理」と、なおも「性質の」という補いの語をもうひとつ足してしまうのだ。このうえ、ときに訳注という解釈やら解説などが加わる。例えば断章8の原文に「Disappear Johns」とあり、英訳ではむろんそのまま、ただし強調の意をこめて（あるいは姓名に見せかけるために？）大文字で《DISAPPEAR JOHNS》と表記したのを、再翻訳者は「DISAPPEAR《ジスアピア》 JOHNS《ジョンズ》」(＊)と注釈している。こうして、翻訳とは解釈であり注釈であるがゆえに、或る程度宿命的に、訳書は原著よりいくぶん分厚めになってしまうのである。もちろん訳者が解釈するゆえに原文の一部を故意に削除することもあるが、それはやはり例外的で、付加することの方がはるかに多くなるだろう。

（＊）大岡の注は次の通り。「「消える男（ジスアピア）ジョンズ」と、ジャスパー・ジョンズの語呂合せならん」

それにしても、原文と再翻訳文とを比較して、日本語の原文が英訳による変形作用を受けて、同じ日本語ながら原文とは異なった再翻訳文へと変化し変容したのを見ていると、その媒介項としての英訳が、いわば転轍機であり、表現の増幅器でもあるように思われてくる。そしてこれは何もここでの英訳に限らず、原著者と読者とを結ぶ中間項という意味で、翻訳一般についても同じように言うことができるのである。原著《テキスト》から出発してある世界へと向う読者の乗った列車の方向を定める翻訳という転轍機。

「表現の増幅器」とも言うのは、単に訳文の分量が増えるという意味だけではなくて、イメージのふくらみが翻訳のおかげで増すこともあるという意味である。その一例（断章6）。「ガリラヤ湖の水はヨルダン河を経て死海へそそいでいる」という武満の文章が、ジョン・ネイサンによって、《Water from the Lake of Galilee flows down the river Jordan》（大岡による再翻訳文では「ガリラヤ湖の水はヨルダン河を流れくだり」）と訳され、文章量が増えるのではなく、「経る」という無性格な表現が、「flow down（流れくだる）」という豊かな映像に増幅しているのである。

3

しかし翻訳が転轍機ともなり、表現の増幅器ともなる理由は、翻訳が解釈であるせいだけではなく、もとの言語と、それを訳する言語との性格の違いにもあるのだ。二つの国語の思考法や、文法・統辞法の体系の差異が、原文《テキスト》と訳文との関係を近づけもし、遠ざけもする。英語のものの考え方や表現の仕方が日本語のそれとは異なるからこそ、日本語の原文《テキスト》だけを読んでいるときにはほとんど意識にのぼってこなかった事柄が、明確にもなり論理的にもなってくるのだ。しかしそのことがわかるのは、この訳文たる英語の文章をさらに日本語に再翻訳したおかげであって、この再翻訳によって、日本語にはこれまで存在しなかったものの考え方や表現の仕方が、ちゃんと日本語として新しくとり入れられたことや、英語に訳しきれずに脱落させてしまったいかにも日本語らしい表現形態が何であるかが明らかになるのである。この点で、再翻訳は、英語が原文にほどこす変形作業を映しだす鏡のようなものと言える。武満たちの試みの最もユニークで意味深いところは、単に英訳を示すにとどまらず、さらに再翻訳してみせたことにあるのだ。

　つぎに、その再翻訳のおかげで、あらためて日本語の特性に気づかされるような実例をあげてみよう。ここではそれらの例はきわめてささやかなものではあるけれど、それは海面に見える氷山の上部のようなものだろう。
いずれもすでに引用してある断章0から。
（1）最終行の、芸術家の眼は非人称的なものでなければならないという意味の「目は誰のものでもない」という原文。日本語の文章では、こうした場合、ただ「目」と書いてすむのであるが、英訳では正確に《eyes》と複数形で示されているので、この「目」が単数か複数か改めて考えなおすことになる。そこで、こうした英語の表現や考え方に触れたのちは、日本語でも再翻訳文でのように「眼たち」という（これになじまないひとたちがいるにしても）新しい日本語の表現の仕方が生まれてくるのだ。
（2）冒頭の「3時27分」→《3:27 A.M.》→「午前3時27分」
（3）「EYEという逆行不可能な文字」→《EYE—this irreversible word》→「EYE—この逆転不可能な語」
この二例はもちろんとくに日本語と英語の考え方の差異に根ざしたというようなものではないのだが、英訳によって表現が正確になったことは確かで、われわれがこんな風につねに正確な言葉使いをするわけでないことに気づかされるのである。
（4）これは別の断章6にあるが、ぼくは武満の、「廃車はスクラップとして潰され」という（欧文脈を悪輸入したような）言いまわしよりも、英訳の《Old cars are crushed into scrap》の方が、そしてその再翻訳の「廃車は叩きつぶされてスクラップになり」の方が、論理的で素直で、従って読みやすい文章だと思う。
また、英語にはない文法事項や措辞のせいで、日本語の言語としての個性やむずかしさが明らかになってくることもある。例えば、日本語の同一人称の表現の多様さ。断章0の冒頭から、武満は自分のことを「ぼく」と呼ぶのだが、英語の《I》という転轍機の手にかかって、大岡の再翻訳ではいつの間にか「私」に変貌している。そのうえ複雑《ややっこしい》なことに、武満は英語の「I」も用いれば、自我という意味で「私」という語も使い、「ぼく」を「私」と訳した大岡は、この「私」を「わたし」と使いわけているのである。（武満が英語の「I」を用いた箇処で、大岡がちゃんと「I」を使用しているのはさすがだと言うべきだろう。）

さらに日本語のテニヲハのむずかしさがある。断章0で、「ぼくの考えのなかで」とあった原文は、《in my thoughts》という英語の反射鏡に当ると、再翻訳で「私の考えのなかに」と変化してかえってくるのは、どちらでもいいようなものの、テニヲハのむずかしさを示している。

そのうえ、日本語の表記文字の多彩さ。右の一人称の表現にもうかがわれるように、漢字、カタカナ、ひらがな、横文字が入り混り、またそれらを使い分ける武満の文章を、均一にアルファベットしか用いない英語で再現することは不可能なことであるし、ましてそんな英訳しか見ないで、再翻訳者が、もとの原文通りに、それらの多様な表記文字を配合して復元してくることはとうてい期待できないことであるだろう。（しかし、これはあとで述べるが、驚くべきことに、こうしたほとんど奇蹟的な変換が、相当な精度で達成！されているのであるが。）

たとえ誰かが、一人称の単数を示す語であるが、「私」であろうが「ぼく」であろうがどちらでもいいではないか、日本語のテニヲハにそんな風に神経質になる必要のある場合はさほど多くないのではないか、多様で多彩な表記文字を使い分けずとも、例えばカタカナばかりで文章を伝達することはできるのではないか、などと言ってみても、こうしたものが含蓄するところを大切にする日本語の現状を動かすことはできないのである。

とはいえ、ここから、例えば俳句を翻訳できないからと言い、翻訳の不可能や不要を論じることはできないだろう。翻訳を行う意味は、伝達の問題だけではなく、実はもっと深いところにあるからだ。

4

翻訳という行為について考えるうえで、武満たちのこの試みは、いわば秀れた模擬実験《シミュレーション》の装置であって、とりわけ、この装置を形づくる主要な三つのパーツのうちのひとつ、再翻訳のおかげで、日本語と英語との間のさまざまな差異や、翻訳というこの二つの国語のあいだの往復運動の経緯が、日本語のかたちをとって示されているのである。この再翻訳は、つぎのような三つの働きを荷っているのであって、

(1)まず英語の文章を日本語に翻訳しているという意味で、単なる翻訳行為の一例として参考にすることができたし、

(2)原文と英訳とを比較するさい、英語が原文に対して行った加工や変形の作業を映す鏡としても役立ったのである。あるいは、

(3)これは結局同じことの別な言い方になるが、原文と再翻訳とを並べて読むとき、英訳は、原文がそこを通過したのち何らかの変形をこうむって出てくるための、濾過器でもあり、反射プリズムでもあり、転轍機でも増幅器でもあると言えるのだが、こうした英訳を経て出てきた再翻訳とは、いわば多少とも英語の語法の影響をうけた日本語の作品と見做すこともできるのである。その意味でこの再翻訳は、原文と内容はほとんど同一のものでありながら、原文とはちょっと異なった色あいを帯びた新規の文体で書かれていると言えるのであって、日本語の新しい表現の可

能性や可塑性を開発しているのである。（もともと日本語の文章としては欧文脈の文体でありながら、それでも日本語らしい省略や飛躍の多い寡黙な武満の文体が、再翻訳ではいわば英語流にほんの少し饒舌体にもなり、一層論理性を帯びてきているのだ。）

それにしても、ぼくが武満たちの三通りの文章を通読して、十数年前にも今回にもともに抱いた変らぬ読後の全体的で最終的な感想は、これまで述べてきたような、翻訳のもたらす日本語や英語に関する（一般的に言えば、自国語と外国語とに関する）知識や認識の豊かさだけではなく、翻訳というものへの信頼の念でもあった。というのも、再翻訳が正確なことは、原文と比較してみればわかることであって、原文の意をよく汲みとっていると同時に、（これは必ずしも必要なことではないのだが）不思議なほどに原文とほぼ同じ文章を再現しているからである。そして再翻訳の正確さは、とりもなおさず英訳の正確さの証明となっているだろう。（その逆に、英訳が正確であれば、再翻訳も正確であるとは言えないのだから。）その象徴としてつぎのような短い断章をあげておこう。英訳の関係節による説明はいかにも英語風で分析的であるが、こうした篩《ふるい》の目を通しているにもかかわらず、再翻訳は原文とほとんど一致した日本語の文章となっている。こんな短い文章なら、これより他に訳しようがないではないかと思うひとは、自分で英訳なり再翻訳なりを試みてみればよい。

5　二つの似たものをへだてる距離は、異なる二つのものの間の距離よりもはるかに遠い。

（武満）

5. The distance separating two things which resemble one another is much greater than the distance

between two very different things.

（ネイサン）

5　二つの似たものをへだてる距離は、異なる二つのもののあいだの距離よりもずっと大きい。

（大岡）

翻訳の意味について考えるために、もっぱら武満たちの試みをめぐって書いてきたのは、かれらの試みに誘われて、こんな風に二つの国語のあいだで思考することが、実は翻訳の最も根本的な存在理由ではないかと思うからだ。翻訳が行われる理由は恐らくたくさんあって、その全てを数え挙げることは不可能であるけれど、なかでも一番明白なものに、翻訳は外国語を理解できないひとたちのためになされるのだというのがある。しかしそれは、翻訳を求めるひとたちの理由とはなっても、翻訳しようとするひとたちの絶対的な理由とはならないだろう。もし翻訳に求めるものが情報の伝達であるなら、やがて明日にも、今よりも有能で完璧に近い翻訳機械が現われて、その需要を満たすことだろう。しかし、例えば文学作品のような場合、翻訳が行われるのはたいてい、外国語を知らない人々の需要や必要や要求であるよりは、翻訳するひとたちの、翻訳しないではおさえられないような欲求によるのである。（だから売れない翻訳もあとをたたないのだ。ぼくもまたそういう翻訳者のひとりであるが。）この欲求は一体何であるのか?

職業柄（一応ぼくは、フランス語の教師であるとともに、フランス文学を勉強する者でもあり、そちらの関係の二、三の本を翻訳した者でもあるので）、毎日何らかのかたちで外国語に向っているのだが、ぼくはそんなおり、ときに、自分がなんと平和な仕事に従事していることだろうと、改めて、皮肉もなしに感心することがある。とりわけ気むずかしい作家や難解な文章に接するときにその感をつよくする。誰に強いられたわけでもないのに、他人の他国の言葉を理解しようとするこの情熱は、人間が自分と自分以外の人々と一緒に世界のなかにとじ込められているという状況、どんな孤独を好むひとでも、人間が一人では生きられないこと、自分以外は他者である以上、この他人を理解しようと努力するよりほか仕方がないという状況に帰因するとしか考えようがないのである。その際、お互いに理解しあえるためにと言って、他人の言語でも自分の言語でもない何か新しい言語体系をこしらえて普及させようと試みることは、自分の言語を押しつけることと同じように、圧制者の行為であるだろう。それに、たとえたったひとつの言語を同じ発音で人々が喋っていても、やがて、長い年月のうちには方言も生じ、まるで伝達《コミュニケーション》し合えないたくさんの言語に分かれてしまうことは、聖書のバベルの塔の物語が教えるところではないか。だから、むしろ積極的に、みんなの顔や個性が異なるように、異なる考え方や話し方や言語が存在することを認めたうえで、その言語を学ぼうとすることの方が、はるかに優しい平和な行為なのである。たとえ敵国を知る目的で他国の国語を習得するのであっても、その外国語への理解が深まるにつれて、不思議にその当初の目的は凌駕されてしまうだろう。

むずかしく言えば（あるいは、分かりやすく言えば）、人間の認識とは、あるものと別なものとを比較することでしかないのであり、そこに相似や異同を見分けることにすぎない。外国語を学ぶことは、結局は自国語を知るための唯一の方法なのである。大切なのは、この自分の言語と他人の言語とのあいだの比較・計量をするための往復運動をやめないことであって、翻訳とは、この往復運動を持続させるための場であり、あるいは持続させていることの証しであり表徴《しるし》であり象徴なのだ。

1985

小さな模型と大きな世界

1

ムーミンシリーズの読者は、玄関の外階段に坐ったムーミンママが、木の皮を使って小さな船を楽しそうに得意げにつくっているシーンを、さし絵とともに記憶しているだろう。その小型の船は、ふたつの帆や碇だけでなく、舵や貨物室まで備わったかなり精巧なものだ。こうしたエピソードには、ヤンソンの、画家で手先の器用だった母親の思い出が投影されているのだが、この母親らしき女性の小船づくりのことが、ムーミンシリーズを書かなくなってから大人向けに書き始めた作品群（ポスト・ムーミンと呼ぶらしい）のひとつ、『フェアプレイ』という長編小説のなかでもちょっと言及されている。作家のマリが、女友達で共同生活者の版画家ヨンナに向って、「あなたのせいよ、ママが船をつくるのをやめたのは」と言っているのである。それはヨンナがマリのママよりもはるかに上手だったからなのだが（筑摩書房版『トーベ・ヤンソン・コレクション7　フェアプレイ』45ページ　冨原眞弓訳。以下このコレクションからの引用は全て冨原訳である）。

船に限らず、こうした小さな模型づくりをする人物たちは、ポスト・ムーミンの作品群のなかにもけっこう登場する。たとえば「人形の家」のアレクサンデルである（『コレクション5 人形の家』15―33ページ）。彼は腕のいい「室内装飾家」で、すでに注文されることの珍しくなっていた木彫装飾や上等の壁紙の貼り替えの仕事のみを、それも職人の技量や材質のよさのわかる相手の場合にだけ引き受け、あとの客はさりげなく弟子たちに任せるといった、昔気質で誇り高いひとだった。それでも彼の工房は繁盛していたのだけれど、「二十年来住居を分けあっている」友人のエリクが銀行を定年で退職するのとほぼ同じ頃に、工房を売却して引退してしまった。こうして二人の静かで自由な生活が始まるが、もともと読書家で、フランス、ドイツ、とくにロシアの古典を愛読していたはずの彼が、いざ仕事をしなくなると読書にさえ集中できず、いたずらにエリクに当たりだす始末。そんなある日、退屈しきった彼はマホガニー材を使って楕円形の小さな（まるで人形が使いそうな）テーブルと二脚の椅子をこしらえる。テーブルの脚には得意の彫刻がほどこされ、椅子はビロードが張られた正式のヴィクトリア朝様式である。これを見たエリクは「こんなに小さいのに完全な本物だ。きみの腕前ときたら理解を越えるね」と感嘆する（5 19ページ）。この日からアレクサンデルのミニアチュールづくりが始まるのだ。最初は同じように家具類をつぎつぎと制作するものの、やがて窓や扉になり、だんだんその家具を置く部屋の制作へと移る。そしてその部屋も一部屋一部屋と増えてゆき、さらに地下室から徐々に上の方へとあがっていったのだ。それらの細部の凝りようは、例えば地下室から上へ通ずる階段の後ろにしまい込んであるような品物にまで、それらしく古びさせほこりをつもらせる具合である。こうした部分を読んでいると、ぼくは黒澤明が（伊丹十三もそうだったらしいが）セットをつくるさいに、画面に絶対写らない、また写っても観客は誰一人として気づかないだろうような細部を、スタッフと一緒になって調えてゆく制作のプロセスを、あるいはぼくはよく引き合いに出すのだけれど、シムノンが、作品を書き始めるまえに登場人物たちひとりひとりの詳しい履歴書のようなものをこしらえ、それもまた小説のなかで全く言及しないかもしれない詳細にいたるまで考えておくといったやり方のことを、いやでも思い出してしまう。

ぼくはさっき、ついうっかりと、ミニアチュールと書いたけれど、本人はそうは考えていない。エリクが「まるで本物だ」と言ったように、「模型づくり」の魅力と魔力は、本人にこそ自分が本物をこしらえていると思いこませるのだ。「《きれいだね》とエリクが言う。《なんでまた人形の家を作ろうと思ったのさ?》アレクサンデルは言いかえした。《人形の家なんかじゃない。これは家なんだ》《家ってだれの?》《れっきとした家だ。たとえばぼくたちの。すべてにおいて望みどおりの家を建ててるんだ……》(5　23ページ)」。そしてこの魔力は、アレクサンデルが自分たちの家を本物であるからこそ建物の内部から照明させて輝かせようと考えたときから、悲劇を準備するのである。「わかるだろ?　ぼくたちは家の中にいて、他の連中はその外を歩くだけだ。しかしこのバッテリーときたら、あっと言う間に消耗しちまう［……］」。そこで彼はボーイという、彼らの友人ヤーニの友達である電気工に応援を頼んだところ、このボーイが「こんな子供だましはやめな。どうにもならないね。一階には変圧器を置くべきだな」などと言って、すっかりこの作業の深みにアレクサンデルと全く同じ程度にはまりこんでいって、彼ら二人の専門職人は、そこへ入り込めなくなった元銀行員のエリクが嫉妬から次第におかしくなってゆくのにも気がつかないのだ(5　24、25ページ)。

2

ヤンソンのポスト・ムーミンの作品群は、おおむね「芸術家小説」とでも呼べるもので、いろいろな意味での表現者たちが、表現者として日常の生活をするうえで経験するよろこびや苦しみ、軋轢、おかしさ、などがテーマとなっている。「人形の家」ももちろんそのひとつだが、これが収録されているコレクションの同じ巻に、「主役」という短編がある（5 177―190ページ）。

初めて主役をもらったものの、その役が個性に乏しい「冴えない小心な中年女」の役なので、「まるでピンとこない」でいた女優のマリア・ミケルションは、ふとその女が、いとこのフリーダに似ていることに思い当たる。「そのときひらめいた。すばらしく単純な思いつきが、ふっと。［……］いとこのフリーダはエレン役の完璧な原型。いやエレンそのもの。その仕草、歩き方、頭の傾《かし》げ方、音声、すべて！（5 181ページ）」。そこで彼女は、いとこのフリーダを別荘に招待し、招待されたことをいぶかりながらも女優の彼女を崇拝してやまないフリーダのまさに一挙手一投足を、観察し盗みとろうとするのだ。

しかもマリアはたんに観察するだけでなく、フリーダを本来のフリーダでなくなったと感じると、自分の態度が内気な彼女に影響を与えたせいだと反省し、いわば彼女をコントロールすることもしている。たとえば、ただでさえ女優のマリアに憧れと畏敬と恐れさえ抱いているフリーダに、別荘に出入りするたくさんの著名人の話をこともなげに語ったとき。「フリーダは熱っぽくうなずく、怯えたように。わたしは何をしているのか、彼女を威圧しようなんて、ばかばかしい……（5 184ページ）」。あるいは、客扱いの上手なマリアがふだんの客に対するように話し上手になるにつれ、フリーダがリラックスしすぎたようなとき。「やがてあの［フリーダ］独特の微笑みが浮かび、こわばった首筋が柔らかくなる。もうあまりエレンに似ていない。マリアはそれに気づいて黙りこむ。礼儀正しく相手に話をうながす沈黙である。黙っていよう。彼女に自力でやりくりさせるのよ。わたしが喋りすぎたわ。［……］マリアは待っている。ほら、フリーダがふたたび縮こまって不安な表情を浮かべ、皿のなかをあちこち動かし、途方に暮れて言葉を探している（5　184ページ）」。また、フリーダに得意な家事を任せた結果、人が変わったようにのびのびと好きな皿洗いをし、暖炉の薪の火つけをじょうずにこなすのを見たとき、彼女は、「フリーダに家事を任せたのは失敗だった。エレンから遠ざかる一方だ。［……］これでは使いものにならない」と考え夫に電話してお手伝いを呼び寄せるのである（5　186ページ）。

　夜になるとマリアは、自分の寝室で手帳に、フリーダの仕草や声の抑揚や視線の行方など、また沈黙と空白の様子など、エレンという役を作るのに必要な細部を逐一思い出しつつ記録してゆき、さらに鏡の前でそれらを真似てみる。「本物だ。完璧にやれるだろう（5　186ページ）」「マリアは横になって自分の役をじっくりと読む。細心の注意をこめてフリーダの対応を読みかえし、そのひとつひとつに必然的な整合性をもたせて生命を吹きこむ。おもしろい役だ、ほんとうに。しかし苦労した。いまならわかる（5　189ページ）」。これが彼女の「役作り」である。こう見るとマリアにとってフリーダはあくまで「原型」であり、「雛型」であり、「モデル」にすぎず、このモデルを観察し参考にしながら、マリアの頭のなかで形作られてゆくものが肝心であり、これこそが彼女の「作品」なのである。ちょうど先の例でアレクサンデルの「人形の家」が彼の「作品」であったように。そして別の言い方をすると、マリアの「役作り」は、一見そうは見えなくても、実はアレクサンデルの「模型づくり」と同じ行為なのである。

3

ぼくはこの文章のタイトルに「模型」という言葉を使って書き始めているのだけれど、この語がもついくつかの意味やその用いられ方が、漠然と全部含まれるように使用しているつもりだ。そんなのはある意味で当たり前で、好むと好まざるとにかかわらず、言語にはそういう特性がある、と言われるかもしれないが。ついでに言えば、日本語の「模型」ないしそれに近いいくつかの語（雛型、モデルなど）に相当すると思えるいくつかの外国語にも、（辞書で確かめれば）不思議に、たとえば「模型」にあるようないくつかの語義や用法が似た姿で含まれているのをいいことに、心のどこかで、たとえば英語の model のことも想起しながら使っているような気がする。

そこでこの「模型（モデル）」とか「模型づくり」という言葉の意味や使われ方や連想させるイメージなどを思いつく順に列挙してみると、

（1）子どもだけでなく大人のマニアたちも大勢いる「（プラ）モデル（づくり）」、

（2）物理学者や化学者や数学者たちが、それぞれ複雑な世界の現象を説明するために仮設するところの「モデル」、

（3）今は精神療法として残る「箱庭（づくり）」。「箱庭療法」というのは、恐らく患者の心的世界の表明と、最終的にはその行為によるカタルシスであるのだろうけれど、

（4）これは作家が小説世界を、「人」と「物」と「風景」を配置してつくり出す行為と似ている。

（5）また表現したい「もの」を別の「もの」でわかりやすく説明する「比喩表現」の行為だ

って、一種の（科学者のと同類の）、「モデル」づくりだと言える。
（6）さらに画家や彫刻家が「モデル」を使って造形するとき（とくに彫刻家の場合にまさにmodelingするのだが）、その当のモデル自身は実は実現したい像の雛型にすぎず、芸術家の造形行為こそ「模型づくり」なのだ。
（7）このことがもっとよくわかるのは、マリアがそうであったように、役者が「役作り」のために誰か自分が知っているひとを思い浮かべ「モデル」にするような場合だろう。ここでも肝心なのは、モデルとされたひとではなく、このひとを観察して役作りすることであって、だからこの「役作り」もまた「模型づくり」と同類の行為となるのである。
こうしたどの場合にも共通しているのは（「模型」はあくまで「現実」あっての模型なのだから当然のことだが）、それぞれの意味で「模型（モデル）」をつくる人たちが、「模型（モデル）」の向こうに「現実」（本物と言ったりする場合もあるが）を思い描き表現しようとしていることだ。そして現実をどのように模倣し再現するかというのがあくまで表現の基本であり出発点であるのだから、ヤンソンのおおむね「芸術家小説」であるポスト・ムーミン作品に、表現することのいわば象徴のようにして、「模型」をこしらえるアレクサンデルたちが登場するのもうなずけるのである。

ただヤンソンの人物たちはとても徹底している。アレクサンデルの凝り具合は前述の通りで、最初は尋常なプラモデルづくりのマニアたちがもつであろうような至福だったのに（「こんなに安らかな気持ちになったことはなかった」［5　22ページ］）、やがて作者も言うように狂気に近づく（「アレクサンデルは完成されたものへの情熱に囚われていた。」凝り性の陥りやすい危険に気づいていないのだ。凝り性が狂気と紙一重であることに［5　28ページ］）。またマリアもたんにフリーダの形姿や振る舞いを想起して参考にする程度にはとどまれず、残酷なくらいの観察を間近でやらないではすまない。

しかしそうするのも、彼らの「作品」に、彼らが模倣し表現し再現しようとする「現実」のもつ奥行きや深みや重みを、まるでそこを実際に通り抜けもできるように、要するにまさに「リアリティ」を付与するためであって、それだからこそ見る人たちは彼らの完璧な「作品」に打たれるのだ。そのためにはなにより彼ら自身がこんな状態に達していなければならない。

「〈家〉はどんどん高くなる。いまや作業は屋根裏階まで進み、幻想の度を増していく。アレクサンデルは［……］こんなに身軽でこんなに自由だと感じたことはついぞなかった。［……］眼を閉じて、自分の〈家〉の中に入り、万事これでよしと思えるように配慮しさえすればよい。骨身を惜しまず検討するために、彼一流の批判精神を極限まで研ぎすまし、部屋から部屋を見てまわり、階段をあがり、バルコニーに出て、と思考の中で旅をする。あらゆる細部まで点検し、そのひとつひとつが疵なく完成され、全体として驚くほど美しく仕上がっていることをその眼で確かめる。（5　27ページ）」

（またマリアの場合は、すでに引用した箇所もふくめてここにあげれば）「マリアは横になって自分の役をじっくりと読む。細心の注意をこめてフリーダの対応を読みかえし、そのひとつひとつに必然的な整合性をもたせて生命を吹きこむ。おもしろい役だ、ほんとうに。しかし苦労した。いまならわかる。自分が演じようとしている女は従順なだけの影の薄い存在ではない。めったにその名で呼ばれない特性――生来の善良さ――を備えている。フリーダの微笑みに潜んでいるが表面化する機会のなかったもの、それは閉じこめられて萎縮してしまった寛大さなのだ。（5　189ページ）」この「生命を吹き込まれた必然的な整合性」こそがその役のもつ「リアリティ」なのであり、マリアがこの「リアリティ」に達したことの証拠が、「役」のエレンだけでなく、フリーダという現実の女性をも理解しはじめたということだとぼくは思う。ついでながら言えば、現実のフリーダを自分がほとんど何も知らないことにやっと気づいたとき、マリアは初めて良心の呵責を覚えて不安になり、「役作りの手帳」をベッドに置くと、フリーダの寝室へそっと様子をうかがいにゆくのである。これはある意味で、読者であるぼくらをちょっとほっとさせるシーンだ。

4

ヤンソンは大方のムーミン・シリーズの愛読者の期待に反して、もうこのシリーズの続編を(つまり九巻目を)書くことはないと言っているらしい。それには年齢ということもあるかもしれないけれど、作品で見る限り、たとえば百歳かもしれないという「スクルッタおじさん」を自分で「おじさん」と呼ばせ、また、これから最後にちょっと触れようと思っている「植物園」(『コレクション1　軽い手荷物の旅』221―240ページ)に登場する老人もあえて「おじさん」と作者が呼んでいることから、またいろいろな作品の中で、老人を老人扱いする周囲の人たちを揶揄していることなどを思い浮かべると、ともあれヤンソンにとって年齢が何かの理由になることはないように思える(作品に印象的な老人がよく登場するようになるのは自分が老年に近づいているからで、それはそれで至極当然のことだろう)。理由はわからないし、ぜひ九巻目を書いてほしいと願う気持ちとは別に、ぼくは、ムーミン・シリーズとポスト・ムーミンの後期作品群との違いは一体何だろうと考えるのである。もちろん、ムーミン・シリーズで言わなかったこと、言えなかったことがらを、後期作品で語っているのは確かだから、問題はそういうことがらをムーミンのような作品の文体では表現できないと考えたところにあるのだろう。

ムーミン・シリーズの文体とポスト・ムーミンの作品群の文体とを、個々の作品を個別に取り上げるのでなく十把一絡げにして比較し論ずるのは、とてもむずかしいし無理なことだけれど、あえて虫のようにでなく、鳥が島の大まかな形をつかむような気持ちになって言えば、『ムーミン』の文体は、現実がもつ細部を抽象化し、たくさんなものを捨象することから生まれる文体であって、ちょうどヤンソン自身の『ムーミン』の挿絵のスタイルが、対象を単純化し「漫画」化しているのと同じことなのである。ムーミントロールやママやパパたちの姿が、丸まった、とてもシンプルな線で描かれていることを想起されたい。そして、実際小さな子どもたちがしわのない、丸くふくらんだ形をしているのに、大人になるにつれて複雑な形姿に変わるように、後期の小説の文体は現実を、抽象化という言い方に対応させた意味での「リアリズム」で描こうとしている。およそ文学の読者というのは自在に、いわば越境しクロスオーバーさせるものだから、「童話」とか「ファンタジー」とか「小説」とかのジャンル分けや、「大人」とか「子供」といった区分を、わざと使わないでぼくは説明しているのだが。さらに言えば、どんな作品も現実の雛型であり模型であるとはいえ、あくまで比喩的に言って、《ムーミン・シリーズ》は世界の小さな模型であり、《ポスト・ムーミン》は現実世界を現実のサイズで描こうとしているのだ。これはもちろん、だからどちらがすぐれているとかの価値評価ではなく、地図の縮尺の選択のようなものであり、縮尺によって見えてくるものの数や形や現れ方が変化するだけで、世界そのものは同じなのである。そう考えるとき、ヤンソンのすべての作品を見る視点のようなものが獲得できる気がする。ムーミン・シリーズであろうとポスト・ムーミンの作品群であろうと、そのあいだを自由に自在に往来でき、さまざまな比較や研究や楽しみ方ができるはずだ。

とはいっても、ポスト・ムーミンのさまざまな小説作品群を読みながら、前の比喩で言えば種々の縮尺の作品に触れるとき、これはぼくの個人的な好みにすぎないのだけれど、ヤンソンらしいとつい感じてしまうのは、「リアリズム」の濃いものよりも、適度に抽象化されたものである。それはムーミン・シリーズの中でも、『冬』や『仲間たち』や『パパ海へ行く』や『十一月』といった、適度に抽象化され、適度に「リアル」な作品を好むのと軌を一にしている。「植物園」はそうしたもののひとつだ。

ヴェステルベリという老人はずっと独身で、親戚の連中にあれこれ面倒を見られて生活しているものの、その親切が煩わしくて、彼らが仕事でいない間だけ毎日植物園にやってくる。彼は植物が好きだが、名前を見て覚えて歩くわけではなく、ただとくに好きな睡蓮の水槽の前のベンチで、できれば睡蓮の花の肉厚の葉を抱きしめて、その感触を我がものにしたいというひそかな欲望を感じながらも、自然がそれを許すはずがないと考えて抑えつつ、ひたすらそこにある暖かさと静けさと孤独を楽しんでいるのである。ところがある日から、その彼のベンチに先に坐って、あろうことか植物など一切目もくれず、ひたすら本を読んでいるだけの老人と、頑固者同士のユーモラスな意地の張り合いのあと、奇妙な交流がはじまる。ふたりは、相手が沈黙と不干渉を愛し本物の誇りを秘めているがゆえに、友情と尊敬をひそかに感じており、どこか似たもの同士なのだが、大きな違いは、ヴェステルベリが具体的で感覚的で直感的にものを考え判断するのに対し、このヨセフソンという老人は哲学的で論理的で方法的で、書物にはうんざりするといいながら本ばかり読んでいる、というところだ。ヨセフソンは、書物が世界を「細切れにして」「凝りに凝った、どこにも通じていない思考回路に切り刻んでしまう」ことに絶望し、「理解するために知る必要があるものに通じていない」と言って怒るのだ。そしてヴェステルベリに向かって、あんたは甘やかされており、一生信じる価値があり、守る価値があるような何かの「イデー」を闘い奪い取ろうとしていない、と言って非難するのである。そして自分はそういうものの「イメージ」が欲しいとも言う。ヴェステルベリにはこの話がわかるようでわからないが、そう言うヨセフソンのためにぜひ聞かせてやりたいと思う体験があり、そのおりに見せようと自分がこしらえた木の橋の模型もひそかにいつも持ってきているのに、読書と探求に忙しいヨセフソンを見ると一向に切り出せないでいる。

実はヨセフソンに会う前の年、ヴェステルベリは夏のあいだ親戚の借りた島で、まだ誰ひとり足を踏み入れたことのない浜辺に一面の美しい満開の花の咲き乱れる野原を見て感動し、これを自分も含めて人間の誰にも触れさせないように守ってやろうと決心したことがあったのだ。その夏のある夜、激しい嵐がその島を襲い、高潮がまだ咲き乱れるその野原を海水で浸したとき、眠りからさめた彼は、歓喜と夢うつつの状態にひたされながら、いまこそ自然がそれを許してくれたと感じつつ、野原と植物園、睡蓮と野の花たちとを頭の中でない交ぜにしながら、嵐から守ることと触れることとを同時に果たしつつ自然を抱きしめたのだった。その野原のある狭い峡谷にかかっていた小さな橋が嵐で流されたことがわかったとき、彼は残った橋の木材の切れはしで、小さな橋の模型をできるだけ忠実にこしらえたのである。

さてふたりの老人が植物園で相変わらず奇妙な交流を続けていたある日、またもや嵐が今度は植物園を襲ったとき、ドームのなかはそれほどではなかったものの睡蓮の池に波が立った。ヴェステルベリは抑えきれなくなって水槽のなかへすべり込み、悠然と睡蓮の花や葉をかき抱きながらこう叫ぶ。「《ヨセフソン、見たかい?》《いいぞ》とヨセフソンは応じ、本を脇に置く。《そのまま続けろ。刺激的だぞ》(1 238ページ)」。こうしてやっとヴェステルベリは模型の木の橋を見せ、自分の体験を話すことができたのである。そのときヨセフソンが彼をじっと見て言う言葉。「なるほどわかるよ。〈野原のイデー〉というやつだな。注視、讃嘆、体験、すべてが込められている。」ヨセフソンは〈イデー〉のかわりに〈イメージ〉と言ってもよかったのである。つまりヴェステルベリの模型の木の橋には、ヨセフソンの言う、「細切れにならない思考」、「一生守るべき」イデーやイメージが込められているのだ。そして同時にこの「模型」には、ヤンソンの作家と画家との両方の営みが象徴的に込められていると言ってもいいだろう。

1998

ジャコメッティと写真

1

これはジャコメッティが何度か語り、書いていることであるが、一九四五年のある日、彼はモンパルナスの映画館でニュース映画を見ながら、スクリーンに映し出される人間たちの姿が、急に黒い斑点にしか見えなくなる経験をした。まるで、かつて写真というものを見たことのない大昔の未開部族の人たちが、そこになにやら黒白まだらのしみをしか見ないように。あるいは私たちが子どもだったころ、学校の映写会で映写幕に近寄りすぎて意味ある映像を見なくなったことがあるように。

だから彼はある対話のなかで、こんな話をして面白がっている（しかしこれにはほろりとさせられるとも付け加えているが）。「写真は記号、ほんものの現実ではない」のに、そのことをよく知っているはずの友人の抽象画家たちが、自分の家族の写真を大切そうに見せてくれる、あたかも家族そのものに会わせてくれるかのように、と。

これではまるでその体験後、人物の写った写真を見ても、彼には黒白まだらのしみとしか見えなくなってしまったかのようだ。もちろん彼にだってスタンパの家族やパリでのアネットとのスナップ写真もあり、そこに見えるのが父母兄弟や妻の姿ではなく白黒の斑点にすぎないとは言わないだろう。彼は自分の体験を誇張してみせているのであり、自分がたどった、抽象画家たちとは違った道を、対話者にいわばわかりやすく解説してみせているのである。彼は続けてこう言っている。写真の力はそれほど強くて、現実そっくりに思えるので、実は彼らは写真と競合して現実を描くことを放棄したのだ、写真のヴィジョンは世界に対するアカデミックな見方をあらたに提示しているにすぎないのに、と。(ジョルジュ・シャルボニエ「アルベルト・ジャコメッティとの対話一九五七」(*))

(*) Entretien avec Alberto Giacometti 1957, dans Georges Charbonier: *Le Monologue du Peintre*, René Julliard, 1959 p. 177(なお Alrerto Giacometti: *Ecrits*, Hermann, 1990 に収められているシャルボニエとの対話は一九五一年のもので、この一九五七年のものではない。)

彼が自分の映画館での体験をもっとも詳しく語っているのは、彼の死の数ヶ月前に行われたジャン・クレイとの対話のなかである。彼はクレイにこんな風に語り始めている。ちなみに一九四五年というのはそれまでの数年、マッチ箱に入るほど小さくなっていた彼の彫刻が、今度は長細い、私たちがジャコメッティの作品と聞くとすぐ思い浮かべる例のスタイルになりはじめた頃だった。彼が「同じころ」と言っているのは、そうしたスタイルになりはじめた頃のことである。

「でも、空間についてのぼくの一切の考えをくつがえし、ぼくを、ぼくが今いる道に決定的に導き入れてくれた真の啓示、真の衝撃ともいうべきものを、ぼくは同じころ、一九四五年に、ある映画館で体験したのだ。ニュース映画を見ていたのだけれどね、突然、ぼくには、そこに映っている人の姿のかわりに、三次元の空間を動いている人々のかわりに、平たい布の上のいくつかの斑点が見えたのさ。ぼくには画面に映った人々の存在がもう信じられなくなっていたんだな。ぼくは隣にいる人を見た。すると、これがまた対照的に、何か途方もない深みを帯びているのだ。ぼくは突如として、あの深みを意識していたのだ。ぼくたちは皆、この深みのなかに身を浸しているけれども、慣れているせいで気づかないんだよ。ぼくは外に出た。すると、モンパルナスの大通りが、まるで見知らぬものに思えた。何もかも、別物になっていた。あの深みが、人々も、樹々も、事物も、変形させていたのだ。おそろしく静かだったな――苦しいほどだったよ。あの深みの感情が沈黙を生みだし、事物を沈黙のなかに沈めているのだ。

この日に、ぼくは理解した、写真だとか映画とかは、真の意味での現実性を何ひとつも表現していないってことをね。とくに、空間という第三の次元を少しも表現していないということをね。ぼくにはわかったのだ。現実に関するぼくのヴィジョンは、映画などが持っているいわゆる客観性とは反対の極に位置していることが。ぼくがこんなに強く感じているこの深みを描くように試みなければならない、ということがね」(ジャン・クレイ「アルベルト・ジャコメッティとの最後の会話(*)」)

(*) Jean Clay:〈Alberto Giacometti, le dialogue avec la mort d'un très grand sculpteur de notre temps〉, *Réalité*, No. 215, décembre 1963 pp. 135-145(ジャン・クレイ(粟津則雄訳)「アルベルト・ジャコメッティとの最後の会話」、『朝日ジャーナル』、Vol. 8 No. 11/一九六六年三月一三日号所収 p. 90 引用は粟津訳による。) Cf. Reinhold Hohl: Alberto *Giacometti*, Clairefontaine, 1971 p. 277.

このクレイとの対話ほど詳しくはないが同じ体験を語るものとしてエッセイの「夢・スフィンクス楼・Tの死」のほか「アンドレ・パリノーとの対話」「ジョルジュ・シャルボニエとの対話」「ピエール・シュネーデルとの対話」などがあるがいずれも前掲の Alberto Giacometti: *Ecrits* のなかにおさめられている。

彼の体験で大切なのは、黒白の斑点を見たことよりも、後半で語っている、スクリーン上の出来事とは対照的な、現実のこれまで思いもしなかったような「深み」、「三次元」の感覚的・視覚的・身体的な実感である。

そもそも彼の、映画や写真が記号にすぎないことを知る実感的な体験は、誰にでもよくあることではないが、ときに私たちにもアナロジックな出来事がおこることがある。映写幕に近寄りすぎるとか、写真をわざと必要以上に目に近づけるということでなく、例えば漢字を何度も書き散らしているうちに、ふと、文字と意味との間のつながりがあやふやになって、どうしてこの文字があの意味をもつ符号なのだろうと疑い始めるような体験。中島敦の「文字禍」という短篇を覚えている人もいるだろう。あるいはもっと深刻な症状をあげれば、ホフマンスタールの「チャンドス卿の手紙」。チャンドス卿の場合のように、日常なんの気も止めずに使っているあいさつの文句や常套句や、自分の考えを述べるつもりで使おうとする抽象的な言葉が、それまであると信じていた意味と必然的なつながりがないことに突如気づくといった瞬間である。だがたいていの人はこうした経験を一過性のものとしてやりすごしてしまう。ほんとうはこのような記号と現実との乖離、無関係さの認識から、芸術や学問がはじまるのだが。

ジャコメッティもまたこの始まりにやっと一九四五年になってたどり着いたということだろうか。そんなはずはないのだが、実際前半部の彼自身の言い方を聞けば、そういうことになる。これは面白い問題だ。というのも、例えば彼がまだ二十歳だった頃に、旅先で出くわしたファン・Mの死や、パドーヴァの路上での視覚体験など、すでに、現実のヴィジョン（眼に見えているまま）を再現するという後年のジャコメッティの仕事へ導いたはずの出来事があったからだし、彼自身もいろいろなところでそう語っているからだ。若い頃にその人の生涯を決定するような体験をすることと、芸術的なその結実を得ることとのあいだの、形而上的で同時に技術的な（この両方の意味を込めて、わたしはあえて曖昧に「方法」とよぶのだが）長いつらい行程は、とくに面白いテーマだけれども、それは別稿で触れるつもりだ。わたしの大きな最終のテーマは彼の「方法」であり、全てはそこに収斂するはずであるが、ここでは映画や写真が示すヴィジョンをめぐる彼の言説について論じるにとどめたい。

映画館を出た彼は、モンパルナスの大通りがこれまでとは全く違って見えたと言う。こうした記述を読めば、映画好きの人なら映画によくあるような、それまで聞こえていた音楽や騒音が急にそのシーンから消えて、行き交う人たちは不動のまま、主人公だけがあたりを見渡しながら歩いている、といった情景を思い描くかもしれない。しかしそれはごく表面的に外側から彼の体験を想像し映像化しているだけのことだ。そういう情景を思い浮かべるのなら、さらに彼のそのときの眼となり視線となって、外物の見え方をできれば実感しなければならない。彼の体験の反芻と深化はきっと無意識のうちに続いていたのだろう、彼はそのあとさらに次のような感覚的な視像を経験する。

「その映画を見てから一日、二日あとのこと、ある朝、部屋で目をさますと、ぼくのナプキンが椅子の上に置いてあるのが見えた。見ると、奇妙なことに、それまで一度だって気付いたことのない不動の状態で、宙に浮いているんだ。あるおそろしい沈黙のなかで、宙ぶらりんになっているようなんだ。もう椅子とはなんの関係もないんだよ。テーブルともね。それにテーブルの脚も、もう床の上に落ちついていない。さわるかさわらないかという具合なのさ。そういういろいろな物が、数えきれぬほどの空虚の深淵によってへだてられているみたいだったね。ぼくには、ナプキンを落さずに、椅子をとり去れるような気がしていたな。最初は、どちらかといえばおそろしく見えたよ。でも、慣れてしまったので、好きになり始めた。

［……］外に出ても、人々の頭が、空虚のなかに、それらを取りかこむ空間のなかに見え始めた。自分が見つめている頭が、すぐに、決定的に、凝固し不動化するのを、はじめてはっきりと目にして、ぼくはふるえた。［……］もはやそれは生きた頭ではなくて、ある物なんだ。それで、その物を、ぼくはなんでもいい他の何かと同じように見つめていたのだ。いやそうじゃない。［……］なんでもいい他の何かというわけじゃなくて、生き生きしていながら同時に死んでいる何かとして、見つめていたんだよ。ぼくは恐怖の叫びをあげたものさ、まるでまだ一度も見たことのない世界に飛びこんだように。生きているすべてのものが死んでいたんだ。そして、このヴィジョンは、地下鉄の中でも、通りでも、レストランでも、友人たちの前でも、たびたび起こった。」（同上）

映画のよくある手法から類推するのが表面的であるとわたしが言うのは、よく読めば、前もって彼以外の全てのものが死んだように凝固しているのではなくて、彼が何か物や人を見ると、その次の瞬間にそれらが固まったようになってしまうと言っているからだ。彼の部屋のテーブルや椅子やナプキンはもともと動いているものではないが、彼の視線がそこに注がれたとき凝固する、だからそれぞれのものが他のものと無関係に見え、テーブルの脚とそれが置かれているはずの床との間にさえ関係がないように見えるのだ。彼はさらに対話者に、目の前でぼくらに給仕をしてくれているギャルソンも、こちらに身をかがめ、口を開いたまま動かなくなってしまったと言い、

「その前の瞬間ともあとの瞬間ともなんの関係も」なくなってしまうと説明している。つまり空間的だけでなく時間的にも、彼の視線が及ぶものはすべてそれぞれが瞬間ごとに別個の存在となってしまうのだ。こうした出来事は、病理学的ではあるけれども、一般に人間の意識というものがつくり出す現象であることは間違いない。

しかしここで彼の同時代人のサルトルたちの哲学を引き合いに出すつもりはない。というのも彼は自分の体験や出来事を分析しているのではなくて、いつもまさに画家が描くように語り説明しているからだ。たしかにジャコメッティもまた、私たちから見ると彼のたくさんの同時代人と似て、メタ的な意識活動というか、むしろ「メタ意識的性癖」というべきものが強くて、それが彼の作品の技法だけでなく、作品にいたる以前の活動や、日常生活でのさまざまな興味深い個性的な奇癖めいたエピソードを注解してあまりあるが、これもまた稿をあらためて扱うつもりのテーマである。

話をもとにもどすと、彼はさらにクレイに続けて、あなたにとって目の前のこのコーヒーカップを手に取ることは簡単だろうが、ぼくにとってはとてもたどり着けない遠い距離に思える、と言い、あなたの頭が太陽から離れているのと同じくらいカップまで遠いと言う。これは誇張でも比喩でもなくて、ジャコメッティからは、コーヒーカップもクレイの顔も太陽も個々に見る限り、その見るつど、意識の、というよりもまさにメタ意識のメカニズムから、同じように遠ざかって見えるのである。これは遠近法がこの三つのものの位置関係を表現する距離とは全く別の距離なのだ。なにしろ私たちには三つのものを同時に見ることはできないのだから、遠近法は間違っているのである。彼はそのことを彼流に「距離というものは一つの全体なんだ」と説明している。それに気づくには描いてみるだけで充分だとも言うが、じつは逆に、描こうとしてみなければわからないのである。

彼の絵画や彫刻とはこの距離を描き再現しようとすることだ。人物や静物を描くとき、その対象と描く自分との間のこの距離の印象を、空間の存在を、三次元の奥行きを、再現すること。「もしぼくが、何も考えずに、ぼくのデッサンの中にわずかな意志も混じえずに、この茶碗を描けば、そうして描いた結果を目にした人は、この茶碗が孤独だという感情を抱くだろう。孤独というのは、心理的なことじゃない。［……］孤独は、空間のなかに実在しているんだ。たとえば、あなたの頭は、いま、そこにある。それが、空を背景として空虚のなかに現れてくるのを見つめていると、それは実に奇妙な姿になるのだ。」こうした文章を読むと、あらためて彼のデッサンや彫刻の具体的な一つ一つの作品が彷彿としてくるだろう。ともあれ彼の主張によれば、これが現実にあって人間の視覚が見ているヴィジョンであり、写真の示すヴィジョンは平板でこの距離感や三次元性や奥行きの印象を欠いているのである。

しかしここにアンリ・ミショーという詩人がいて、彼と同じように写真は記号にすぎないと言いながら、写真に黒白の斑点をみるのでなく、彼とは違った経験をした記録を残しているのである。

2

アンリ・ミショーには、さまざまな薬物（いわゆる麻薬や幻覚剤のたぐい）を医者の処方・調合と立ち会いのもとで試飲し、自分の身体と意識の変化、感覚的な、とくに広い意味での視覚上の変化を書きとめた実験記録が何冊かある。広い意味というのは、外物の視覚像だけでなく、脳のなかに現れる幻覚像も描かれ記録されているからだ。彼が試みた薬物には、メスカリン、大麻(ハシシュ、マリファナ)、阿片、LSD、サイロシビン、ソーマ、リゼルギン酸などのほか、二、三の鎮痛剤や解毒剤まで含まれている。(*)

(*) Henri Michaux: *Misérable Miracle*, Gallimard, 1987/ *L'infini turbulent*, Mercure de France, 1964/ *Paix dans les brisements*, Flinker, 1959/ *Connaissance par les gouffres*, Gallimard, 1967. 邦訳は『アンリ・ミショー全集』青土社(小海永二訳)第四巻、一九八七に「みじめな奇蹟」、「荒れ騒ぐ無限」、「砕け散るものの平和」、「深淵による認識」のタイトルで全て収められている。引用のページ数は、右記原書と青土社版とを、・(ハイフン)をはさんで併記したが、訳文は小海訳による。ただ一カ所だけほんの二、三語読みやすいようにわたしが変えたところがある。訳者の了解を得たい。

こうした記録を読むと、私たちのふだんの感覚機能や思考機能、想像行為を薬物がいわば顕微鏡のようなものを通して拡大してみせている風に思える。だからこれらの機能のふだん気づかない働きをじっくり観察できるのだが、顕微鏡で見るから、見えるものはときにとても怪物的になることがある。彼は幻覚剤について「精神も身体も破壊してしまう麻薬」といいながら、なぜこんな実験を続けるのかその理由を、「それらを楽しむためではなく、何よりもそれらを現場でとりおさえるため、他の場所にかくされているさまざまの[精神活動の]神秘を現場でとりおさえるため」と説明している。また別の箇所では、「[実験のための]三つの主要な作戦、すなわち大麻をスパイすること、大麻によって精神をスパイすること、大麻によって自分自身をスパイすること」とも書く。(『深淵による認識』p. 179-p. 672, p. 91-p. 575)

こういう一見科学的な詩人の試みの記録が、ともかく面白くて充実していて、分類すべきジャンルがみつけられないまま、文学以外の何ものでもないと思わせるのは何故だろうか。(*)それは彼が薬物によってスパイするとか現場をとりおさえると言っている、その「精神」や「自分自身」のなかの「場」にかかわっているのだ。彼は薬物の「餌食であると同時に観察者でもあること」を通して、今では、いつもの精神的な働きとは全く別の、しかし精神の働きに違いないものが存在することを知っているとも書く(同上p. 180-p. 673)。「いつもの精神的な働きとは全く別の、しかし精神の働きに違いないもの」とは、意識でも無意識でもない、その中間にある(用語は古いかもしれないがほかに適当な言葉がないので使えば)前意識という場である。これがあまり知られておらず、研究されてもいないのは、言語のもつ言葉と映像とが有機的に生理的に人間の身体の中で結びついている場所、言語が言葉となって口から発話される直前まで住んでいる場所であって、詩人や作家といった、とくにその場をのぞき込むことのできる(前節で用いた単語を使えばメタ意識的な)能力が必要とされるからだ。フロイトのような人でも、本人が「前意識」と命名したにもかかわらず、自分の得意なところではないとして、ほとんど触れなかった。ここは言語の想像的なものの創造の舞台裏のようなところなので、必ずしも作家自身がのぞき込む必要はないが、「メタ意識的な性癖」の強い人たちが関心を持ち、そこを記述しようとするふうに思われる。ついでに大急ぎでつけ加えれば、この「前意識野」をのぞき込むために、薬物によらなければならないということもない。それは例えばボードレールが「薬物に頼らず、意志の力で、詩的至福の状態に、超自然の存在にいたること(『人工の楽園』)」と言っているとおりである。

(＊)それは文学者が書いたものだから文学だというわけではない。例えばカルロス・カスタネダという人類学者の書いた『ドン・ファンの教え』からはじまる一連の〈ドン・ファン・シリーズ〉についても、同じようなことを感じる。もちろんあれはもともと創作だという説があることも知らないわけではないけれど。

ミショーのこうした探求のための方法は、まさに「餌食であると同時に観察者でもあること」であるが、薬物の「餌食」であることをもっと感動的に「興奮と、自己放棄と、とりわけ［……］子どものような信頼の念」（『荒れ騒ぐ無限』p. 20-p. 244）と言い、これらが薬物、例えばメスカリンのもたらす「無限」へつまりは「前意識野」へ接近するために必要なものだと述べるのを聞くと、これがなるほど彼の記録を文学たらしめているのだと納得するのである。なぜなら文学というのは（とくに小説を思い浮かべてみればいいが）、現実世界のなかで翻弄されながら生活した者が「前意識野」のなかを探りつつ書くことであると思うからだ。いや、さらに「同時に観察者であること」についての彼の次のような文章も読めば、一層その思いを強くするだろう。「人生の中でもっとも消耗しつくしさせるもの、もっとも確実に人を狂気へと導くもの、それは［……］いつも目覚めた状態にあること、おのれの計器を見つめ続けることである。」（『みじめな奇蹟』p. 165-p. 224）

さてミショーと写真である。彼の記録を読めば、メスカリンとハシシュとではどうやらその力が働きかける神経細胞や脳細胞の部位が異なるのだろうか、効果のおよび方が違っていることがわかる。ここはその詳細を述べる場所ではないので、彼の前に現れるイメージ（例えば写真のような外的映像や幻覚像のような脳内の映像）に対する働きかけ方についてだけ大雑把な比較をすれば、メスカリンはイメージのもつ動きや運動に対して関心をもち、とくにそのイメージを加速化し、切迫化させ、繰り返させ、反復させるのに対して、ハシシュの方はイメージの空間認識に興味をもち、そのイメージの立体化をはかるようだ。

ある日ハシシュを飲んだ彼は、何枚かの写真を眺めながらこの三次元化を経験する。これはジヤコメッティの体験とはずいぶんと異なっているのである。ミショーもまた本来写真は光と影の平面の世界であると言う。「写真というものは、一般に信じられてきたのとは反対に（そしてこのことは、写真を抽象芸術の拠りどころの一つとしてほとんど通用させうる理由であるのだが）、光による光の結果としての表現であって、［具体的な］場所とか事物とか人間とかが写っていても、決してその中には入っていけない完全に見る世界なのである。われわれはその前を通りすぎ、それらの表面を目でなでることができるだけだ。」

ところがその日は、例えばある一枚の写真を見ていると、彼の視線は、ふつうならまず前景に大きく写った駱駝や駱駝をひいた男の顔にそそがれたあと、全体の砂漠の風景を漠然と認識するにとどまったかもしれないのに、そのときはまるで羽をもった小鳥のように、駱駝や男をとびこえて、背景の岩山や、さらに奥にある岩壁のごつごつしたひだへと向かってゆく。そして岩山や岩石のひとつひとつの細部にいわば目が手となって触っているかのように、一種快感とともに物質の内部にまで及ぶ思いがしたというのだ。これは視線が二次元の写真のなかへと没入して、現実の三次元の空間を泳ぐみたいだ。「ハシシュは、写真に撮影された場所から写真性を除去してしまい、われわれを最後にはその中にはいりこませることができる。」

またミショーは、別の写真、雑誌に載った空中ダイヴァーたちの写真を見ていて、自分があたかも当のダイヴァーになったかのように、地上までのリアルな距離とともに、空中にあるときの浮遊感と恐怖感を感じたこともしるしている。彼は、何世紀にもわたって大麻を飲んで空中浮遊を体験してきたペルシャやアラビアにおいては、空飛ぶ絨毯の話は現実のことなのだとも言う。

（『みじめな奇蹟』pp. 94-97-pp. 136-140）

もっともこうした視覚は、何度もくり返すようだけれど、必ずしも薬物によらなくても経験することはできる。例えばわたしはある夢の中で、雑誌のグラビアに写った女性を眺めているうちに、その女性のさしのべる手に引きずりこまれるまま写真のなかへ入り込んでいったことがあるし、別の夢の中では、空を飛びつつ街路の両側に白亜の建物がならぶ町並みへと侵入したとき、それがセザンヌの一枚のタブローであることに気づきつつ、その絵の奥へ奥へと、色彩と筆触を至福の音楽のように全身に感じながら滑翔しつづけたこともある。

わたしはここでちょっと整理することにする。
ジャコメッティがモンパルナスの映画館で経験したことは、
（1）まず、映画や写真というものが黒白まだらの点の集合にすぎなくて、そこに何が写っているかを判別するためには、一種の慣れと、いわば約束ごとの了解が必要で、見る側からの前もってする解釈（画面に見えているのは草原のライオンだろうとか、人間の集まりだろうとか、葉のしげみだろうとか）の出迎えが必要だということ、ちょうど言語の理解に同じような前もってする解釈（このひとはこういうことを言おうとしているのではないか）の出迎えが必要なように。つまり写真も言語と同じ記号であるということだ。
（2）また写真は二次元の平面で、スクリーンや印画紙の向こうには何もないこと。その平面に写ったものは写された現物ではないのだ。
（3）それと対照的に、現実の存在は、実に深い三次元性をもつこと。（隣の客席のひとの顔やモンパルナスの大通りの視覚的な深み、奥行き。）
（4）最後に、この深みのもたらす対象までの遠い、たどりつけない距離の感じ。視線とか意識というものは対象を個々に、そのつど、認識することしかできないので、見られるものはそれぞれ無関係に目の前にあるようにしか見えない。(「孤独な」コーヒーカップ。床とその床に触れるか触れないかのテーブルや椅子の脚たち。)

(5) 彼は現実のもののもつこの深みや奥行きや距離をデッサンや彫刻で再現しなければならないと決心したのである。

他方ミショーは、ハシシュという薬物のおかげで、もともと平面的で二次元のものである写真のなかへいわば入り込み、まるで深みと三次元をもつ現実の世界にあるかのような体験をしたのだ。

しかしここで写真をめぐる二人の芸術家の経験をならべてみると、一見対照的だがどこかで通底するものがある気がする。通底するのは「奥行き」というものを、一方は現実のなかに再発見して、他方は写真のなかに感覚して、どちらも深いよろこびをおぼえていることだ。それは結局この現実世界のもつ三次元性を再確認したことによる素朴なよろこびからきているのである。

わたしはここからさらに二つのことを考える。ひとつは、現実は写真と違って三次元というけれど、ふつう人はジャコメッティのようにその深みに気づきはしないということだ。ハシシュでも飲まなければ、あるいは死のような驚天動地の経験をするのでなければ、映画館を出た彼のように、このわたしたちの現実の見慣れた風景に、あらためて感動することはないだろう。ハシシュは、写真だけでなく現実にも深みや奥行きや立体感を与えるが、むろん彼(ジャコメッティ)はハシシュを飲用していたわけではない。またふつう人は、彼のように、映画や写真に写っている人物や風景のかわりに、黒白の斑点をしか見ないということもないだろう。習慣と慣習にどっぷり浸かっているわたしたちには、どちらの出来事も起こらない。写真にはちゃんと家族や知人たちが写っているし、見慣れた風景はその存在さえ忘れられて目にもはいってこなくなっているのだ。

ふたつめは、べつに薬物を飲まなくても、すぐれた写真には一種奥行きや立体性が感じられるということだ。抽象表現や何らかの表現主義的な試みをする写真は、いまはちょっと別にして。ジャコメッティと同時代の写真家の話をすれば、ブラッサイの写したヌード写真を見た彫刻家のマイヨールは、「この写真に写っているのは本物の彫刻だ！　君にはフォルムの感覚がある」と感動し、自分の作品の資料になるので、その写真を貸してほしいと頼んでいる。彫刻というのは三次元の芸術だから、その彫刻家が写真を作品の参考に使うというのは、ブラッサイの写真に立体性があることを認めたということだろう。また、もっと驚くべきエピソードは、ジャコメッティ自身が、同じブラッサイが撮った肖像写真をもとに、詩人のピエール・ルヴェルディの肖像を描いたということだ。以前彼は南仏に住むマティスのもとに何度か通ったけれど、マティスの死によって、造幣局から依頼されたマティス像をとうとう完成することができなかった。その経験からルヴェルディの場合に、ブラッサイの写真で完成させたというのだ。このケースもブラッサイのすぐれた作品でなければ起こらなかった話かもしれない。（ブラッサイ『わが生涯の芸術家たち(*)』）

（＊）Brassaï: *Les Artistes de ma Vie*, Denoël, 1982, p. 118 et p. 62（ブラッサイ（岩佐鉄男訳）『わが生涯の芸術家たち』リブロポート、1987 p. 129, p. 67）もちろんジャコメッティがブラッサイの写真を借りたのは一九四五年より以降のことである。

しかし同じ彫刻家でも、また同じようにブラッサイの写真を参考にすることがあったにしても、マイヨールの作品とジャコメッティの作品とでは全く印象が違っている。印象の違いはその方法の違いから来ているのであり、方法とは前にも言ったように作家のものの見方とテクニックとの結合である。マイヨールは裸婦という三次元の現実を彫刻という三次元の芸術で表現した人だが、ジャコメッティの彫刻は、ユニークで不思議なことに、そうではない。彼は三次元の現実を二次元の絵画やデッサンで再現しようとし（「絵画は三次元のイリュージョンを与える試みだ」と言っている）、そのための仕組みやテクニックを考案したけれど、彫刻の方もまるで絵画やデッサンと同じ二次元の芸術であるかのようにこしらえている風なのである。マイヨールの彫刻は展示場でそのまわりを一周しつつ鑑賞することができるが、ジャコメッティの彫刻作品の横や後ろにまわることはあまり意味がない。現実において対象はわたしがいま見ているこの位置のこの方向からしか見えない、しかも現実にはあの奥行きがある、というのが、彼の「見えるがまま」という考えだからだ。この考え方とその実現のテクニック、つまり彼の方法を、じつはある写真家が自分の写真によって示しているのである。次節ではジャコメッティの作品に触発されて、彼の作品を彼の方法がまるでよくわかるようなやり方で撮ったハーバート・マッターという写真家の作品について触れてみたい。

3

マッターが写した自分の作品の写真を見て、ジャコメッティはこの写真家に感謝の手紙を送っている。その手紙のなかで彼は、これまで自分の作品を写した写真のうちで、もっとも美しくもっとも重要なものであるだけでなく、写真自身がそのリアリティをもっており、一枚一枚がそれ自体で創造になっていると賞賛している。また自分が仕事のなかでなしとげたいと望んでいることがすっかり含まれていて、何度も見直さないではいられないし、自分で気づかなかったことがらを教えられると言い、頭部を描いた絵画の一連の写真は、自分のやりたかったことが、絵そのものからよりもはっきり目に見え、読みとることができるようになっているとも書いている。(*)

(＊) Letter from Alberto Giacometti to Herbert Matter (Paris may 19 1961) in *Alberto Giacometti, photographed by Herbert Matter, text by Mercedes Matter*, Harry N. Abrams. Inc.Publisher, 1987, pp. 192-193.

もちろんジャコメッティの作品を撮った写真家で他にもすぐれた人たちはたくさんいるだろう。よく知られた人からあげればブラッサイ、ブレッソン、シャイデッガーなど（わたしはスナップ写真しか知らず、おそらくアマチュアだとは思うが、パトリシア・マティスなども加えたい）。例えば彼のシュールレアリスム期の「午前四時の宮殿」を撮った写真はいくつかあるが、ブラッサイのものが一番作品についてよく情報を伝えてくれる。しかしマッターは、そういう彼らとは別種の仕事をしているのである。

これが儀礼的なあいさつでないのは、もちろん彼の文面からも明らかだが、実際に写真を見れば誰もが納得するだろう。わたし自身マッターの写真集を見てほんとうに初めてジャコメッティの作品の見方を教わる思いがした。写真集の序文でアンドリュー・フォージという人が実にうまい言い方をしていたが、平凡な写真とマッターの写真とのあいだには、「剥製のカモメの写真と、翼をひろげてとんでいるカモメの写真」とのあいだほどの違いがある。その違いがどこから生まれるのか、その理由は、どんな短い文章を書いても的確な批評をするジャコメッティの、前の短い手紙のなかで、彼流の言い方ですでに指摘されている。それは彼が「仕事のなかでなしとげたいと望んでいること」、つまり奥行きの再現を、マッター自身もジャコメッティの作品にならって、ジャコメッティの作品に則して、写真によってなしとげようと試みているからだ。そこから写真自身のリアリティが生まれてくるのである。このことを以下に詳しく論じてみよう。

写真機によって対象をとらえるとき考慮される要素は、光量（絞り）、距離（ピント）、アングルとフレーミングなどで、マッターはこうした機械上のわずか四つほどの操作を工夫し案配して、対象であるジャコメッティの作品のリアリティの印象を再現しているのであるが、そのことを彼自身はこう書いている。

「微妙に変化する明暗、焦点の遠近、アングルの高低——こうしたアプローチの可能性は、眼が知覚している作品と同等な写真的なリアリティを追求するとき、無数にあるのだった。わたしは、自分の知覚が作品と完全に一致したと思えるまで作品を見ていたかった。わたしが自分の写真のなかでなしとげようと試みたことは、作品を資料的に記録することよりも、わたしの経験を反映させることだった。」(同書 p. 13)

マッターはつけ加えて、自分にこのような挑戦をする気にさせたのは、ジャコメッティのとくに晩年二〇年間の、「あの飛びだしてくるような不思議な現象 (their mysterious phenomenon of projection)」をもった頭部像や人物像であった、とわざわざ断っている。もちろん「飛びだしてくるような不思議な現象」というのは、彼の作品のもつ「奥行き」のことである。さらに同じ文章の別の箇所では、ジャコメッティのアトリエでの経験を、こんな風に語る。「わたしは彼が午後のしだいに深くなってゆくたそがれのなかで制作しているのを見ていたことがあるが、それは注意をそらせる細部が消えて、むき出しの構造、イメージの本質だけが残る時間だった。それはわたし自身の仕事との関わりで、光について新しい見方をおしえてくれた。」つまりこの写真家は、彼の対象である彫刻家と同じようなモチーフと手法と、おそらくは同じ忍耐と時間とをもって、作品化を試みたのだ。

マッターが「とくに晩年二〇年間の作品」と言うとき、この晩年の二〇年間というのは、ジャコメッティは六五歳で一九六六年に亡くなっているので、偶然のように、モンパルナスの映画館での経験のあった一九四五年以降ということになるのである。もちろんこれが偶然でないのは、一九四五年に彼は迷うことなく彼本来の道に進むようになったからだ。この二〇年間の彼の作品のテーマは「歩く男」と「立っている女」と「頭部像」の三つにほぼ限られる。だからマッターが扱っている作品も二、三の例を除いてこの三つの作品群のなかのいずれかの作品である。

「頭部像」というのはディエゴやアネットや矢内原、最晩年ではカロリーヌやロタールら近親者や友人をモデルにした胸像やデッサンや油彩であって、モデルがごく親しい人々に限られたのは、モデルもまた彼のはてしのない仕事への理解と共感、彼と同じような忍耐と時間が必要とされたからだ。何故頭部（正面の顔）になるかというと、モデルを前にその現実の深みを再現しようとするとき、彼の視線がモデルの鼻や眼に向かうと、さきにも述べたことからわかるように（彼の眼はコーヒーカップとクレイと太陽とを同時に見ることはできないこと。それぞれへの同じように遠い距離）、首や胸部といったほかの部位は同じ精度で見えるわけではないから、そしてそれぞれの部位が個々に独立して同じ精度の観察を要求するから、結局彼は頭部の、しかも顔の正面の鼻や眼のあたりしか描けなくなるのだ。（ちなみに彼にかなり大きな「脚」や「手」だけを対象にして別個に制作した作品があるのは、彼のこうした考えの現れである。）目や鼻さえ描ければあとはなんとかなる、と彼はモデルに向かってよくつぶやいている。矢内原の鼻の頭を指でついて、ここがポイントだという風なことも言っている。彼のデッサンを見ると、とくにそのことがよくわかるが、眼や鼻のあたりが鉛筆の無数の描線で真っ黒になっているのに、それ以外の部分はほとんど白いまま、数本の略画のような線で輪郭らしいものを描くにとどめているのである。

そこでマッターの写真は、顔のこの眼と鼻の部分が強調されるように、ある彫刻の場合は顔の

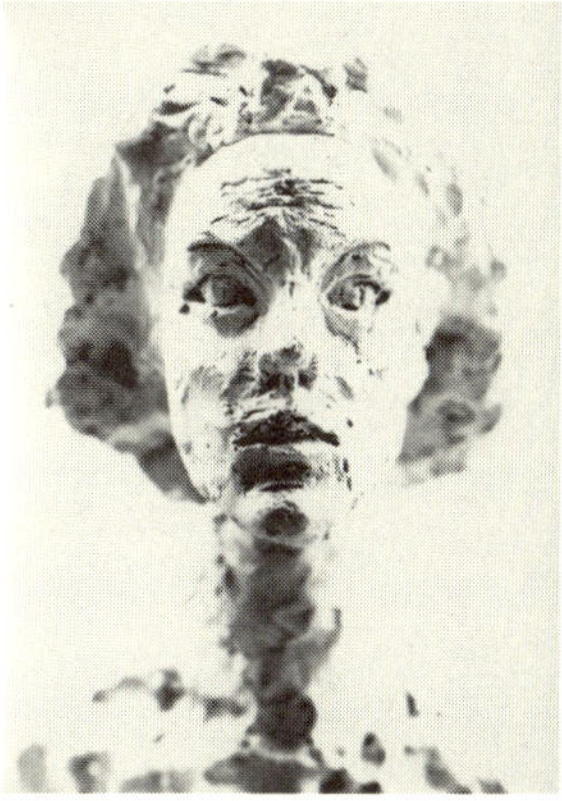

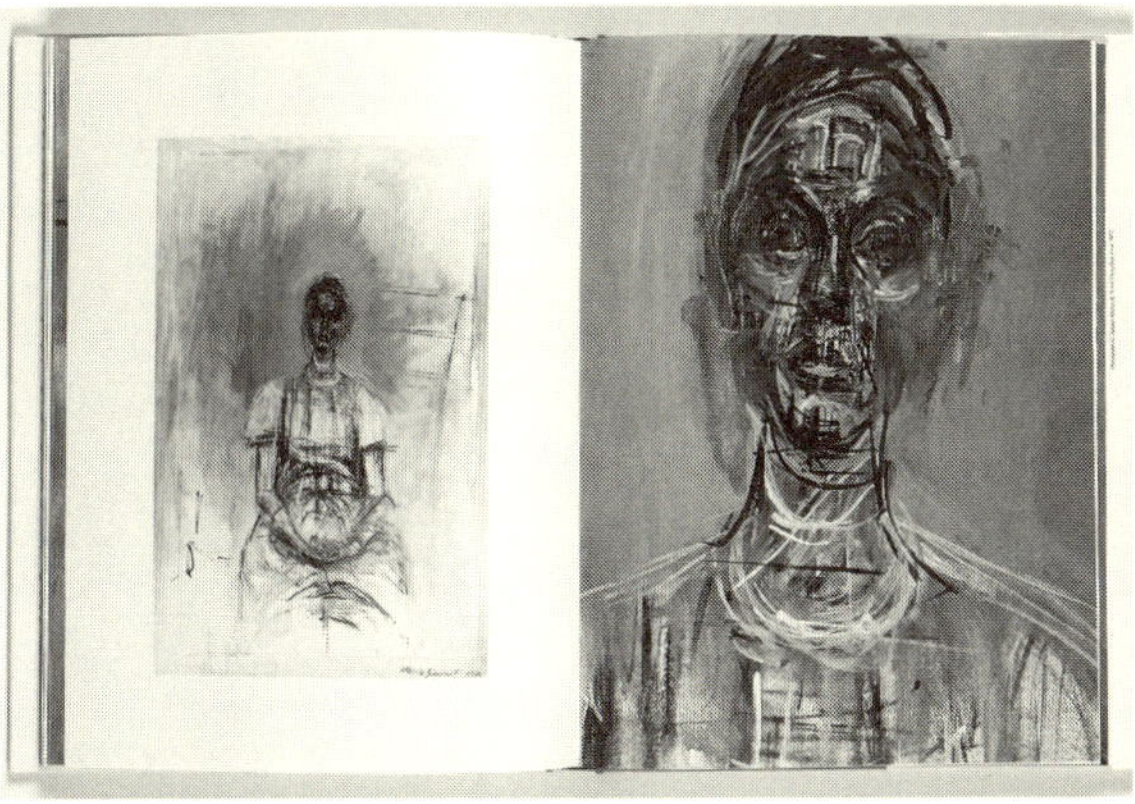

図2

やや斜め後ろの左右両側から照明を当てることによって逆に黒くこの部分を浮き上がらせ、さらに鼻の頭にピントを合わせて、とくに鼻が「飛びだして」くるように案配したり（図1参照）、油彩画の場合は、タブロー全体の写真と顔面だけのクローズアップ写真とを見開きのページに併置して同じ効果をあげている（図2参照）。

「歩く男」と「立っている女」は特定のモデルを使わない例の長細い彫刻で、ジャコメッティの名前を知る人ならどこかで見ていて思い当たることだろう。「立っている女」のモチーフは、おそらく、二十歳の頃のイタリア旅行のときパドーヴァの路上で彼の前を歩いていた二人か三人かの若い女性の背丈が急に圧倒されるような（「およそ尺度の観念をこえた」）大きな姿で見えてくる経験にあるとおもわれる。イーヴ・ボンヌフォワはこれを宗教的な顕現の体験に似たものと推測しているが、彼が生涯で何度か経験したレアリテ体験のひとつであることは間違いない(*)。また彼がスフィンクス楼という娼館で「女たちへの遠い距離」を感じたと語るその娼婦たちの姿もそこに反映しているだろう。この「立っている女」

の作品は、実寸で大きいもので二メートルをこえるものもあれば数十センチのものもあるが、印象として両手を脇にしっかりつけて不動のまま大きく遠くにそびえ立って見えるのである。マッターはこの巨大さと距離の感じを、ここでも照明の当て方によってうまく伝える。このことをさきほど言及したアンドリュー・フォージが上手に説明している。

（＊）ここでわたしが彼の何度かのレアリテ体験というのは、（1）彼が十八歳か十九歳のころ父親のアトリエで洋梨を描いていたとき、洋梨が画面でどんどん小さくなってゆくときのこと（2）パドーヴァの路上で前をゆく娘たちの背丈が急に伸びたように突如巨大な姿で見えてきたときのこと（3）モンパルナスの映画館の内と外での体験（4）およびその二、三日後のアトリエでの体験などのことを指している。いずれも彼の視覚上の生理的な経験でもあった。

なお言及したボンヌフォワの主張およびジャコメッティ自身の文章は Yves Bonnefoy: *Alberto Giacometti, Biographie d'une œuvre,* Flammarion, 1991 p.94. および Alberto Giacometti: *Ecrits,* p. 72. を見られたい。

「マッターは光をまさに自分のまなざしの伝達手段であるかのように使っている。彼は光によって作品を見つめ、物体としての彫刻と観念としての彫刻の両方、金属のかたまりとその内で生きている空間の両方をとりこむのである。こうした彼の写真では、光源がどこにあるかわかりにくい。光はむしろ淡いかすみのようで、その中を彫刻が白い影のように行ったり来たりしている。この白さは、ジャコメッティの精神のさまざまな面——たとえば懐疑だとか、空間というものに彼が与えるさまざまな意味合いの全体——をあらわすいわばひとつのメタファーである。［……］この白さと、像のプロポーションが細身になったこととの間には関係があるとさえ感じられる。大きな《立像》［一九四八年の「立っている女」約一六七㎝］はあまりにも細く、棒のようで、あまりにも張りつめた感じなので、周囲の広大な空間を圧している。像は巨像のもつ威圧的な高さをもち、胴体の幅などずっと離れて見ると［ほとんどないに等しく］地平線に立っただの一本の線にしか見えない。［……］彼が像をフレームの左右ど真ん中に配することで、像の正面性が生きている。フレームの上端部ぎりぎりのところにどうやら頭部が見える。白い光が像を目くらませているようで、像は茫漠とした拡がりのなかにほとんど溶解しているが、かろうじてその拡がりの一部をなすといった風だ。」（同書 p. 56）（図3参照）

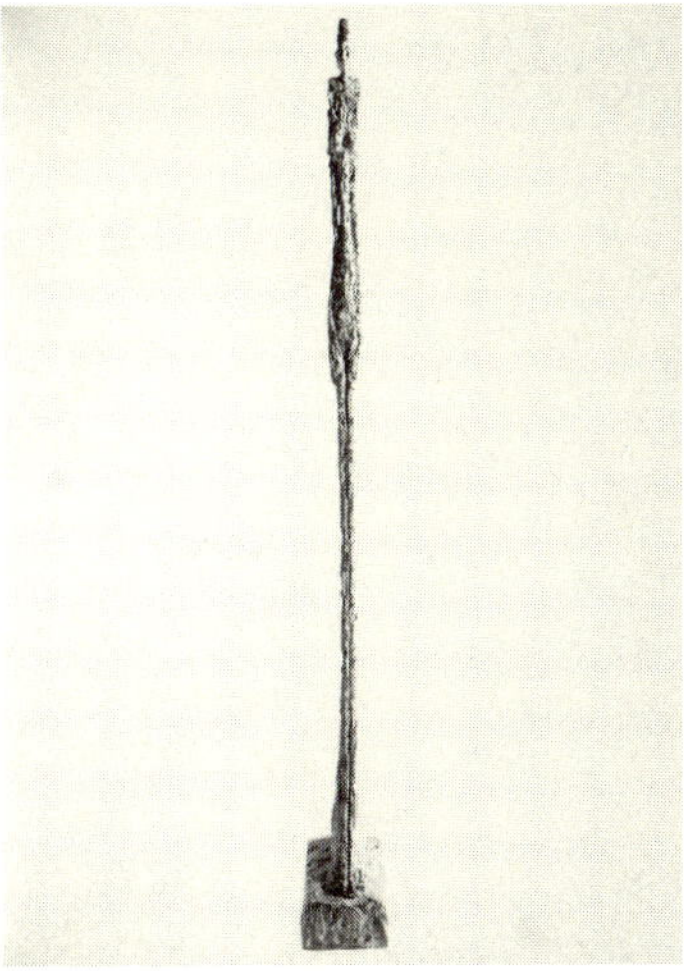
図3

「歩く男」のモチーフは、ジャコメッティとしてどちらも一見意外に思えるけれど、運動性というものと全体性とである。これが一見不思議に感じられるのは、これまで見てきたように、彼の視線が対象を眺めるとき、視線はその対象の一カ所にとどまって意識化と断絶をくりかえし一向に動き出せないからだ。しかしというか、だからこそ却ってというべきか、じつは彼は全体というものに固執し動くことが気にかかるのである。彼は自分の芸術家としての唯一最大の関心は現実そのものであり、生きた現実世界だと語り、また現実について気になるものは「色彩（la couleur）と全体（l'ensemble）と動き（le mouvement）」だと言う。「広場」という作品やそれに似た一連のものは、どれも彼が個別に制作した細長い数人の人物像と頭部像を組み合わせて最初は偶然できあがったが、その「広場」の自己解説の一節に、自分がここで表現したかったのは「この生の全体だ（c'est la totalité de la vie）」と言う。それを見ると、まるでどこかの例えばサンジェルマン・デ・プレの「広場」を人々が行き交う様子が彷彿するのである。彼は最晩年、ついに実現しなかったけれどチェースマンハッタン銀行からの大きなモニュメントの制作を依頼されたとき、この「広場」という作品を巨大にしたような、大きな歩く男や立っている女たちの像を組み合わせたものを構想している。だから「歩く男」は動きや運動への彼の関心のあらわれと言えるのである。(*)

（＊）ここで述べた彼の生の全体や動きへの言及は Alberto Giacometti: *Ecrits*, pp. 38, 40 および Reinhold Hohl: *Alberto Giacometti*, p. 278（一九四八／四九年の項でのインタビューの引用）を見られたい。

もっとも、彼の「歩く男」はどれを見てもたしかにタイトル通り脚を一歩前に踏み出しているが、当初わたしにはそのまま硬直しているようにも見えた。しかしどこかの展示場で大きな「歩く男」の像のそばを、比較的小さな座像らしいものを両手で抱えて一歩右足を踏み出した瞬間の彼の姿を撮ったアンリ・カルティエ＝ブレッソンのスナップ写真（まさに決定的瞬間だ）を見たことのあるひとは、まさに漢字の「人」という文字をふたつ並べたように、彼の前方にかしいだ身体の角度と前に出た右足とのシルエットが、彫刻の「歩く男」のシルエットと全くパラレルであることに、思わず笑い出すとともに、瞬時の動きをとらえたジャコメッティの正確さを写真によって思い知らされて驚き感心するだろう。（図4参照）

マッターの「歩く男」を撮る写真のテクニックは、もちろんブレッソンのスナップ写真とは異なっている。いわゆるスナップ写真は現実の日常の時間の一瞬間をとらえることでいきいきとするのだが、動かない彫刻をそれだけを対象にして、しかもその動きをスナップ写真でなく撮るために、マッターはあるページでは「立っている女」のところで述べた白い霧か靄のような光のなかにやや背後よりのローアングルから撮影している。するとその「歩く男（一九五〇年）」は白い霧のなかを「歩いて」遠ざかってゆくように見えるのだ（図5参照）。また別のページの「歩く男（一九六〇年）」は肩から上しか写っていないのに低い位置の斜めにかしいだアングルで撮るので、その横顔だけから歩行の動きが

図4

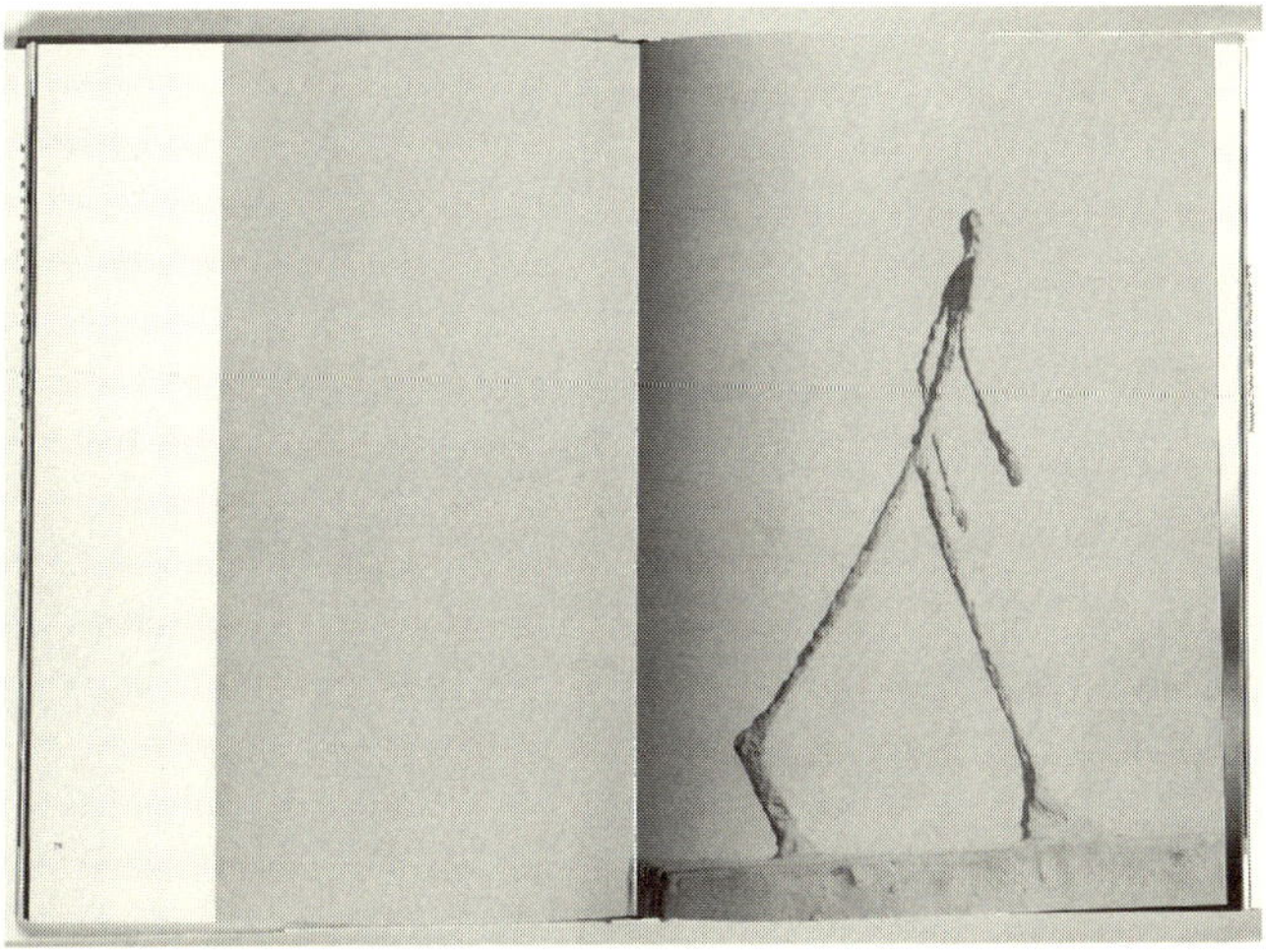

図5

感じられる（図6、7参照）。さらに「歩く男」のヴァリエーションとして「倒れる男（一九五〇年）」があるが、わたしはチューリッヒの美術館で初めてそれをみたとき、その男の身体のまさに前方に倒れかかるダイナミックな動きにあらためて驚いた。それまで知っていた何種類かの写真からの勝手な想像でそんな風なインパクトを受けるとは思っていなかったからだ。だがマッターはまるでその倒れかかる男の下にもぐり込むようにして写すことで、そのダイナミズムを伝えているのである（図8参照）。

図6

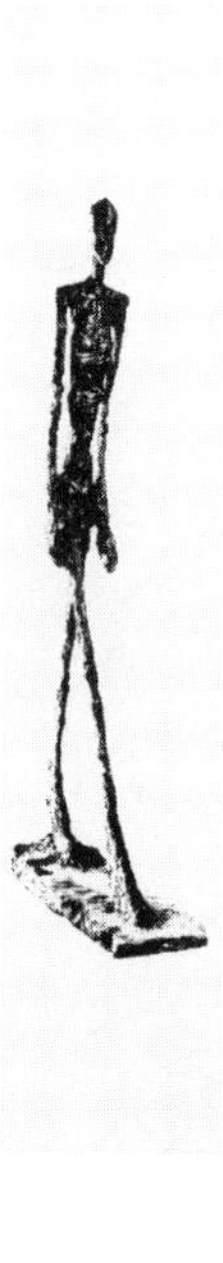

図7

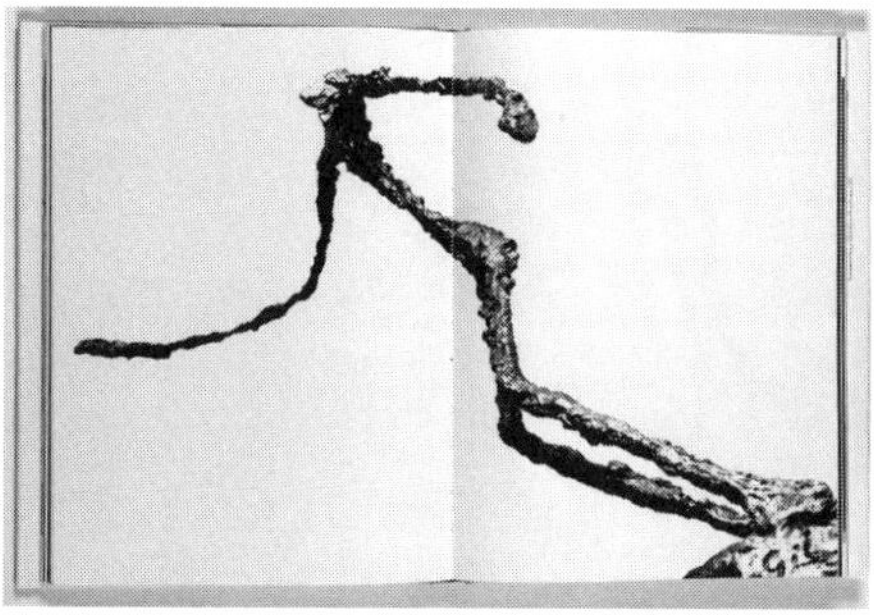

図8

こんな風にわたしが説明してくると、マッターの技法はある意味で安易な主観的な誇張表現をとっているにすぎないという印象をあたえるかもしれないが、そうでないのは、自分の眼が知覚しているものが充分に作品そのものと一致するまで作品を見つめていようとする彼の姿勢からわかるのである。いまさら哲学談義でもないが、自分の眼が知覚している作品と作品そのものとは、簡単に言葉で言うようには区別できるものでもないいし、かといって単純に全く同じものでもないから、マッターの態度は、モデルを前にして眼による知覚と手や指による実現とのあいだをいつまでも果てしなく往復するジャコメッティのそれと同じものなのだ。かれらのこの往復運動こそ芸術家を芸術家たらしめている「経験」というものだ。

ここでそろそろわたしは結論めいたものを書いて、本稿をひとまず終えることにしたい。写真や映画の画面に意味ある斑点の集まりを見いだせないというめずらしい経験をしたジャコメッティは、逆に現実そのものの存在の仕方にあらためて、しかも決定的に気づき、見えるがままの現実を再現しようと彼の作品を新しくつくりはじめるのであるが、それでもその作品はいうまでもなく現実そのものではなく、じつは紙や画布や粘土のうえに記され刻まれた斑点や線の集まりにすぎないのだ。だから彼の作品とは、ちょうどハシシュがミショーを写真のなかにはいり込ませるふうに、作品を見るひとを現実のなかに入り込ませるべく仕組まれた装置なのである。それは、ハシシュが限りなく現実の奥行きの感覚を覚醒するように、わたしたちの現実感覚をめざめさせ、私たちを素朴なよろこびでひたす。よく考えれば絵画や彫刻や写真や、また言語作品だけでなく、日常生活のさまざまな表現活動もふくめて、すべて記号というものは、現実にいたるためのこうした翻訳装置のようなものだ。このことは、すべての記号表現を「情報」と称して最終的に画面上の斑点で表示するコンピューターの存在によって、比喩的にでなく日常的に具体的に理解されるようになっているはずである。しかし日常というものの本質は、ひとを習慣によって慣れさせるところにあるから、すぐ忘れてしまうのだが、記号が示すものはまさにヴァーチャルなリアリティであって、わたしたちの素朴な三次元の奥行きをもった現実ではないのだ。この素朴な現実にいたらせるための彼の工夫を、わたしは追求したいのである。

（ジャコメッティの方法　1　了）

2002

Ⅲ　短文集

ヴァレリーを読むよろこび
（平凡社ライブラリー版『ヴァレリー・セレクション』訳者まえがき）

ここに収めたヴァレリーの作品群は、彼の批評家の側面を紹介するつもりで、『ヴァリエテ』というタイトルで出版された彼の評論集を中心に、わたしたちが選んだものです。テーマはヨーロッパの文化全般について、作家や画家たちについて、また言語や文学、哲学、生理学、建築などヴァラエティに富んでいます。（「ヴァリエテ」というのはフランス語でまさに「多様性」という意味なのです。）なかには評論というより散文詩に近いもの（「パリの存在」「海への眼差し」）もあります。ほかに、彼が毎朝早起きして日記のように、自分の頭を訪れる思考を記録した膨大な量の『カイエ』から、ごく一部を抜粋して生前出版したもの（「言わないでおいたこと」「一詩人の手帖」）なども含めました。なお、作品は発表年代順に並べてあります。

わたしたちは文句なしに面白い作品ばかりを選んだつもりです。とくに訳者のひとり（東）が学生の時分に初めて『ヴァリエテ』のなかの一作品を読んだとき、こんな面白いものがあるのかと思い、邦訳にして上下巻あわせて千ページをこえる人文書院版『ヴァリエテ』の全作品を一気に、時間的には半年から一年をかけてほんとうに丁寧に、熱中して、読んだのです。（翻訳ゆえの苦労をしながらも。）

いったい何がそんなに面白かったのか？

内容から言えば、わたしが初めて読んだ当時ですでに半世紀も前の二十世紀前半に書かれた文章でありながら、二十世紀後半の世界の問題点をとりあげて論じられているふうで、しかも本人には予言するような意識はまったくなかったのです。二十一世紀になった現在から見ると、そのことがいっそうよく感じられます。彼は十九世紀に生まれ二十世紀前半に活躍したフランス人らしく、フランス文化の中華思想を代表するように見えながら、そのじつ彼なら、ここ最新のEUの動きに見られるような、西欧だけでなく、北欧や東欧を含んだひろくヨーロッパ全体の集合体を構想し、しかもその個々の国の民族性や文化や個性を、つまりはここでも多様性を尊重したことだろうと思わせるのです。文学や言語や思想の方面で言えば、彼の没後、構造主義やヌーヴォー・ロマン、ポスト・モダンなどの思潮があったけれど、彼をていねいに読んだ者の眼には、それらのもとにある考えがそれぞれ思い当たるのです。また彼は詩人だったけれど、新しい自然科学の動きをよく理解し、いま読んでもそこまで知識をもち、理解し、予想していたのかと驚かされることもあります。

しかし彼はこうしたどの分野でもあくまでディレッタントで、彼についてよく言われる悪口は、たしかにそういう萌芽的な考えをもっていたかもしれないが、彼は詩と批評など文学の分野以外では、言語学でも社会科学でも思想方面でも、たとえば構造主義的な研究を残したわけでもないし、新しい小説も書かず、学際的な新分野を始めることもなかった、まして自然科学では、まったく科学的厳密にあこがれる素人にすぎなかった、といった類です。不思議なのは、とくに彼を研究する専門家にそう主張する人たちが少なくないことです。彼は膨大なノートブック（カイエ）を残し、そんな萌芽をたくさん感じさせるが、結局、自身で思想として、あるいは学問として体系化できなかった、と。なるほど彼以後のたとえばサルトルやレヴィ＝ストロースやフーコーなど、大きな仕事をした巨人はたくさんいたからです。しかしわたしに言わせれば、そうした体系化をせず何かの専門領域でまとまることがなかった点にこそ、彼の仕事の本当の姿があるのです。

わたしにとってなにより面白かったのは、何を論じても多様で複雑な現象を分かりやすく明快に解き明かすその語り口であり、やり口なのです。そのやり口については、彼はあるところで、比喩的に、どんな多数の敵を相手にしても、たとえば壁を背にして一人しか入ってこられないような狭い入口に立っていれば、大勢の敵とつねに一対一で相手できる、そんなふうな戦術、安全で確実な対処法に似た方法、現実世界に起こるどんな現象や対象にたいしても対応できる方法を、若い頃に発見したと書いています。本書で言えば「デカルト」のなかで、読者はそうした彼なりの方法にちょっと言及しているのを見つけるでしょう。

また彼の語り口、つまり文体についていえば、その抽象的なくせに感覚を喚起する文章は、普遍的で一般的なことがらを述べているようなときでも、いつもその抽象性の背後に具体的なたくさんの例や経験を想起させる仕組みになっています。それはまさに抽象の極致のような代数学の、たとえば a=b＋c という式に、この等式を満たす具体的な数字をいくつでも代入できるのとそっくりです。わたしはこの抽象的でかつ具体的な（具体化はほとんど読者の仕事ですが）文体にこそ、彼を読む面白さ、痛快さ、たのしさを知り夢中になったのです。いまあえてごく簡単な具体例をあげれば、「地中海のもたらすもの」のはじめの方で、学校のバルコニーからのすばらしい海の眺めとともに、眼下に見える港町のにぎわいを「商いし、建造し、道具を操る人間の生活と生業《なりわい》」と簡潔に述べる箇所で、しばし立ち止まって、雑踏と喧噪と活気にみちたどこかの自分の知る、あるいは映像で見た市場や界隈を想像し、また「『パンセ』の一句をめぐる変奏」のなかの一節、「すべて〔政治、宗教、商業〕の宣伝行為には人間にたいするつよい軽蔑が含まれており、人間的慈愛の気持ちへの大きな侮辱がある」という箇所では、わが国のテレビ放送において、しばしば視聴者の関心が最高潮に達するまさにその瞬間に、番組の画面がスポンサーのコマーシャルに切り替えられ、関心をひき延ばそうとする、そのいらだたしくも幼稚で愚かしく下品なテレビ局の戦術のことを思いうかべる、といった具合です。

以上でわたしはヴァレリーを読む面白さを説明したつもりですが、最後に、さっき述べた体系化をしないところに彼の骨頂があるということについて、ひとこと付言しておきたいのです。彼自身何度か『カイエ』の仕事を分類し体系化しようとした形跡はもちろんあるのです。しかしけっきょく生前成功しなかったし、するとも思えない理由は、彼のこの企てそのものにあって、そもそも彼の対象は、テスト氏が言うように、この世界でひとりの人間に考えられ感じられ体験できき認識できるすべてのものなのだから、いわば底なしの好奇心と注意力をもってしても、生の全体を何らかの言語か記号体系を用いて統一的に記述すること、あるいは科学者のやるような説明のモデルをつくることなど、不可能だし、控えめに言ってもとてもむずかしいのです。彼自身そのことを承知していたはずで、だからこそ彼はどんな対象にでも対処できる自分の単純な「方法」のことをつねに言い、かつひそかに、気の遠くなるような（古い神話のシジフォスのような）努力をつづけるのです。しかしだからこそ、『カイエ』をはじめ彼の作品から、新しい学問や分野や芸術のヒントが無数に引き出せるのです。

わたしは読者が本書をきっかけに、彼のほかの作品を読み、『カイエ』を読むたのしみを知っていただきたいと思います。

2005

文学という作品で行為であるもの
（平凡社ライブラリー版、マルト・ロベール『カフカのように孤独に』訳者あとがき）

人文書院から『カフカのように孤独に』が出版されたのは一九八五年のことで、一三年ぶりに平凡社から再版されることは、訳者として大きなよろこびである。この機会に、人文版での誤植などを訂正するとともに、読みにくいと思われた箇所の訳文を少し手直しした。

マルト・ロベールの批評の方法は、作家の技法の研究と、『日記』や書簡集を含めた全作品の正確な解読と、作家のおかれた状況の伝記的な研究であると、私は人文版のあとがきで簡単に書いたけれど、今回読み返して、それではあまりにもうわべだけの評言にすぎなかったと痛感した。マルト・ロベールの批評の一番大切なところは、当然、こうした三つの作業を通して、文学という、行為であり作品であるものの正体を、あるいは謎を、あるいはそのリアリティを示すことだ。

私がかつて読んだカフカ論のなかで本当に感銘したものが三点あった。それは、エリアス・カネッティの『もう一つの審判』、モーリス・ブランショの「ミレナの挫折」、ミシェル・カルージュの『カフカ対カフカ』で、偶然にも（私は意図的にそういうテーマの研究を探していたわけではないので、この三点が篩《ふるい》にかけられて残るのは、全く偶然だった）これらの三つのエッセイは、挙げた順で言えば、フェリーツェ、ミレナ、ドーラという、カフカにとって本当に重要な意味を持った三人の恋人たちに触れて書かれたカフカ論だったのだ。カフカは「わたしは文学以外のなにものでもない」と言い「文学以外のものはわたしを退屈させる」と書いたひとだが、そういうひとに対して、その恋人という、作品ではないものを論じたこの三人の批評は、しかしカフカの文学という、作品であり行為であるものをまさしく語っていたと思う。マルト・ロベールもまたこの文学という、結局文学研究の唯一の現実を語っており、だからこそ私たちを心から感動させるのである。（本文だけでなく、原注にもマルト・ロベールの批評の眼がゆき渡っていることを、読者はお忘れなく。）

1998

ムーミン谷に学校がないわけ

ムーミンシリーズの読者ならご存知のことだが、ムーミン谷にはおよそ学校というものが存在しない。これは、ファンタジーというジャンルの要請というよりも、作者のトーベ・ヤンソン自身が、どの学校とも折り合いがよくなかったためらしい。

ヤンソンの両親はどちらも芸術家で、ちょうどムーミンパパやママがそうであったように、他人と自分の個性を尊重する自由人だったけれど、それでも現実には、彫刻家だった父親の強い考えから、自分やその親も通った古くからの、しつけも厳しい小中学校へ通うことになった。しかし意外なことに（といっても、後年の名声から安易に推測するからそういうことになるのであって、芸術家の幼年時代にはよくあるように）、ヤンソンは好きな絵と作文以外の勉強は全くやらない、従ってできない、目立たない、友達もいない、小柄な生徒だったようだ（小柄というのは、あの手のひらに載るくらい小さなミィに、たとえ蟻にさされて膨れあがってでも「あたい、大つきくなりたあーい！」と叫ばせていることからの、ぼくの勝手な想像も混じっているけれど）。後に通うようになったストックホルムの美術学校では、人目に立って友達ができるようにと願って、学校の大屋根の棟の上を軽業師のように闊歩《かっぽ》してやろうと試みて、あやうく滑落死を免れているほどだ。

しかし面白いのは、本の装丁や挿し絵をやっていた画家の母親のハムが、学校にかけあって、娘のトーベが嫌いだった算数や代数のクラスに出席しなくてもよい許可を得ていることだ（「なぜ答えを知っている先生が、生徒に解答を求めるのかわからない」と幼いトーベは考えた）。おかげでその時間、ヤンソンは好きな本をたっぷり読むことができた。

こうしたエピソードを知ると、きっと読者のなかには、イギリスでサマーヒルという自由学校をこしらえたA・S・ニールのことを思い出すひともいるだろう。ニールの学校では、子供たちは自分が出たくない授業に出なくてもよいし、逆に好きな科目ばかりを心ゆくまで勉強しつづけることを許される。学校に関係する大人と子供全員が平等な一票をもつ全校集会で決めることができれば、子供だってたばこを吸ってもよいのである。転校してきたある生徒は、自分の意思で何年ものあいだ一度も授業に出なかったらしい。しかしそういう生徒も、ついにある日自分から好きな授業を見つけて出はじめるのだが、ニールは、この生徒がたまった膿《うみ》を出すのにそれだけの年月が必要だったのだと考えるのである。

ヤンソンの通ったフィンランドの小中学校は、残念ながらサマーヒルのような学校ではなかったから、彼女は最終学年に進むことが許されなかった。そこで十五歳で前述のストックホルムの美術学校へ通うようになるのだが、彼女の教育観は、ニールばりの母親の考え方を通して形成されていった風に見える。

こんなエピソードもある。ヤンソンが十三、四歳のころ、彼女の友達で船大工の息子だったアルベルトが初めてこしらえた小舟に乗っての、たった一人の二日間の島めぐり航海を企てたとき、猛反対する夫に内緒で娘をひそかに出発させるのは、この母親の方なのである。ハム自身がガールスカウトの草分けの一人だったから、こんな冒険もまた娘に必要だと判断できたのだ。航海途中で連れもどしに来たのは、ボヘミアンたろうといつもしているはずの父親だった。

こんな風に語ってくると、ヤンソンの教育観や人間観、芸術観に父親の影響がまるで及んでいないかに見えるけれど、高屋根に上って人目に立ちたいなどというおっちょこちょい（というか冒険心というか）は、まぎれもなく父親ゆずりだし、動物たちや自然との不思議で神秘的な交流もまた、父親に教えられている。彼女は心から両親を愛していて、かれらのもとでうらやましくなるような「幸福な幼年時代」をすごしている。その証拠は、母親の死後に書いた『ソフィアの夏』や、父親の死後に出した『彫刻家の娘』や『ムーミンパパ海へ行く』だけでなく、ムーミンシリーズ全篇《ぜんぺん》に読みとれるのである。

1992

ヤンソンと島の生活——感覚することの至福

フィンランドには湖沼がたくさんあって、国民一人あたり一個ぐらいの湖が配給できる、というようなあやふやな知識はもっていたけれど、トーベ・ヤンソンの作品や伝記を読んでいると、湖よりも海と島の存在の方に強く印象づけられる。海は別として、まるで国民一人につき一個の島を、夏のヴァカンスのために借りたり、別荘用として所有したりできるかのようだ。

実際、ヤンソンの生涯のそれぞれの時期に、さまざまな島が関与している。彼女の母方の祖父はスウェーデン王室つきの牧師だったが、その祖父母たちが夏に使っていたブリード島は、彼女の幼年時代のたのしい牧歌的な夏の舞台になった。また少女時代には、芸術家だった両親が夏のあいだ借りる島々がある。驚くことに（あるいはうらやましいことに）、多忙な両親はときに子供たちだけを残して、その島で自由に遊ばせているのである。さらに、（漫画家として売れはじめたころには）、仕事のために弟のラッセ（ラルス）とブレード島というごく小さな島を借りると、拾い集めた流木を使って自力で小屋を建て、初期のムーミン物語を書いている。著名になってこの島が静かでなくなる頃には、今度はトゥリッキという（「おしゃまさん」のモデル）女友達と、後にヤンソン島とかトーベ島と呼ばれる島を手に入れる。面白いのは、こうした島は、彼女の年齢とともに本土からどんどん遠くへ離れてゆくことだ。

ぼくはある本のなかで書いたのだが、ムーミン一家のあの暖かい hospitality は、単にヤンソンの「人間好き」だけでなく、同時に「人間嫌い」の要素も綯《な》い交《ま》ぜになって生まれているのである。例えば一家の他人に対する思いやりや他人の自由に対する配慮は、作者の「人間嫌い」が同時にその背後で支えているからこそ、いわば筋金入りとなっているのだ。だからぼくは、彼女の島探しが、本土からだんだん人里離れてゆく様子に納得がゆくのである。

　この最後のヤンソン島については、実は昨秋、大阪国際児童文学館の催しのさい、「トーベと海」という短い記録映画によって見ることができた。ところがその映画に写し出されるヤンソンのこの島での生活は、ことさら孤独と瞑想に満ちた人間嫌いの隠者の生活というにはほど遠いものだった。島は、平ったい、樹木一本ない、岩だけの、周囲はただ空と海と波しかないのだから、孤独な場所に違いないのだが、彼女とその女友達とは、何やら子供のようにはしゃぎながら、海草や雑誌の用紙を腐らせてこしらえた土の小さな畑に、野菜や草花を植えていたりする。大きな石を運んで船着き場をこしらえたり……要するにムーミンの読者にはなじみの日常的な（あるいは非日常的な？）光景が繰り広げられているのだ。つまり彼女たちは、ここでしかできない日常生活を楽しんでいたのだ。しかしそれにしても、この「日常」は実に単純化されたもので、そこには都市の日常生活にはとっくに失われた貴重なものがあった。それは一体何か。それこそ彼女が創造するのに必要で、極力人里遠く離れることで求めようとしたものだったろう。

　それは、単純に、感覚することの至福といったものだとぼくは思う。肌で、手で、素足で、ものに触れて直に感じるように、視覚、聴覚、嗅覚などほかの感覚も使用すること。この孤島では、感じることが即考えることになり、それが書くこととつながっている。これこそヤンソンの創作の方法なのである。映画は無声ではなかったし、ナレーションもついていたけれど、まるで昔の無声映画を見ているような気持になりながら、ぼくは画面に没入しつつ彼女たちと同じように島の潮風をかぎ、岩肌の感触を感じていた。そして同じ頃読んでいたあるヤンソン論のなかの彼女自身の次のような一節を耳で聞く思いがしたのである。

「あなたは島を一周する。誰ひとりやって来ることはない、［……］あなたはすっかり落ち着いている。時計はずっと前から止まったままだし、靴など履かなくなってずいぶんになる。あなたの足はしっかりとして持ち主から独立して、自分で進む道を見つける。足は、まるで手と同じくらいに敏感になり、すぐに砂や苔や海草や岩を感じわけることに喜びを感じる。」

1992

『ムーミンパパの手帖』のこと

トーベ・ヤンソンとムーミンシリーズの愛読者はたくさんいるけれど、わが国でまとまった長篇のヤンソン論は、恐らく本書が最初です、と言ったら、意外に思う人も多いだろう。講談社から初めてトーベ・ヤンソン全集が出始めたころ（一九六八年）、ぼくはすでに大学院の学生だった。そしていつかヤンソン論を書いてみようと思ってから、すでに二十数年が経っている。主にフランス文学を勉強してきたぼくの同僚や知人たちは、ぼくが何を書いてもあまり驚かないはずだが、さすがにムーミン論を出したと聞くと一様にへぇといった顔をする。畑違いの仕事にむしろ素直に好感と関心をもってくれるひとも少しはいるけれど、たいていはそのへぇという驚きのなかに、（ぼくのひがみでなければ）一抹の軽蔑のようなものを含ませている気がするのである。大部分が読まず嫌いのそういう人たちは、もしぼくが例えば宮沢賢治論や、不思議の国のアリス論を書いたとしたら、（ぼくは実は「アリス」も大好きなのだが、）むしろぼくを幅広い教養ある知識人と見做すような眼差しで見てくれたことだろう。過去に二度、三度とアニメによるブームもあって、ムーミンファンはたくさんいるように思われながら、ぼくが本書を書き終えたいまもなお、意外に孤独な思いをしているのは、実はヤンソンがわが国では、ファンのその数ほどには、根深く受け入れられていないからなのだ。

だから、この本を読んだひとたちから思いがけず感想の手紙をもらったりすると、とても励まされた気持になるのである。うれしいのは、そういう人たちが、何よりぼくのヤンソン作品に対する愛情を指摘してくれることだ。

その愛情がどこに感じられるのか、もちろん書いた本人にはっきりわかるものではないけれど、そのひとつは、ヤンソン作品からの引用の多さや引用の仕方にあるのではないかと思う。ぼくは必要以上にではなく、充分に、ふんだんに、ヤンソンの文章を引用した。それはぼくの作家論の方法にかかわっていることなのだ。およそひとりの作家が一連の物語に込めたメッセージをできる限りたくさん拾いあげること、それを自分の小さな本のなかで、個々のメッセージが一番よく伝わってくるようなエピソードにしぼって、しかし原作の豊かさをやせさせることのないように充分たくさんの引用によって、しかもそれらの引用をうまく配分することで、物語と作家の全体像を眼に見えるように再構築すること。それがぼくのやり方だ。それは喩えて言えば、ジグソーパズルの細片をたくさん集めて全体像を完成させるのに似ている。結果は、プロローグにも書いたが、絵柄になりそうな部分をいくつかこしらえただけで、とても全体像を仕上げることはできなかった。しかし、その作業は大変たのしかった。ぼくは、この選別と配分の作業が、きっとぼくに作家に対する本当の愛情を要求したに違いないと思う。だから、読まず嫌いのひとや、テレビアニメだけで満足しているひとたちに、この本のたくさんの引用を嫌《いと》わず読んでほしいし、長年の愛読者には、ぼくの読み込み方が充分に原作の豊かさを汲みあげているかどうか、判断してほしいと願うのである。

ぼくが準備段階でとりあげたテーマは三十幾つかあるが、実際に書くことのできたのは二十数章だった。それが、たくさんなものが混じり合っている豊かなヤンソンの世界を再現するのに充分だったろうか。ただぼくに言えることは、当然のことながらぼくは自分流にしかテーマを採りあげることができなかったことだ。そして、きっとぼくにしか採りあげることも書くこともできなかっただろうテーマがいくつかあるということだ。それは、「フィリフヨンカと死の体験」とか「ソフィアの初めてのテント体験」であり、「三人のヘムレンさん」であり、「ムーミンパパの《発見の手帖》」であり、「ヤンソンの方法」などである。逆に、自分で大きなテーマだと思いながら、とうとう正面から章立てをして論じることのできなかったものもいくつかある。それは、例えば「感覚することの至福」であり、「海について」であり、「ヤンソンのユーモアの正体」といったものだ。

何にしても、ぼくの本はもう出てしまった。書きあげたあとの感想は、自分について、またヤンソンについて、それぞれ次のようなものだった。自分がこれまで勉強してきたさまざまな事柄は、このヤンソン論というぼくの小さな最初の本のなかに何らかの形で全部入っているということ。そして、ヤンソン作品は、結局、宗教的なものと詩的なものとのさりげない結実だということだ。

1992

読書会へのメッセージ

琢磨先生
昨日は書類とお電話ありがとうございました。書類は月曜日に学長印などをもらったうえで返送いたします。読書の指針のようなものは、「ゲストからのメッセージ」としてこのメールでとりあえずお送りいたします。ご希望に沿ったものになっているか心配ですが。
ではまた。

東　宏治

「ゲストからのメッセージ」
このたび中学生、高校生、大学生の入り交じったみなさんの読書会に参加できることを、わたしは楽しみにしています。このような年齢に幅のある（社会に出るとそうでもないが、この若い時期の数年の開きは大きいのでは？）読書会の試みは、とても意義があると思い、大いに関心をもちました。読書の指針のようなものを求められましたので、簡単にあえて二点申します。
（1）『ムーミン谷の彗星』と『ムーミン谷の仲間たち』は、書かれた時期も内容も、文章のトーンも、だいぶ異なり、登場する人物（動物？）も共通するものもあれば単発のものもありますが、どの人物も同じ作者によって書かれた、（すべての物語に登場しても登場しなくても）同じムーミン谷の住民として、みなさんの好き嫌いとは別に、それぞれの個性（キャラクター）を同じ重みで受け止める読み方をしてほしいのです。ちょうどわたしたちの世界で友人や隣人や他人が存在するのと同じ具合に。

（2）二つ目はこれとまったく矛盾しますが、みなさん個々人の好みや感性や思想に従って、考えたこと、興味や疑問をもった点を思い切り深めてほしいのです。

以上基本的な二点が準備されていることを期待しつつ当日出かけます。

2009

『カフカ論―「掟の門前」をめぐって』――ジャック・デリダ著、三浦信孝訳

本書は、『掟の門前』というカフカの極めて短い、ほんの数十行ほどの物語の詳細な分析である。デリダの本書での意図は、次のようなものであろう。まず、この寓話的な物語によって、「掟」というものの本質を喝破すること、つぎに、その「掟」の本質ゆえに生まれてきたこの特異な作品《テクスト》の仕組みを、「掟」の本質に照らして明らかにすること、さらには、現代の私たちがもつ、一七世紀から一九世紀にかけて形成されたという文学常識（慣習、約束ごとの体系、要するに一種の「掟」）をこの文学慣習によっては解読しがたい作品の前に、まさに『掟（法）の門前』に出頭させ、「文学とは何か」という根本的な問いを、問い直すことなどである。

「掟」の本質とは何か？　掟の門のなかに入ろうとして田舎からやってきた男が、門番によって、「今は入れるわけにゆかぬ」と言われつづけ、ついにその死まで入ることを延期させられる。デリダによれば、男は一見入門を禁止され拒否されているようだが、実は許可が遅らされているにすぎないのであり、しかも男自身が、門番の挑発にもかかわらず（「そんなに入りたければ入るがよい」）、許可を待つことに自ら決めるのである。

なぜ許可はつねに延期され、男は待ちつづけなければならないのか。それは、掟の掟たるゆえんが、自らの起源を示す歴史や物語を抹消し、ひたすら人間の接近や探究を拒否し禁止し遠ざけ、自分の姿や正体を（「現前」を）あらわさず、その本質やなかみのなさを隠しつづけることによ

って、絶対的権威をうるところにあるからだ。デリダの用語によれば、こうした掟が（さらに広く、世界が）私たちに課す認識の永遠のひきのばしを差延（différance）と呼ぶのである。

デリダの思考の展開に、いわば一種のはずみをつける働きをしているものに、語源考ないし語の二義性の利用があるのだが、ここでもそれが用いられていて、このように「掟」が自らの起源を示す「歴史」（histoire）をもたず人間に「関係」（relation）を結ばせないがゆえに、掟の物語（histoire, relation）は不可能ということになる。しかし実はこの不可能のゆえに、この不可能を言うカフカの物語が生まれるのであり、掟の課す「差延《ひきのばし》」がつづく限り、その物語の時間が持続してゆくのである。

こうしてデリダのこの作品の仕組みの分析が始まるのだが、本書の魅力は、何よりもこの分析にあるだろう。その一例として、門番と田舎の男のいる位置について。

どちらも掟の門の前に立っているが（掟への尊敬と服従）、門番は門に背を向けており（掟の守りとともに無視、無知）、男は門に対面している（掟への永遠の関心と問いかけ）。しかし門番は、たくさんある掟の門のうちの一番外側の門の前（最下位の位階）にいるのであり、男は門前にいるとはいえ、これは同時に、門の外にいる（アウト・ロー）ことになる、等々。

冒頭にも述べたが、『掟の門前』は、ほんの数十行ほどの物語なのであるが、わたしは、デリダの詳細な分析を読みながら、この分析が、ちょうど科学者が現実世界を説明するためにひとつのモデルを用いるように、この短篇をいわばカフカの文学の雛型《モデル》として扱っているかのようで、読後、『審判』や『城』（「城」もまた掟のように、永遠の「迂回」を強いるものではないか）をはじめとする他の諸作品を読解するための鍵を与えられた気がしたのである。

1986

『純粋および応用アナーキー原理』――ポール・ヴァレリー著、恒川邦夫訳

ヴァレリーの次男のフランソワの文章によれば、死の前年にあたる一九四四年の冬、七三歳だったヴァレリーは、フランソワと一緒にある昼食会に招かれた。同席者のなかには物理学者のF・ジョリオ＝キュリーもいて、もっぱらの話題は、当時投下は時間の問題と見られていた原子爆弾をめぐるものだった。帰宅するとヴァレリーは、「恐らくその食卓でのおしゃべりで感ずるところがあったのだろう」、フランソワに一冊の小さな手帖を渡した。それが本書なのである。

フランソワの紹介するこうしたエピソードや、また表題からして、本書はヴァレリーの状況への発言集か政治論かと想像されるかもしれないが、ここで言う「アナーキー」とは、いわゆる無政府主義のそれではない。「アナーキーとは、証明不能なものの命令に服従することを一切拒絶する各個の姿勢である。」「パスカルはアナーキストの原型だ。（中略）《アナーキスト》とは、人間が習慣的に見るものを見るのではなく、自分の眼が見るところのものを見る人である。」こういう彼の定義を読むと、これは、ヴァレリーの読者には親しい、例の、彼の根本的な姿勢で、彼の一生の「方法」である《コギト》に他ならないことがわかる。そして、このような基本原理を、「国家」「権力」「政治」「革命」「民主主義」「裁判」「教育」等の事象について応用して得た考察の断章群が、本書となっている。

これら二百ほどの断章を読んで、二、三の特色が列挙できる。彼の「アナーキズム」からして、

彼の考察は必ずその対象に「反」の字がついて（「反権力」「反国家」「反歴史」等）、分析は実に辛辣であること（例えば「すべて権力は軽蔑すべきである（13ページ）」）。その気はなくとも、予言とか先見性が見てとれること。しかし不思議に印象深いことは、彼が弱者の立場をも見落とさないところからくるやさしさのようなもの、そして自分自身に対しても厳しく「アナーキー」の態度を適用するがゆえに生まれる謙虚さなどである。

とはいえ、なかで最も強烈な印象は、この手帖の執筆された期間（一九三六—三八年）が、フランソワや訳者も指摘するように騒然とした時代状況であるにもかかわらず、表現されるものは具体的な事件の記述やその なまな感想ではなく、あくまで抽象的で、一見一般的な考察であることだ。彼の断章という形式と「定義癖」とは、ここでも軌を一にしているのであって、例えば「国家とは云々」といった口調でものごとを定義してゆく。そこから生まれる抽象性や一般性が、何よりヴァレリーの、そして本書から受ける強い印象であるだろう。しかし、だからといって、わたしはそうしたヴァレリーの文章を単に一般論として読むだけでは、読書はちっとも面白いものでなく、ダイナミックなものとならないのではないかと思う。抽象的な文章には具体的な事物をあてはめながら（ちょうど代数式の任意の数a、bに具体数を代入するように）読む必要があるのであって、本書の場合、ヴァレリーの抽象的考察にわたしたちの身近な具体例を思いうかべつつ読むか、彼の執筆にインパクトを与えたであろう歴史的事件が、特定できないまでもあたかも隠されているかのようにして読むとき、彼の文章は一層のちからをもってくるだろう。ここが彼の本を読む上でのポイントではないか。その意味で巻末のフランソワの秀れた文章や、訳者の注やあとがきは大変有意義であると思う。

1987

『林達夫とその時代』——渡辺一民著

この評伝の記述は一九二〇年代から始まるのであるが、著者によれば、一九二〇年代とは、「西洋の時間が日本のそれとはじめてかさなりあい、われわれ自身の問題や経験がそのまま西洋のそれと同時性を持ちえた」時代である。いいかえれば、「西洋と日本という二つの精神風土を同時に生きる」ことが可能になった時期である。その一九二〇年代に仕事を始めた林達夫は、この時代以降、単に日本という一国の枠のなかだけで思想史や文学史を論ずることができなくなったと考える著者にとって、その主張のいわば格好の雛形《モデル》であった。なぜなら、外交官であった父親の関係で、幼時をシアトルですごしたゆえに〝故郷〟をアメリカにもちながら、六歳で帰国すると自分の「異人臭」を払拭する努力をしなければならず、その努力が嵩じて歌舞伎狂いになったあげく、二十一歳で「歌舞伎に関するある考察」を書いて、日本的なものへ「歌のわかれ」を告げ、「洋学派」宣言を行うにいたる、そうした振幅の大きいデビューをもつ林達夫の長い生涯は、まさに西洋と日本という二つの精神風土を生きたひとの軌跡であるからだ。

今日わたしたちが抱く林達夫像は、本書の終章で引用されているような、林の死去に際して捧げられたいくつかの頌辞に現われている姿に近いものであって、〈最後の大知識人〉であり、〈「構造主義」以後の逸早い先取り者〉であり、〈西洋的な自由の精神の体現者〉であり、〈戦中の数少ない抵抗者〉といったところであろう。しかし本書の著者は、林への敬意はむろん失うことなく、彼のこうした偉大な姿に隠れて見えにくくなっているところの、彼の大きかった内的な振幅の跡を、もっぱら彼のテクストを通して示して見せる。そこから、例えば、歌舞伎への「歌のわかれ」を行って西洋派宣言をした彼が、こんどはマルクシズムを選ぶことによって、西欧へ別れを告げ、さらに、このマルクシズムから、「まったく人目につくことなく」秘かな「転向」を果したのち、ジャーナリストでもなくアカデミー人でもない、批評家でもあり学者でもある、林本来の道にたどりつく、その道筋がわかってくる。また、三木清に関する二つの対照的な文章から、林の複雑な、あるいは「デモーニッシュな人性」が明らかになってくるのだ。

なかで、林とその国家意識の関係の歴史が、私には最も印象深かった。アメリカで幼時をすごすという体験ゆえに、国家の相対化という日本人としてはまれな思考のできた林は、時代への抵抗者として、デカルト流のポリティックをもって戦争を切り抜けてきたのだが、敗戦に際して、「それまでの半生に私の流した涙の全量に匹敵する量」の涙を流したという。その涙のなかに、著者は、林が戦争を通して実は自分のなかに国家の全体性を認識し、彼流の反語的精神の敗北を知ったことを読みとるのである。著者の姿勢には、林達夫「神話」を破壊しようという気負いではなく、ただ言うべきことを言っておこうとする態度があるように思われる。

1988

『鏡のなかの日本語』――その思考の種々相――坂部恵著

プルーストは『読書と日々』というエッセィのなかで、言葉は「昔の生活を映し出す鏡」のようなもので、いまは使用されない語も、その語形のうちに、往時の用法や感じ方の思い出をとどめていると書いているが、本書の著者もまた、言葉を「世界を写す鏡」と見ているのである。ここで著者は、ことさら「やまとことば」という、現今では流行しているとはいえない日本語から（つい私たちが、ちょっと外国人にはこのニュアンスは分らないだろうと言いかねないような類の日本語から）いくつか選び、そこにうつし出される日本人の「伝統的な」感じ方、考え方、価値観を摘出してみせようとする。しかもその日本語の鏡の向いあわせに、外国語（特にフランス語）という鏡を置くことによって、つまり他者のものの見方、考え方にそれら日本語を写すことによって、ひとつの鏡では見えない局面が明らかになることを期すのだ。

七篇の論考を通読すると、著者の分析の基本には、日本古来の思考に〈相互性〉という、西欧の二元論的な思考とは対照的な、主体と客体との間や、主体と別な主体との間の区別をあえてあいまいにする志向を見、それを積極的に評価する考えがあるようだ。しかし著者の抱負や喜びは、こうした結論めいたものを抽出することよりも、むしろ日本語に外国語の光をあてる作業そのもの、日本語のことを考えるさいに、日本語と外国語との間を往復運動すること自体にあったのではないか。『鏡のなかの日本語』という表題や、〈序〉や〈結び〉での編集子との対話から、そう思われるのである。

しかし、その意味では、本書は必ずしも著者の期待通りに成功していないと私は思う。その原因《わけ》は、本書の成立過程にあるのではないか。著者は本書を、フランス語で考え書き話した講演を、自分で翻訳したといい、そのさい外国語と日本語との間で往復しつつ感じた二言語（二文化）間の距離感、違和感を、「あえて流暢でない」、「翻訳調」の残った、「ぎくしゃくした」日本語で伝えて、読者にも「共有していただ」くことを意図したと言う。しかし正直なところ、そうした著者の文章は、二文化間の距離感を伝えるよりも、少なくとも私には読み進めるうえでの苦痛を与えられるのである。ここでは最もわかりやすい一例のみをあげれば、「〈思考する〉ことを、日本語では、〈おも―う〉（〈おも―ふ〉）ともいいます。〈おも―う〉とは、〈考える〉ないし〈瞑想する〉ことを意味します。」フランス語で表現するとき、こうした言いかえは必要なことだったかもしれないが、日本語で読む読者にはこれは同語反復の、ほとんどナンセンス文にすぎなくなるのではないか。著者は、あえて流暢でない日本語にすることで「違和感」を伝えるのではなく、正面からそれを扱うかたちの本にするか、あるいはヴァレリーの『ダ・ヴィンチ論』のような、自注をつけた体裁にすればよかったのではないか。

私は〈序〉や〈結び〉の対語にみる著者の姿勢と本書の意図とに共感や親近感を覚えるゆえに、本書の不徹底を惜しむのである。

1989

『娼婦』——アラン・コルバン著、杉村和子監訳

娼婦という言葉や存在はよく知られていても、「公娼」とか「私娼」といった語は、すでに意味のよくわからない言葉だろう。これはお笑い種《ぐさ》だが、私は若いころ「公娼」という語を目にして、公営の娼家というものがかつてあったのだろうか？などと危うく想像しかねないほど無知だった。

公娼制度を初めて設けた国は、十九世紀初頭のフランスである。このフランス方式と呼ばれた売春の規制主義制度は、行政が売春を必要悪として容認するが、「健全な」一般社会からは見えないものにするため、隔離した場で行なわせ監視しようと考えた。まるで地下に下水溝を設置して都市を清潔に保つように、娼家を「精液の排水溝」となして、臭いものに蓋をするのである。著者が本書で扱う第三共和政下（一八七一－一九一四）は、この「監獄的方式」の公娼制度が、社会の経済構造の変化にともなって、性道徳、家庭像、女性像、娼婦像も変化し、相変らず売春を存続させながらも、今度は（社会にとっての脅威は、反社会的な娼婦の存在ではなく、梅毒などの性病となっていたので）清潔で健康に害のないものにするため「ガラス張り」にする、衛生主義へと変貌してゆく時期であった。

著者はこの道徳的規制主義から保健衛生的新規制主義への移行を、膨大な資料をもとにして地味で詳細な検証を行なっている。分析の資料に当時の小説作品も駆使されているからといって小

説的、三面記事的ディテールを期待するむきは、やや失望するだろう。(正直言って、私もまた、非専門的な一読者として、ノンフィクション作品のもつ面白さと力強さを期待していた者である。)何しろ著者もまた、「それを証明する資料がなければ、歴史的事実は存在しない」(奈良本辰也『サライ』91年5月2日9号)と考える正真正銘の歴史家に相違ないからだ。

とはいえ、著者の筆致には、その歴史家の枠から時にはみ出ようとする個性がチラつくこともある(ような気がする)。著者は本書を準備していた頃に起こったところの、リヨンの娼婦たちの教会占拠事件(一九七五年)を契機に、急遽、予定にはなかった第三共和政以降の売春の歴史(一九一四―一九七八)の章をつけ加えることにしている。それは、歴史家としてリヨンのこの娼婦たちの運動のルーツを理解するための研究だと言うのだが、大部な本書をがまん強く読んできた読者は、この付録の章に至って、はじめて、規制主義の時代にほとんど色情狂の遺伝病者扱いされていた娼婦を、売春もふつうの職業の一つにすぎないと主張するリヨンの娼婦たちへと変貌させる、その歴史の時間を理解した思いがするだろう。私は、本書の最後に次のように書く著者に、好感をもつ。

「売春する人間の存在は、われわれに果てしなく疑問を投げかけ続ける。その存在は、目まいがするほど複雑で輻輳した意味あいをもっている。」

1991

『例外の理論』――フィリップ・ソレルス著、宮林寛訳

「えー、ソレルスって、こんなに面白かったっけ⁈」というのが、学生時代に旧作の小説を三、四冊読んだきり、敬遠するでもなくいつしかソレルスから遠ざかっていた私が、本書を読んでの正直な感想である。かつて、例えば『公園』なんかを、読み手のこちらが貧血状態になるのを感じながら、一生懸命読んでいたのがまるで嘘のようだ。貧血どころか、今度は文学の造血剤でも打たれたように、読書中、元気が横溢《おういつ》してくるといった風なのである。

私がこんなに面白がった理由は、どうやら二つあるようだ。その一つは、彼が意外にも（と言うのは私の認識不足にすぎないのだが）古典作家を実にたのし気に、まるで今と昔をへだてる時間などないもののように、論じているところである。彼が引用するサン・シモンやセヴィニエ夫人を読んでいると、まさにプルーストを読んでいた折、この作家が引用する同じサン・シモンやセヴィニエ夫人をはじめ、ラシーヌやドストエフスキー等の一節から、目からうろこが落ちるみたいにこれらの古典作家たちの本質を理解した気にさせてくれた、あの体験が再現される気がするのだ。彼がソクラテスに触れると、ソクラテスが急に生き返る。だから彼が、プルーストは、サン・シモンの「リズム」と、シャトーブリアンの「内的夢想」から出来ているとか、ダンテの言語改革と、フロイトの仕事とをあわせたものが、ジョイスの文学的営為だと言うと、今、プルーストやジョイスを読み進むべき方向を羅針盤が示してくれた気がする。フォークナー、アルト

ー、セリーヌ、ロートレアモン等、ソレルスが愛読する例外者たちについても同じだ。
第二の理由は、《Never complain, never explain.》をモットーにする彼が、これまた意外なことに自己を語っていることである。本書の構成を見ると、前半部（Ⅰ・Ⅱ）で作家論、芸術家論、後半部（Ⅳ・Ⅴ）で自作解明になっている（そして前半のジョイス解説が、ちゃんと自身の言語上の試みを照明する風にもなっている）のがわかるが、とくにいいのは、その中間（Ⅲ）に置かれている、彼が生まれ、育ち、住んだ、ゆかりの三つの土地を語った美しい文章である。この三つのエッセイを読むだけでも、読者は豊かなものを感じるだろう。しかし私は何も彼が自分の楽屋裏の打ち明け話をしていると言って面白がっているのではない。彼がたとえ自分の作品や生い立ちを語っていなくとも、本書全体から受ける印象は、彼が裸だということだ。それは彼の文章が、まるで「一皮むけた」人が衒《てら》いも韜晦もない率直な肉声で語っている風に思えるからである。彼はこう書いている。「〔……〕声の感覚を味わわせてくれる著作はほんの一握りしかない〔……〕。声によって可能になるエクリチュールと、声そのものとが同時点に位置するようになるというのが、いまぼくが到達した地点なのです。」本書を書いているのはまさに彼の声であって、非人称な言語とは異なるのである。ここから、本書の豊かさと面白さが生まれてくるのだ。

1991

『ひとつのヨーロッパ　いくつものヨーロッパ』―宮島喬著

ここ最近、ＥＣ関係の本が相当数出版されているようだ。本書も含めて、私の手元には、例えば『20のＥＣ物語』（横山三四郎）、『ヨーロッパ統合』（鴨武彦）の三冊が並んでいるのだが、当然のことながら、そのアプローチの仕方は、それぞれの著者の専攻や出身に応じて異なっており、それが各々の特色となり長所となっている。私のような素人には、新聞社のヨーロッパ支局に長年勤務した元ジャーナリストの手になる『20のＥＣ物語』が、まず様々な局面を見渡すうえで（ときにちょっとひっかかる表現がないでもなかったけれど）とっつきやすかった。一般向けとはいえ『ヨーロッパ統合』はまぎれもなく政治学者の書いた本で、ＥＣ統合の歴史と展望と意義がコンパクトに説かれているものの、文章は必ずしも読みやすくはなかった。さて本書の著者は社会学者であって、ＥＣという歴史的出来事を、その内側に住むマイノリティや周辺者の側の視点からとらえようとする。そこから、前二著とは違った本書の特色が生まれているのである。

本書を読むと、一九九三年一月一日を期して、ＥＣ加盟国間で、「ヒト・モノ・サービス・カネ（資本）」の完全な自由移動をはかるというＥＣ統合が、元来経済的な利益という、日本でもっぱらとりあげられる側面だけをねらったものでなく、ヨーロッパにもはや大きな戦争を起さない平和な共同世界を築くという理念をもっていること、また、そうした観点からＥＣを見るとき、（1）例えばドイツにおけるトルコ人、フランスにおけるマグレブ人といった非ヨーロッパ系の

「移民」の問題（これら移民の二世が文化面、生活面でドイツやフランスに「同化」してゆく必然性と、それでもなお社会的には差別されるという非「統合」化の問題）や、（2）イギリスにおける北アイルランドやウェールズ、フランスにおけるコルシカやブルトン、スペインにおけるバスクやカタルーニャ等の、それぞれの国家の内でかかえてきた少数民族の独立、自立運動の問題、そして（3）ソ連、東欧諸国の社会主義体制の崩壊にともなうヨーロッパという概念の新たな見直しの問題、等に、ヨーロッパ統合がかかえる、要するにヨーロッパを均一化しがたい諸問題が存在することがわかるのである。

しかしこうした大きな問題点は他の本にも大同小異指摘されていることであって、本書の著者の真骨頂は、これらの問題を論じつつ、移民者やマイノリティの人々と直接的に接触してひき出した言葉を控え目に語る、その語り口にあると思う。それが案外、本書に魅力を与えているのである。ＥＣ統合に対する著者の姿勢は、ヨーロッパが少数者のこうむっている貧困、排除、差別を解決して、多様なヨーロッパを守りつつ、一つのヨーロッパという理想を実現することを応援するというものだろう。そう考えると、本書のタイトルに著者の思いが充分込められていることを改めて感じるのである。

1992

『カフカ『変身』注釈』――三原弟平著

本書は、その題名通り、カフカの『変身』をテキストに、著者が翻訳しつつ注釈をほどこしていったものだが、著者は「まえがき」で、いわば舞台の演出家になったつもりで注をつけてゆきたいと書いている。それほどに、『変身』は演劇的な要素に富んでいると言うのである。わたし（評者）もまた、著者のいう演出家とは意味合いやニュアンスがすこし異なるかもしれないが、小説を読むとき、基本的には、その作品を映画化しようと思っている監督でもあるかのように精読することを旨としているので（その作品が実際に映像化できるか否かという問題ではない）、著者のその姿勢をよしとするのである。読者は、わたしもそうしたように、まず翻訳文を読みながら、自分にとって注訳を必要とする箇所や、自分ならぜひ注をつけたいと思うところをチェックしたのちに、著者の注釈文を読む。こうすることで本書の読書は一層たのしい充実したものとなるだろう。

こうしてわたしがテキストの文字を三次元の空間へと、視覚的、聴覚的、嗅覚的、触覚的に映像化しつつ読んでいったとき、著者のほどこす注釈に、当然のことながら、かゆいところに手の届くような心地よい思いと、もどかしい思いとの両方をいだくのである。

著者の注釈は、主人公の名前や、変身した虫の外形、登場人物たちの身ぶりや動き、部屋や建物の見取り図、食べ物、壁紙、語句の文法的説明、他の作品や日記、書簡による類推的説明など、テキストを逐語的に、また連想のおもむくままに、専門家として、ときに一愛読者風に、広く、こまやかに、軽く、鋭く、深く、触れている。ごくささやかなところで実例を挙げるなら、わたしは、ザムザ家へ手伝いにきた、たくましいおばあさんについての著者の洞察に好意を覚え、グレゴールの部屋の扉の色が白だと言うところに異議を申し述べたくなり、部屋を借りる紳士たちが何故男ばかり、しかも三人なのか（なぜカフカの『城』や『審判』には、二人組、三人組の男たちがよく現われるのか）是非解説を聞きたく思ったりした。

注釈という行為についての著者の考えは、巻末のエッセイに述べられていてよくわかるものの、作家を研究する者たちにとっての永遠の、作品と実生活との関係という問題に対する著者のこだわりは（とくに「実生活派」への反発は）、わたしにはわかるようで実はよく理解できなかった。わたしは気楽な門外漢だからかもしれないが、例えばカネッティの『もう一つの審判』に圧倒的な感銘を受けるとともに、同じ頃同じ程度にブランショやカルージュのカフカ論にも感動し、カフカの書くことと実生活との深い関係と意味とに共感したものの、だからと言って実生活を調べれば作品が理解できるとは夢にも考えなかった。作家の実生活は逆に作品を通して見るとき意味をもつのではないか。もっとも著者はそんなことを先刻承知でこの注釈の仕事を行っているのだろうが。

1995

『歴史の愉しみ・歴史家への道』——フランス最前線の歴史家たちとの対話

——福井憲彦編

ここで、編者である福井がインタビューを試みているフランスの「最前線の歴史家たち」とは、ロジェ・シャルチエ、アルレット・ファルジュ、ジョルジュ・ヴィガレッロ、ダニエル・ファーブル、オギュスタン・ベルクという五人の、すでに邦訳のある者もあれば、まだあまり知られていない者もいるけれど、いずれも新しいタイプの「歴史家」たちである。新しいタイプの、と言うのは、その著作のテーマが、書物であったり、衛生であったり、風景であったり、子供の集団誘拐や農民の口承伝承のエクリチュールであったりするからだ。

こうした五人の「歴史家」たちに対するインタビュアーとしての福井の意図は、「まえがき」によれば、第一に当然かれらの仕事の内容を、質問をぶつけることによって自ら語らせるとともに、第二に、かれらが「歴史家」になるまでの若いころの自己形成の過程を（歴史を）明らかにすることである。従来になかった、従来の学問領域では簡単に分類できないような研究分野の著作をつくりだすその経緯は、編者のこの第二の意図によって、実はかなり納得させられるのである。少なくとも私自身はそうだった。

私が歴史学には暗い、フランス文学の学徒にすぎないからかもしれないが、本書を読んで最も印象づけられ、考えさせられたのは、これらの歴史家たちの、「歴史家」になるまでの軌跡である。ある者は体育の教師であったし、ある者は卒論を書く寸前まで法律の学生だったと言うし、ある者の最初の二年間の中等教育は、職人になるための職業教育コースだったのだ。(従来フランスで将来学者になるようなひとは、ふつう古典教育コースに進むとされる。)

私は思うのだが、学際的とか脱領域とか、近来よく言われる新しい学問領域というものは、それを意図してつくられるものではないし、新しいタイプの学者たちは、自分の本当の好みや興味に応じて、読書し研究を続けることによって、いつしか既成の枠組みでとらえられない仕事をすることになっているのである。それは、ここでインタビューを受けている秀れた人たちの語る話からそう思われるだけでなく、私たち自身の若いころの好奇心のおもむくまま、これでは敬愛する碩学のようにはとてもなれないと自らの乱読を恥じつつ、結局その乱読の跡を自分の研究分野となしている、ごくささやかな経験に照らしても、首肯できるのだ。

こうした点で、私の個人的な好みや印象から言って、女性のアルレット・ファルジュと、地方で研究を続けるダニエル・ファーブルの章が、(どの歴史家たちも知的冒険にあふれているが、とりわけ)新鮮でダイナミックに感じられた。それにしても、かれらの冒険が若いころから現実の知的制度に受けいれられる様は、読んでいて心地よい。かれら五人の肩書が、いずれも「社会科学高等研究院」の研究者であることは偶然でないのかもしれない。

1995

『科学者たちのポール・ヴァレリー』――J・ロビンソン＝ヴァレリー編、菅野昭正他訳

今から五〇年前に、七四歳で亡くなったヴァレリーは、言うまでもなく詩人で批評家だったが、同時に科学の大の愛好家でもあった。若い頃マクスウェルの電磁気学の本を愛読し、のちに同時代の相対性理論や不確定性原理という新しい考え方を早くから理解吸収したと言われている。なにしろ彼は、万能のレオナルドやファウストに託して自らの方法を述べたひとだから、数学や物理学だけでなく、生物学や医学・生理学、認識論や言語学などの新しい動向を、ときに並行しときに先取りしているようにも見えるのである。とくに彼の死後に全貌があきらかになった『カイエ』という量、内容ともに膨大で雑多な思考のノートを読むと、その思いがする。

そのヴァレリーの科学の知識と理解の実体を、ヴァレリーを知っていた同時代の現存の科学者たちや、次の世代の（つまり現代の）科学者たちに、それぞれの専門の分野から論じてもらおうと考えて開かれたシンポジウムの記録が本書なのである。原書の刊行されたのが一九八三年なので、すでに物故の科学者も多いが、いずれもノーベル賞クラスの専門家たちで、かねてから彼を愛読してきた同時代人の科学者だけでなく、この機会にヴァレリーの作品やとりわけ『カイエ』を精読した現代の科学者たちが、異口同音に彼を賞賛し尊敬するのを知ると、本書を上梓する意義もあると思われる。こうした科学者のなかにルネ・トムやプリゴジンがいる。（心打たれるのは、シンポジウムを機会に彼の作品を読んだと言う人たちの読書の徹底ぶりであり、その熱意である。）

しかしその彼を尊敬する当の科学者の一人が、ヴァレリーの科学の理解や知識をリセの先生のように採点して、ある分野は一四点、別の分野は一八点などと（二〇点満点なのだが）言い、また別の一人が、数学の計算のテクニックはからきしないが、その科学的センスが卓越していると評するのを聞くとき、私たちは「ああやはりな」と思うとともに、彼の、いまここで問題にしている科学の知見だけでなく、文学創造や政治・歴史的洞察等すべての分野に通底する「方法」の正体のことを、あらためて考えさせられるのである。

要するにヴァレリーはつとに、（参加者たちも言う通り）そんな語が発明されるはるか以前に「学際的」だったわけだが、その意味は、私たちの身近で頻繁に行われている風な（たいていの場合意外に刺激されることの少ない）、異なる分野の専門の学者たちが集まってひとつの共通のテーマを論ずるということではなくて、ベイトソンが定義したように、一見異なるふたつ（以上）の領域の現象にある種のアナロジーを感知する（とてもスリリングな）能力のことだ。（その好例が、親族の構造を音韻論の体系をもって解明したレヴィ＝ストロースの場合だろう。）ここにヴァレリーがいまなお私たちを魅了するポイントがあるのだ。

おりしも九月には、テーマは科学ではないが、ヴァレリー学会が東京で開かれる。期待したい。

1996

芥川龍之介「枯野抄」を読んで

芥川龍之介の作品に「枯野抄」というのがあるが、これは人間のエゴイズムの描かれた小説というよりは、エゴを征服したはずの人間が再びエゴを自己に発見し、そしてそのエゴが以前のそれとはまた異なったものであった故に感じなければならなかった、「悔恨」と「不安」とを描いたものだというべきだ。

「悔恨」ということばは、最も「師匠思い」で「日ごろから恭謙の名を得」「正直者」だったという去来に発せられる。彼は師芭蕉の病気本復を祈って、万事万端世話を尽すが、そのことが彼の心の中に「意識せざる満足の種」をまくが、支考の眼にぶつかって、結局「徒に自分の骨折りぶりを満足の眼で眺めている」と反省せざるを得なくなっている。

去来のそれまでの行為は「誰に恩を着せよう気も皆無」だったことに、他のいかなる弟子よりも、自分の看病という行為が優越すると、満足しているのでないことは明白である。

自我――それは意識者が他の意識者に対して自己を区別していうことばだと辞書的に説明されるとすれば、去来の態度はその点に関するかぎり、自我を征服した態度だと言える。しかし、そのことは決して、純粋な行為としての「看病」がなされたとは言いえないのである。「看病」をここで再び辞書的意味でいえば、〈病人を看護する〉という行為だが、去来が看病した、ということは病人芭蕉を看護したことでないことは、彼が「自ら疚しい」と感じているところである。

いわば去来は、芭蕉ならぬ己自身を看護した――あるいは満足させたのだ。それもまた自我とよぶならば、それは先に述べた他人に対する自分という自己の認識ではなくして、もうひとつの意味の自我であるらしい。

一体何のために、目的のすでに失なわれてしまった行為を人間はしなければならないのだろう。どうしてそうまで自己を満足させなければならないのだろう。これは自我の第二の意味に対する問である。――それは、人間・自己の存在する理由がないからだ。そして理由なく、またそれを知らずに生きている自分の空虚な姿に、せめて満足を与えて、自分の存在意義に代えたかったからではなかったか。そうしてこのときまで――芥川のときまで――誰もそんな人間存在の事実に気づかなかった。去来、木節、其角など芥川の手になる人物が、初めてそれに気づいたのである。

去来が、自分の骨折りぶりを満足の眼でみているという言葉を吐いたとき、存在理由の解らぬ自己に満足を与える手段として、芭蕉の看護に骨折ったのだ、という「悔恨」――いいかえると人間としての「羞恥」――がおそらく彼の心窓を去来したことであろう。その事実に気づいた以上、存在理由を彼に与えるものは何もない。そして当然、自分は何故生きて存る？と疑問する。

木節は芭蕉を看た医者である。その臨終をつげたときに「果して自分は医師として、万方尽したろうかという、何時もの疑惑に遭遇」している。「医師として」ということは、「人間として」と換言できる。木節の言葉は明らかに、自分の存在をあやしみ、また不安がる人のものである。

そこで其角の、師の致死期の際の生理的なまでもの嫌悪である。これを不安な生に存在する己自身への嫌悪であり、眼前の「死」の事実に、人間存在を否定せざるを得なくなった彼の怒りの、人間の手では何ともしがたいようなものに対する人間の怒りの表現であったと説明できまいか。

1960

ドストエフスキー『白痴』

本稿の依頼を受け、気軽に引き受けたあと「しまった！」と思ったのは、「心に残った」本ならたくさんあるけれど（だから気軽に「書きます」と返事した）、そのなかから「一冊」だけを選ぶとなると大変だ、と遅まきながら気づいたからだ。

案の上選択に苦しんだ。宗教部の『レゴー』だからと考え、ドストエフスキーの『白痴』を取りあげることにした。きっと何て素直な、単純な、安易なひとだろうと思われるかもしれない。何と不遜な、恐れを知らない奴だと考えるひともいるだろう。というのも、この本はキリストのことを書いているからで（と言っても信じない読者もいるかもしれない）、その意味では『レゴー』にふさわしいけれど、そのキリスト像が真正のクリスチャンから見て受け容れられるものかどうか、それを考えるとずいぶん挑発的な本選びでもあるのだ。

ぼくはドストエフスキーの作品のなかで、『悪霊』も『地下生活者の手記』も、『白痴』と同じように偏愛してきたが、そのくせ、ドストエフスキーの愛読者と称するひとに強いて一冊を選んでもらい、『白痴』の名前を挙げる人がいると、何故か心ひそかに深い好感を抱いてしまう。それはちょうどスタンダールの『赤と黒』も『パルムの僧院』も同じ程度に好きだが、強いてと言われて『パルム』をとるひとや、大岡昇平の作品なら『武蔵野夫人』と言う人に対するのと同じように。そういう人たちには、ぼくに言わせればきっと宗教的な何かが心の底にあると思えるからだ。ぼくは自分の同僚のなかにどんな偉い学者がいても、心のなかのどこかに信仰のようなものを秘かに、隠すようにしてもっているのでなければ、敬愛することができない気がする。

ぼくが『白痴』を最初に読んだのは大学一回生の冬だった。それから卒業までに四、五回は読み返した。卒論にパスカルを選んだのは、『白痴』のムイシュキン公爵を通してぼくが勝手に思い描いたキリスト像から、パスカルの信仰や『パンセ』を読み解く鍵を見つけ出せると思ったからだ。同じころ愛読したニーチェの背後に、同じようなキリスト像を見ていたと言ったら、びっくりするひともいるかもしれない。パスカルのあと、ぼくがヴァレリーの研究をしていると知って、百八十度の転換ですねと言う人たちが結構たくさんいて困惑した。もちろんヴァレリーにそういう信仰があったとは言わないけれど、そういう信仰をちゃんと理解したうえで、例えばパスカルの信仰をからかっているのだから。

正直言って、『白痴』を読んだあとからは、『聖書』を（とくに福音書を）読むのがたのしくてたまらなくなった。（いや『聖書』の読書をたのしくしたぼくにとってのもう一冊の本に、アウエルバッハの『ミメーシス』があるけれど。）そしてそのおかげで、例えば『トマスによるイエスの幼時物語』といった外典まで面白くなった。とはいえこんな風に喋り始めると、すでに「一冊の本」の枠をどんどんはみ出していくので困るのだ。

1993

フランス語の辞書

●監修 Paul Robert: micro ROBERT《ミクロロベール》、petit ROBERT《プティロベール》 (S. N. L. -Le Robert)

各国の国語辞典が、ひとつの語の語義と用法を説明する仕方は、それぞれの国民のものの考え方を反映しているもので、英語辞典が、たいていは同義語なり類義語なりでその語を言いかえるのに対し、フランス語辞典は、いわばユークリッド幾何学の体系のように語を「定義」する。例えば、fâcher という動詞は、micro ROBERT《ミクロロベール》 辞典によれば（317ページ④参照）、1として、「いらだった状態にさせる」と定義したあとで、類義語を二つあげ、さらに実例をひとつ、日常の会話にありそうな文をつけている。このフランス語に相当すると思われる英語の動詞 anger をC・O・Dでひくと、make anger, enrage とあって、これは定義とか説明というよりも、やはり言いかえとしか言い様がない。デカルトの国と、経験主義の国との違いが表われているようではないか。

そろそろ仏仏辞典を使ってみたい気持になっている人、とりわけフランス語の抽象的（観念的とは違う）文章に苦労している人に、Robert の（micro か petit の）どちらかをすすめる。従来の仏和辞典の各語義の「訳語」を見ていたのではよく理解できなかった文章も、Robert の定義を読みつつ、さらに実例を読めば（実例として petit では作家たちからの引用文、micro では日常的な用例を示すことによって、その語義を把握させようとしている）、その文章にもどってみると、何か自分の頭が急によくなったように理解できることに気づくだろう。

●大槻鉄男他共編『クラウン仏和辞典』（三省堂）

このすぐれた、大変使いやすい仏和辞典を、他の仏和辞典（これも決して悪くはないが）と、例えばfâcherという語の記事から比較してみよう（同じく317ページ①②参照）。

（1）他動詞としてどちらも語義を三つに区分しているが、その順序が丁度逆になっている。クラウンが現代の語用から古い意味へと配列しているのに対し、他方のは逆に、歴史的な配列にしている。私たちが喋ったり手紙を書いたりするときは、クラウンによって、若い番号の語義でその語を使った方が無難だということがわかる。

（2）クラウンには、語義のあとに用例文があって、しかもその文章が、日常生活のどのようなシチュエーションで発言されたか想像しやすいものなので、その語の理解と実用に役立つ。（どういうシチュエーションで発言されたかとたえず考えることは、喋るにしろ、書くにしろ、文章をつくる想像力を養うはずである。）

（3）よい仏和辞典の条件のひとつは、例えば語義が三つある場合、その三つの語義の差異がよくわかるような日本語で訳し分けてあることである。クラウンの場合、その三つの語義の、似ていてしかも違うところがよくわかるが、他方（②）の仏和辞典では、実例がないことも重なって、それぞれのイメージが不分明である。

●G・マトレ著『フランス基本語五〇〇〇辞典』（野村他訳編、白水社）

語にはたいてい幾つもの語義と用法があり、基本語ほど、日常多用されるし、語義も多いわけである（317ページ③）。この基本語辞典は、説明がふつうの中辞典でなら数ページにも及ぶ語も、本当に基本的で多用される語義のみ（たいていの語は一つか二つ、多くて五、六つほど）をあげ、しかもクラウンのようにわかりやすい用例文（この辞書では必ず挙がっている）と日本語がついているため、複雑で把握のむずかしい語のいわば顔立ちを、一目で記憶できるようになる。例えばここでも fâcher をみると（③参照）、se fâcher という代名動詞しか載っていないことから、fâcher は現代フランス語では、代名動詞として使われることの方が多いのだと理解できる。これはクラウンのような中辞典にはできないことで、そこにこの基本語辞典の存在理由がある。

　ここにあげた三種の辞書を持って、それぞれ必要と用途に応じて使いこなせるようになったら、フランス語の言葉とつきあうたのしさを味わっていることになるだろう。

1984

● **fâcher** [faʃe] 他 ❶ 怒らせる.—Tu *as fâché* ton père. お前は父さんを怒らせたよ. ❷ 不快がらせる; 残念がらせる.—Cela me *fâche* de vous voir partir si tôt. こんなに早くあなたが出発なさるのは残念だ. ❸【古】悲嘆に暮れさせる.
——* **se～** 代動 ❶【*contre*, に】腹を立てる, 怒る.—Il *s'est fâché contre* son fils. 彼は息子に腹を立てた. Ne *vous fâchez* pas pour des riens. つまらぬことで怒りなさんな. Tais-toi, je vais *me* ～! 黙れ, 怒るぞ. *se* ～ tout rouge かんかんになる. *se* ～ de *qch* (何)のことで腹を立てる. →**s'emporter.** ❷【*avec*, と】仲たがいする.—Il *s'est fâché avec* Louis. 彼はルイと仲たがいした. Nous *nous sommes fâchés*. 我々は仲たがいした. →**se brouiller.**

◀ クラウン仏和辞典 ①

● ***fâcher** [faʃe] **1.** *v.t.* ①〔古〕(に)いや気を起させる. ②苦痛・遺憾・不快・不満を催させる. **Cela me *fâche* de + *inf.* (que + *subj.*)** … ことは私にとって辛い(残念だ). / **soit dit sans vous ～**〔俗〕失礼ながら申し上げますが. ③ 怒らせる, 立腹させる. **2.** *v. imp.*〔古〕Il me *fâche* de + *inf.* (que + *subj.*) …ことは私にとって辛い(残念だ). **3.** ***se ～** *v. pr.* ①〔古〕(*de* が)いやになる. ② (*de* に)憤慨する. ***se* ～ après (contre) qn** 人に腹を立てる. / ***se* ～ pour (un) rien** つまらぬことで腹を立てる. / ***se* ～ tout rouge** かっとなる. ③ (*avec* と) 仲たがいする.

◀ 参考のために ②

③ フランス基本語5.000辞典

● **fâcher (se)** [(sə)faʃe] 代動 ① 憤慨する, 怒る. Il *s'est fâché* contre son fils qui est arrivé en retard. 彼は遅れてきた息子に腹を立てた. ② 仲たがいする. Il a très mauvais caractère et il *s'est fâché* avec tous ses amis. 彼は非常に性質が悪く, 友人全部と仲たがいした.

● **FÂCHER** [faʃe]. *v. tr.* (1) • **1°** Mettre dans un état d'irritation. V. **Irriter, mécontenter.** *Ne sors pas, cela va fâcher ton père.* • **2°** SE FÂCHER (CONTRE). *v. pron.* Se mettre en colère. V. **Emporter (s'), irriter (s').** *Se fâcher contre qqn. Si tu continues, je vais me fâcher.* — SE FÂCHER (AVEC QQN). V. **Brouiller (se), rompre.** Récipr. *Ils se sont fâchés.*

◀ Micro Robert ④

文学のつよいきずな――山形頼洋さんの思い出

わたしは山形さんと特別個人的に親しくつきあったというわけではありません。大学時代に構内ですれ違うときや、大学近くの進々堂という喫茶店でばったり出会ったときに話をするようなあいだがらにすぎません。専攻も彼は西洋哲学で、わたしはフランス文学、学年も彼が一年上でしたから、正確に言えば同級生でも同学者というわけでもなかったのです。

大学というところは、基本的にはやはり専門教育を目的とするところだから、自分が学生であっても教師となっても、学部はもちろん学科が違えば他の学生や同僚を、顔はどこか見覚えがあっても名前は知らずただすれ違うだけの関係となるものです。まして大学院へ進み、やがて博士課程を終えるころとなると、留学したり教師となって専任校に就職し、あとは教育と研究に忙しくなって、それまで親しかった友人とさえ、すくなくとも一時疎遠となります。わたしと山形さんもまた、多少の交友はあってもお互いどこに就職しその後専門家として何を研究しているかも知らないまま、文字通り疎遠になっていたのです。だから三十年ほどたって、わたしが専任教員として長年勤めていた大学に彼もまたやってきたときには驚きました。でもおもしろいのは、お互い「あ」「ああ」と言っただけで、本当のところびっくりしたわけではありませんでした。それは、その程度のつきあいだったからというより、まるで空白の三十数年間がなかった風に、学内でまた出会ったといった具合でした。こういうつきあいも悪くありません。

わたしは自分がほとんどどんな人とも、ひさしぶりに会ってもまるで昨日別れた人と会ったみたいに、中断していた会話を続けられることを、ひそかに特技としそれを誇りに思い、これがわたし流の友情であり愛し方だと勝手に考えています。そして山形さんもまたそういう人だったのかもしれません。

そんなわけで、淡々とした交友だったけれど、学生時代の彼の印象や交わした会話をよく覚えていますし、会わなかった長い間もときどき思い出していました。ふたりとも学部の卒業論文を偶然パスカルについて書いていたので、共通の話題があったわけです。もっとも哲学科とフランス文学科とではアプローチが違っていました。彼はたしか賭の理論をおもしろがって熱心に話してくれたけれど、わたしの書いたものはパスカルの信仰について、ムイシュキン公爵をひそかにイメージしたキリスト像を『パンセ』を書く深い原動力として描いています。またふたりはしゃべるうちに立原道造のファンであることもわかりました。驚いた彼が「ぼくは彼流の詩も書くほど傾倒していたんですよ」と言ったとき、わたしも中学生の時分から詩を書いていて彼の言うことはよくわかったけれど、ぼくもそうだとはなぜか言えませんでした。詩作を口に出すことは気恥ずかしく、またそうしたとたん自分が詩人でなくなるような気がしたからです。さらにわたしは山形さんがそのころから、後に奥さんになる同級生（たしか心理学専攻）の女性といつも連れだっていたこともよく覚えています（すでに学生結婚していたのかもしれません）。ふたりは傍目から見ても思わず微笑をさそわれるほど仲むつまじい似合いのカップルで、わたしは（これも心ひそかに）、トーベ・ヤンソンのムーミン物語に登場する仲のよい夫婦トフスラン、ビフスランになぞらえていました。思いがけず急逝した彼の告別式で挨拶される夫人の姿を、ほんとうにひさしぶりに（三十年以上です）拝見して、あらためてふたりの姿をなつかしく思い出しました。

トフスラン、ビフスランが気にいられるかどうかわかりませんが。

わたしは学生時代の友人を少しずつ亡くしてゆく年齢になっていますが、亡くしたひとを思い浮かべながらしみじみ考えることは、わたしたちやそのせいぜい十歳下の世代（いま五十代？）までの人たちの精神的なバックボーン、広くて深い意味での「教養」は、文学であるということです。異論はあるかもしれませんが、文系、理系にかかわりなく、広く深い意味で「文学」だったと思うのです。たとえば最近亡くなった（だいぶ先輩になりますが）数学者の森毅さんのことを思い浮かべてください。わたしたちにとって文学が生き方のコンパスのようなものとしたら、その後の人たちにとってはそれにあたるものは一体何なんでしょう。音楽？

ともあれわたしは山形さんのことを考えるとき、ああ彼もまた、哲学をし立派な学者となっても、きっと心の奥底に文学の芯のようなものをひそかにもっていて、学問することと葛藤をしていたにちがいないと思うのです。ここで言う文学というのは、カフカや中島敦が「わたしは文学以外のなにものでもない」と言ったようなつよい意味合いです。つきあいの長短、濃淡にかかわりなく、そこの一点でわたしたちはつながっていたと思うのです。

2011

追悼　松尾国彦

今日は松尾君が亡くなって丁度一年がたち、お墓に納骨を済ませました。そのあとで、いまはここで昼食をかねて偲ぶ会を行っているわけです。このお店は、彼が京都から南大泉の自宅にもどるとかならず何度か、奥さんとあるいは一人で立ち寄り、いつも決まった食事と酒を注文していた場所だそうです。みなさんは中学、高校、大学の同級生なのでよくご存知だと思いますが、彼は酒と食べ物にうるさくて、京都でもひとりで美味しい店を見つけてきては、酒の飲めないわたしを連れ出してくれたものですが、そんな彼の気に入りのこのお店も、やはり美味しいですね。

ここにいる人達の中で、京都の大学院時代の友人はわたしひとりのようなので、彼のその頃の話をします。彼が修士課程に入ってきたときの印象は、どこか超然としたところがあって、わたしには正直フレンドリーといった雰囲気が感じられなかったのに、何故かすぐ友達になっていました。彼は学生時代からアルバイトをして経済的に自立しており、それを自慢する気配があり（ということは、実家にそうさせる経済的な理由も必要もないのだな、とこちらにはすぐわかりました）、すでに社会をよく知っているのだと、とくにわたしに匂わせる風でしたが。いま考えると、彼は理由はわからないがいわば突っ張っていたのです。こう言うと厚かましいかもしれませんが、わたしが、彼から見ると経済的に仕送りも受け、世間も知らなさそうなのに、彼のその種のこだわりには無頓着に、一気に、彼が他方で本領と自負する文学や言葉の領分にひきずりこんだ、ということだったのではと思うのです。

彼はわたしに本当にフレンドリーだったと思います。修士論文はフランス語で書くことになっており、フランス語に自信のあった彼は、ヴァレリーという詩人について書いたわたしの修士論文を読んでチェックしてくれただけでなく（仏文仲間でそんなことをし合うことはありません）、つてを探して、ヴァレリーの専門家でたしか外交官である父親をもつフランス人留学生に引き合わせてくれ、東京の今は全く覚えていないどこかの宿舎に三人で一泊して、さらなるチェックを受けさせてくれたのです。

また彼は、彼が家庭教師をした現在の奥さんが、まだ京都で日本画の修業をしていた頃、奥さんの大泉の実家に（奥さんの言では、まだ婚約していたかいなかったの状態だったらしい）、まるで自分の実家であるかのように、わたしを連れてゆくこともしています（わたしはついに彼の実家を知らないで終わった）。たぶんその京都時代に、奥さんは彼の肖像画を油彩で描き、わたしは彼から見せられたが、本当にいい作品でした。ちなみにわたしの肖像画も描いてくれたのですが、はるかに彼のがいい。まあ当然ですが（笑）。その後の砂や砂漠の作品と並べても、奥さんの一番の傑作だといまも思います。若い頃にしか実現できない傑作が、ジャンルを問わず確かにありますよね。要するにわたしは、勉強の面でも家庭的な面でも、彼から心からの歓待を受けていたのです。

勉強といえば、彼が京都に来て二年ほど経つたころ、いわゆる六八年の世界的な大学紛争が起こりました。大学が封鎖されたのをいい機会に、わたしたち仲間で「進々堂大学」と称して、すぐ近くのカフェでフランス語の原書の読書会を始めたのです。ブランショとかバルトとかラカンといった、当時流行っている、しかしひとりで読むには少々骨が折れると思える作家たちの本を選んで輪読するものです。五人のメンバーは年齢は少しずつずれているが、お互い「さん」とか「君」とかつけずに呼びすてで、議論はそれ以上に自由活発で侃々諤々、遠慮なく言い合ったのにしこりが全く残らないのは、それぞれ相手の自信と敬意とがわかっていたからです。会は昼食のパンとコーヒーをとって夕方六時まで。あとは三条鴨川西詰め地下のちゃんとしたステーキハウスで本物のハンバーグを食べたあと、近くのビリヤードでローテーションをやって一〇時に解散というのが毎週の決まったコースでした。本当によく学びよく遊んだと思う。五人の中で関西弁でないのは彼だけでしたが、楽しみ寛いでいる様子だった。

奥さんから、彼が夏休み中の大学の官舎で階段から転落して意識がないという電話をもらったとき、わたしは、彼が京都に来て間もない頃、銀閣寺界隈の路上で転倒して意識不明のまま救急病院に運ばれた出来事をすぐ思い出しました。彼と同じ下宿にいた仏文の先輩が、知らせてくれたのです。わたしも、銀閣寺参道の近くで下宿していたもので。病院には東京からご両親もかけつけ、お母さんは彼の横の簡易ベッドに泊まり込んで、退院まで世話をしておられました。奥さんはまだ学生でパリの美大に留学中です。結局事情は車にはねられたのか、飲みすぎての転倒なのか、わからず終いだった。

去年の高知での告別式で、わたしは短い弔辞を述べたのですが、自分の背後に、式の世話をされた大学の関係者数人と奥さんしかいないような気持ちで（実際は学生たちや親族、友人、大勢いたらしいのに）ひたすら式の寂しさを感じていました。

2003

びわ湖の誘い

「住む」という言葉の語源が「澄む」にあって、心が澄んでくる、落ちついてくるの意だとの説明をある詩人の本で読んだとき、大いに腑におちる思いがした。そのとき私が納得したことは、自分は、建てる予定があってもなくても、家の設計図を描くのが好きだし、また、それとは別に、澄んだ川や流れをながめているのも好きだが、自分のこの無関係な二つの好みが、実は深いところで関係があるのだということだった。

私が現在住んでいるのは大津市で、京都の左京区と境を接している、海抜四百メートルほどの丘の上の団地である。ここに住むことに満足している理由はいくつかある。私は、小さくても山の天辺に住むことが単純に好きなのである。そのくせ、比叡山という、ここよりも高い山を見あげることも出来るのが好きだ。またここが、都市《まち》（京都）と都市《まち》（大津）とをつなぐ廊下の中間にあって、しかもどちらの町の人たちからも、へんぴな土地《ところ》だと（住みはじめたころも、今も）見做されているらしいことが気に入っている、等々。しかし何よりも私の満足を形成するものは、やはりびわ湖という湖の存在である。その満足は、ここから大きな湖を鳥になったように見おろし遠望できることだけではなく、下に降りれば、その湖が大きいので、その周辺を歩きつくすことは、自分がまるで虫になったように、限りがないという気持ちにさせられるということからも来ているのである。私はこの湖を何回かに分けて自転車で一周、また（このエッセイを書いたあと）車でも一周を果たした程度にすぎないけれど、湖西、湖北、湖東、湖南、どの風景からも、それぞれに慰撫を受ける思いがする。こうした慰めは、「水」という本来透明な物質のイメージがもたらすものだろう。私はここに住んで、心が澄むのである。

とはいえ、私の心のなかには、一ヶ所に落ちつくことに対する憧れと警戒とがつねに同居しているような気がする。この二律背反のせいで、私は自分の生まれ育った四国の一都市に帰って住みたいとは思わないのだし、大学以来二十数年、勉強と仕事の場であり続ける京都を、第二のふるさとと感じることもできないのだ。京都に住みなれた頃、たまに東京に出かけ新幹線で戻ってくるたび、私はきまって関ヶ原あたりで周囲の風景が突然に静まる印象を受け、米原までくると、「ああ帰ってきた」という安堵を覚えるようになったものであるが、今となっては、それが実は京都の地霊のなせるわざではなく、びわ湖という大きな湖のもたらす力であることがわかる。

なぜなら、北陸からの帰路、敦賀を経て深坂トンネルを抜けて湖北の風景を一望するときにも、私は同じような安らぎを感じるからだ。一ヶ所に安住することで、心が澄むどころか、却って物事への批判の眼が働かなくなることもあると警戒しつつ、私はこの国に惹かれている。

私には、旅を愛し、また旅を自らに課した芭蕉が、近江の国をことのほか愛した気持ちがよくわかるのである。

1988

絵をかくよろこび

わたしは小学二年生のとき、コンテで絵をかいていて自分なりに遠近法を発見しました。以来立体的に描くことが大きなよろこびになりました。

しかし二次元の紙のうえに三次元のこの世界を再現することはむずかしい問題です。

わたしは大学生になったころ、すっかり絵がかけなくなりました。四〇代も半ばになり、自分の来し方行く末を考えるようになったとき、なぜかふっきれた思いで、もう「世界の奥行き」なんて考えることをやめたのです。呪縛から解放されたみたいに、わたしは絵をかくことがたのしくてたまらなくなりました。その結果がみなさまにご覧いただくような絵になりました。でも軽快な絵のなかに「奥行きへの関心」が相変わらず垣間見える気がします。

2014

映画好きのルーツ

映画好きになるには、ひとそれぞれの来歴があるのだろうが、ぼくの場合、ともかく小学生の頃から、気がつくとほとんど毎週、それも友達と連れ立つよりも、たいてい一人で、街なかの映画館に通っていた。ほとんど毎週というのは、その頃はたしか一週間に一度、上映物《だしもの》が入れ替わっていたからで（それほど映画が量産されていた）、今から考えるとちょっと不思議なのは、当時の小学校や中学校にも父兄同伴でなければ映画館に入ってはいけないといった類の校則があったはずなのに、ぼくの場合、たとえば高校生がトイレに隠れてタバコを吸う風な、校則を破るよろこびのようなものを感じた記憶はまったくない。それくらい、ぼくは、こんなに面白い映画というものを禁止するひとがいるはずがない、だから校則はまったくの形式的なものだと、確信していたような気がする。ぼくにとってさいわいだったのは、家庭が店員さんやお客さんの出入りの多い商家だったせいで、子供の行動に寛大であり、とりわけ父が小さな子供の趣味や嗜好を大切にしてくれるひとだったことだろう。中学生になって眼も肥え、映画館はいくつもあるのだから、一週間に二、三日連続して観に行くようなことが起こったときは、さすがに本当にそんなに映画館へ行っているのか確かめられたことがあったけれど、本当のことだとわかると、父はウーンとうなっただけだった。

ぼくはその頃から（つまり小学生の頃から）、映画は何より娯楽だと信じていたので、たとえば芸術祭参加作品と謳ってあると、生意気にも決して観に行こうとしなかった。中学一年生になって、「日本シナリオ文学全集」というのを読み始め、黒沢明の「生きる」をシナリオで読んで感激したとき、しまった！そうした映画も観ておけばよかったと自分の「偏見」を後悔したけれど、それでも好んで観るのは、相変わらず西部劇だった。しかしこの頃徹底して、たとえ作品は低級でも映画の愉しさを追ったおかげで、ぼくの映画好きが今でも続いていると思うのだ。(よくも悪くも、ぼくの映画鑑賞にインテリ臭のないのも、このおかげだと思いませんか、みなさん。)

1990

パリの映画館

在外研究でパリにいた二年間に百本ほど映画を観ました、と話すと、たいていの人には驚かれ、親しい友人や学生には研究をちゃんとやっていたのかとひやかされる。しかし数少ない映画マニアには、たったそれだけかといった顔をされることもある。百本というと多いようでも、二年間にそれだけだとほぼ一週間に一本しか観なかったことになり、フランスの、とくにパリでの映画を観るためのめぐまれた環境を考えれば、もっと観ておくべきだったという思いがつよい。しかしやりたいことがあまりにも多くて、一日が四十八時間あればどんなにいいだろうと感じていたぼくにとっては、日本で見られない邦画・洋画を観ることもひとつの目的としていたけれども、この程度の本数しか観られなかった。

パリおよびそのごく近辺にある映画館の数はおおよそ四百、一つのホールしかもたない小さな映画館も少なくないが、たいていは大きなホールを二つほど、最も多くは七つの、百人から二百人程度それぞれ収容できる小さなホールに分けて、おのおの別のプログラムでやっており（新京極の「美松」系列のようなものだが(*)、場内はもっと小さい）、なかには、たとえば「ヒチコック特集《フェスティバル》」を組んでいる同一のホールで、時間帯と曜日とに数本から十数本の彼のフィルムを配分して、一週間のあいだに全部まとめて鑑賞することができるようにもなっている。それに同じ映画を別の映画館で同時にやっている場合もあって、単純に映画館の数に、平均したホール数をかけたものが、パリで観られるフィルムの数とはいえないけれど、ともかくこんなにたくさんの数と多様な映画にふれることのできるところは多分どこにもないだろう。
百本のうち、日本ではまずもう見られないだろうと思って観た日本映画はその五分の一で（大島渚の『愛のコリーダ』も含まれる）、黒沢、溝口、小津などよくあったが、八二年には成瀬巳喜男のものがとりあげられることが多く、うち五本まとめて観られたのは思わぬ収穫だった。
料金は一般でふつうは八百円ほど、毎回入れ替え制だから、上映の十分ぐらい前にはたくさんの人数の行列ができ、前回の上映分の客が出終わるまで内に入れてもらえないため、そのままにぎやかにお喋りしつつ待っているのだが、その列のなかで、向こうでできた友達と一緒にいるときは言うまでもなく、ひとりぼっちで話す相手もないまま黙って立っていても、まるでパリには娯楽といっては映画しかないのかしらんと思いかねないほど、たのしそうな映画好きな人たちにかこまれていると、不思議に幸せで満ちたりた気持になるのだった。

（＊）現在の用語でいえばシネコン（シネマコンプレックス）。パリではこんな昔からシネコンが存在していた。

1983

一九六〇年の頃

わたしが在校したのは、五九年（昭和三四年）四月からの三年間で、『渦の音』の編集に参加したのは二年生のときでした。いまではほぼ四〇年前のことになるのですね。

その頃がどういう時代だったかとっさに思い出すことはできないのですが、わたしたちの六〇年版『渦の音』（復刊第七号）には、「年表」というものがあって、その編集の年に起こった学園内外のさまざまな出来事が、ずいぶん詳しく記録されてあるのです。それによれば一九六〇年は「日米新安保調印」とその反対デモでの樺美智子さんの死や、ケネディ大統領就任の年であり、フランスが第四の核保有国となり、オリンピックがローマで開催され、北杜夫、司馬遼太郎、池波正太郎たちがそれぞれ芥川賞、直木賞をもらった年であることがわかります。学内では一月にマラソン大会でH君が死亡し、詩を書いていたT君が自死したこと、また生徒会長のなり手がなく、空白のまま三ヶ月続いたことも書かれてあります。おかげでわたしはいろいろなことを思い出すことができます。

個人的なことですが、わたしは前年に父を病気で思いがけず喪くしており、死そのものに敏感になるあまり、樺美智子さんの死やフランスの原爆実験に激しく憤るものの、政治の方には向かわず逆に内向し、デモのニュースを片目で追いながらも、本邦初公開というオーソン・ウエルズ監督の「市民ケーン」をＮＨＫのＴＶで夢中になって観ていたものでした。

こんな風に語っても、そこから時代をイメージできるのは先生方やご父兄や、ひょっとしてこれを目にするかもしれない卒業生たちであって、肝心の現在の生徒のみなさんではないでしょう。じつは今回のこの原稿のご依頼を受けて、早速わたしたちの編集号をとりだして、お送りいただいた最新号（九八年版／復刊第四五号）と見較べてみたのです。わたしは毎年新しい大学生を教えており、近頃の若者が変わったなどとあまり感じないし、またそんな風に感じないように心がけた方がよいと考えているのですが、それでも顕著な変化を感じないではいられませんでした。

それはわたしたちの時代が、生き方も自己表現も広い意味で「文学」に影響を受け、それに依ってきたと思えるのに対して、最近の高校生たちにとって、それが「音楽」であるのではないかということです。それはここ二〇年、学園祭で生徒たちがオペラを上演してきたという記録に象徴されることで、わたしたちがその同じ学園祭でクラスごとに競演したのは演劇だったからです。ちなみにわたしたちの号の編集委員は桂富士郎、阿部文明そしてみなさんよくご存じの板羽淳という、とても文学的な三人の先生たちでした。かく言うわたしも生意気な文学少年だった。

1999

「なんで外国語を二つも勉強せなあかんのですか、先生？」

――先生は第二外国語のフランス語を担当されているのですが、今日はとくにフランス語ということでなく、ドイツ語、中国語、スペイン語、ロシア語、その他も含めた、第二外国語全般について質問します。
大学の語学は、いわゆる「教養語学」と言って、実践（読み書き話す）にあまり役立たない、という声を大学の内外で耳にするのですが……。

新学期の最初の授業のときによく学生から受ける質問に、「先生の授業に一年間ちゃんと出たら、フランス語が喋れるようになりますか」っていうのがあるんですが、ぼくは、内心胸を痛めながらも、あっさりと、「ぼくの授業に一年間出たところで話せるようにも読めるようにもなりません」（笑）と答えてしまう。教師のほうがいともあっさりと（笑）そう言い切ってしまうので、みんな思わず笑いだすとともに、あきれ顔になってきます。語学の、とくに初級の文法の修得は、短期に集中的にやってしまうのが効果的なんで、現在の体制のように、一年間に二十数回の授業を、夏休み冬休みをはさんで分散させるのでなく、たとえば半期制《ゼメスター》にして、毎日とはいかなくても週三回ほどの集中式で前期に文法をきちんと教えてしまい、一年分の単位を与える。あとは後期に、本人の希望に応じて会話コースか読本コースを（あるいは両方を）選ばせる（これも週三回)。それ以上必要のない者はこれで中止してもよいし、さらに希望する者には、二年次、三年次、四年次にも、継続的に(あるいは断続的に)、半期制の中級、上級の会話や講読クラスを自由に、いつでも、いくつでも受講できるような、カリキュラムになるといいですね。つまり、初級文法の「短期集中」と、その後の「長期継続」の保証です。

そんなわけで、最初の質問をした学生には、「君が話すことができるようになりたければ、授業のほかに、どこかの会話学校へ通わなければならないし、原書がちゃんと読めるようになりたければ、授業のほかに、毎日一、二時間、自分で対訳叢書でも読み続けなければならない」と答えます。この「授業のほかに」というところに、将来、語学や文学等を専門にしようとするわけでない多くの学生にとっての、第二語学のうっとうしさやしんどさがあると思う。ぼくら教師は、現在のカリキュラムでは、外国語を話したり読んだりするための初歩の、さらに手ほどきができるにすぎないんです。

—大学の語学授業に出ても、それだけでは喋れるようにも読めるようにもならないというのなら、大学でわたしたちが第二外国語を勉強する目的は一体何ですか?

「目的」というのなら、やはり、外国語を喋る能力をつけるためとか、原書を読む能力を養うため、といったことになるだろうけれど、それは勉強する学生一人ひとりで異なっているはずです。問題は、実は、そういった目的とか動機(モチヴェーション)を、たいていの学生自身がいずれかの第二外国語を選択する前にもっているはずなのに、もっていない、ということだと思う。それは、現在の制度のように、第二外国語が「必修」科目になっている以上、つまり学ぶ必要や動機などが本人になくても履修を強制されているということなのだから、当然のことなのです。もっとも、動機づけがなくても授業に出ているというのは、何も第二外国語に限りませんがね。

ぼくは、大学は、小学校、中学校、高校と違って、先生が教育（知識）をさずけるところではなくて、本当は、学生が問題を見つけ自分で勉強し研究する態度や能力を身につけるための「手ほどき」をするにすぎない場所だと考えています。「講義」と称して大学の授業でやっていることは、教師が自分で専門に研究していることがら（研究の対象、経緯、結論などの一切）を、いわば一例として示すことによって学生に手ほどきしているのだ、ということです。他方、学生の仕事とは、自分の興味、関心、「勘」、必要に従って（これが動機づけ《モチヴェーション》ということ）「講義」を自由に選択し、自分なりの勉強や「研究」を（たとえまだ幼稚でもいい）形造ることになります。だから大学では、原則的にはどの科目も自由選択であるべきだし、それとともに、学生が必要を感じたときにいつでもその科目が履修できるような態勢になっていなければならないのです。モチヴェーションがまだない段階で無理して履修しても、ただ単位をとるためだけの勉強に終わるのは当たり前とも言えますね。

――それにしても、なぜ第二外国語が、「選択必修」科目になっているんでしょうか？

学生にとっては大きなお世話かもしれないけれど、語学というのは若いうちにやる方が修得しやすいのは確かなので、多分、老婆心から、早手まわしに履修を強いているという面があります。

—さきに、モチヴェーションのない学生にとって「しんどい、うっとうしい」と言われた第二外国語に少しでも親しめるように、テキストを学ぶ以外に、何か楽しい方法はありませんか？

うーん、たとえばフランス語の場合なら、シャンソンを聴くとよいとか、フランス映画を観るように心掛けたらよいとか答えればいいのだろうけど（笑）、ないですね。ぼくはなにごとでも、それが〝楽しい〟と感じられるのは、それに知的な関心をかきたてられ、知的な理解を得られるときだと思う。シャンソンや映画でムードづくりをしてフランス語が楽しくなることもあるだろうけれど、ちょっと考えてみればわかるんですが、本当は逆で、ことばが「理解」されると、シャンソンや映画が本当に〝楽しく〟なってくるんじゃないですか。語学のためにやれば、せっかく楽しいシャンソンや映画がかえって面白くなくなってしまう気がします。

フランス語の授業を受けることが本当に楽しくなるのは、むずかしい文法事項や、ややこしい言葉のしくみが、その先生のやさしい説明で、目からうろこが落ちるみたいに理解される、しかもその理解のおかげで、その国語を使っているフランス人の国民性なども見えてくる、そんな経験をするときだと思う。手ほどきができるにすぎないぼくら教師が、少なくともぼくが、心掛けなければならないと考えているのは、そうした知的な理解のよろこびと刺激の与えられる授業をすることです。そうした刺激とよろこびがあれば、あとは自分たちで勉強を持続させてくれると思います。

—そこで、自分で勉強する場合、よい参考書とかその選び方なんてありますか？

とくにありません。何か、愛想なしの返事ばっかりで（笑）。大切なのは、よい参考書をもつことを気にするより、どうせ初級の必要十分の文法事項というのは、どの参考書にももらさずとりあげられているものなので、店頭で自分がわかりやすそうだと思って買ったものをよい参考書だと信じて、最後まで読み通すことだと思います。そんなことより、正規の授業以外にも、もっともっと教師を活用したらいいんですよ、どんどん質問することによって。高い授業料を払っているのだし、授業は四年間の無料アフターサービスつき（笑）だと考えたらいい。

　授業のほかに会話学校に通っているけれど、しばらくやっていても進歩がないと感じて挫折しかかっているひとに、ぼくがよくする話があるんです。語学というのは（とくに話す能力についてよく言えるのですが）、コップに水を入れるようなもので、器に一分目入っていても、九分九厘入っていても、あふれだしてくるまでは、水が溜まっていることが、本人にも他人目《そとめ》にもわからないものなんです。ぼくは、成果が見えてこない努力は二年つづき、三年目に入ると溜めてきた能力があふれはじめると考えています。だから、たとえば一年半ほど努力したあげく弱音を吐いたひとに、あと半年、だまされたと思ってつづけてごらんと言うんです。こんな助言に素直にだまされて、がまんしつづけたひとは、たいてい目をかがやかせる日が来ているし、ものにしています。

——最後に、第二外国語を学ぶことの意味について、先生はどう考えてられますか？　さきにたずねた「目的」のことではなくて、別の言い方をすると、先生、なんで外国語を二つも勉強しないといけないのですか？

それについてはゲーテというひとの至言《しげん》があります。「少なくとも外国語を二つ知らなければ、自分の国の言葉はわからない」というんです。ものごとの認識とは、つまるところ他のものと比較することにあると思うんですが、たとえば英語（第一の外国語）と日本語（自国語）を比較するだけでは、両者間の差異と類似の認識はまだ平板《へいばん》なのですが、さらに、たとえばフランス語（第二の外国語）とそれぞれを比較することで、はじめて、この認識が立体的になってくる。英語対日本語、フランス語対日本語の対比の他に、英語対フランス語という第三の対比ができることで、「差異」と「類似」が文字通り立体的になると思いませんか？　「類似」があるという発見は大きいですよ。英語とフランス語との間にも、「差異」と「類似」があるわけで。しかもこの至言の至言たるゆえんは、こうして外国語を学び比較することが、結局のところ自国語を理解し愛することになる、しかも客観的に、ごく自然に、と言っている点です。ぼく自身をふりかえってみても、まったくそう思います。外国文学を夢中で勉強してきたつもりが、ふと気づくと、同時に、日本の現代や古典の文学に対する自分の関心の深まりを見いだし驚きます。みなさんも、今は強制的に学ばせられているとしか感じられない第二外国語のおかげで、きっと英語や日本語にこれまでとは違った興味を抱きはじめるようになるのじゃないかな。

—外国語を勉強することが、実は自国語をよく知るためだとは、本当に予期しない答えでした。改めて新鮮な眼で第二外国語を見直す思いです。今日はどうもありがとうございました。

ちょっと待って。もうひとこと、つけ加えさせてください。世界共通語（たとえばエスペラント語のような）が普及したら、外国語をたくさん学ぶ必要がなくなるのに、と考えているひとはいませんか。言うまでもないことですが、外国語を学ぶことは、自国語をよく知るためだけでなく、何よりも、その国の人々の考え方を理解しようと試みることであって、これは、どこの国の国語でもない世界共通語をこしらえて平和のために普及させることよりも、実はもっと平和で豊かな行為かもしれないと思うのです。なぜなら、ひとつの国語は、その国語を話す人々の間の伝達の道具であるだけでなく、かれらの文化と歴史でもあるのですが、意思疎通のために人為的にこしらえられた世界共通語は、さまざまな人種、民族の間の平等な意思の伝達の道具としてはすぐれていても、その背後にかれらの個々の文化や歴史が存在するわけではないからです。それに、たとえたったひとつの言葉を同じ発音で人々が喋っていても、やがて、長い年月のうちには方言も生じ、まるで伝達《コミュニケーション》しあえないたくさんの言語に分れてしまうことは、聖書のバベルの塔の物語の教えるところだとぼくは思うんです。だから、統一することよりも、むしろ積極的に、みんなの顔や個性が異なるように、異なる考え方や話し方や言語が存在することを認めたうえで、その言語（つまり外国語）を学ぼうとすることの方が、はるかに優しい平和な行為なのです。単位をもらうために、しちめんどうくさい異国の文法規則を覚えようと苦労しているとき、実はそうと知らずに、優しい平和な仕事に従事しているのだということを思い出して、慰めとしてください。

〈先生のすすめる本〉

自分自身で探して下さい。どんな分野の、どんな傾向の、どんな著作家（文学者、科学者等に限らない）でもいいので、自分で気に入ったり、気になったりしたひとのものを、できるだけたくさん（できれば全集を）読んでみること。

以下はわたしにとって文句なしに面白かったものを、思い出すままにあげてみました。とくに、『ゲーデルの証明』は読後、興奮して眠れなかったほどです。

・『ミメーシス』アウエルバッハ、筑摩叢書
・『抽象と感情移入』ヴォリンゲル、岩波文庫
・『言語起源論』ヘルダー、大修館書店
・『ポール・ロワイヤル文法』ランスロー、アルノー、大修館書店
・『ゲーデルの証明―数学から超数学へ―』ナーゲル、ニューマン、白揚社
・『悲しき熱帯』レヴィ＝ストロース、中央公論社

1985

〈贈る言葉〉なんだかんだ言っても自由

わたしは二九歳で専任講師として本学で務め始めて三六年になりますが、その間にときどき、本学を何らかの不満があって辞めた人が、いろいろ職場を変えたけれど、結局あの大学が一番自由な大学だった、と言っていると耳にしてきました。わたし自身は、飛び出したくなるような気持ちも飛び出せる機会もまったくなかったわけではないけれど、こんなに長い期間お世話になりました。それは、結局ここには自由の精神があるということを、直感的に感じ続けていたからです。この自由は、声高にではなく（言えば、それを否定する人が必ずいるはずですから）、密かに、言葉にしないで、感じているべきことですが。（わたしがいまここで書いてしまったわけは、もう辞めるからです。）職場のすべての人が自由を体現しているわけではもちろんなく、でもときどきそうした最良の部分を感じさせるひと（学生や先生や職員さん）に出会って、伝統のようなものを痛感します。わたしの高校時代の英語の本学出身の先生が、「あの大学はいい学校なんだよ」と言っていたことを、なぜかよく覚えています。わたしのように、本学に学んでいなくて、しかも長く務めた、そのうえ批判精神の旺盛な人間（フランス文学を研究して学んだ最良のものが自由と批評の精神です）が言うのだから本当です。どうぞみなさん大切に（密かに）守ってください。

2009

レリー
= 1996 ／『週刊ポスト』7 月 26 日号（小学館）
・芥川龍之介「枯野抄」を読んで
= 1960 ／「徳島城南新聞 10 月 30 日号（徳島県立城南高等学校）
・ドストエフスキー『白痴』
= 1993 ／『レゴー』22 号／特集：読書（同志社大学宗教部）
・フランス語の辞書
= 1984 ／『レゴー』8 号／文献解題：辞書（同志社大学宗教部）

・文学のつよいきづな――山形頼洋さんの思い出
= 2011 ／『理解と独創の人　山形頼洋の思い出』（同書刊行会）
・追悼 松尾国彦
= 2003 ／ 1 回忌メモ

・びわ湖の誘い
= 1988 ／「中小企業しが」No. 250（滋賀県中小企業団体中央会）
・絵をかくよろこび
= 2014 ／東宏治スケッチ展にさいして（アートライフみつはし）
・映画好きのルーツ
= 1990 ／同志社大学通信 81
・パリの映画館
= 1983 ／同志社大学通信 45
・1960 年のころ
= 1999 ／『渦の音』創刊 100 号記念号（徳島県立城南高等学校）

・なんで外国語を二つも勉強せなあかんのですか、先生？
= 1988 ／私学同志社
・〈先生のすすめる本〉
= 1985 ／「先生のすすめるこの一冊」（同志社大学消費生活共同組合）
・〈贈る言葉〉
= 2009 ／同志社大学広報 No. 407

Ⅲ　短文集

・ヴァレリーを読むよろこび
　　＝ 2005 ／平凡社ライブラリー版『ヴァレリー・セレクション（上）』
・文学という作品で行為であるもの
　　＝ 1998 ／平凡社ライブラリー版マルト・ロベール『カフカのように孤独に』

・ムーミン谷に学校がないわけ
　　＝ 1992 ／毎日新聞 8 月 20 日夕刊
・ヤンソンと島の生活
　　＝ 1992 年のノート
・『ムーミンパパの手帖』のこと
　　＝ 1992 ／「書標」1992 年 5 月号（ジュンク堂）
・読書会へのメッセージ
　　＝ 2009 ／大阪教育大学附属天王寺中学校／「異年令による読書会」

・J・デリダ（三浦孝信訳）『カフカ論―掟の門前をめぐって』
　　＝ 1986 ／『週刊ポスト』10 月 3 日号（小学館）
・P・ヴァレリー（恒川邦夫訳）『純粋および応用アナーキー原理』
　　＝ 1987 ／『週刊ポスト』5 月 15 日号（小学館）
・渡辺一民『林達雄とその時代』
　　＝ 1988 ／『週刊ポスト』12 月 9 日号（小学館）
・坂部恵『鏡のなかの日常』
　　＝ 1989 ／『週刊ポスト』7 月 28 日号（小学館）
・A・コルバン（杉村和子他監訳）『娼婦』
　　＝ 1991 ／『週刊ポスト』7 月 12 日号（小学館）
・Ph・ソレルス（宮林寛訳）『例外の理論』
　　＝ 1991 ／『週刊ポスト』10 月 18 日号（小学館）
・宮島喬『ひとつのヨーロッパ　いくつものヨーロッパ』
　　＝ 1992 ／『週刊ポスト』10 月 12 日号（小学館）
・三原弟平『カフカ『変身』注釈』
　　＝ 1995 ／『週刊ポスト』5 月 26 日号（小学館）
・福井憲彦編『歴史の愉しみ・歴史家への道』
　　＝ 1995 ／『週刊ポスト』12 月 8 日号（小学館）
・J・ロビンソン＝ヴァレリー（菅野昭正他訳）『科学者たちのポール・ヴァ

執筆・初出一覧

I　話しことばで

・認識の根底にある単純な体系
　＝ 2008 ／『科学と人文系文化のクロスロード』（石黒武彦編、萌書房）
・レベルの整理
　＝ 2005 ／同志社大学ヒューマン・セキュリティ研究センター年報第 2 号
・「ひらめき！」に至るまえに
　＝ 2006 年のノートに加筆
・15|16 歳でわたしが考えたこと
　＝ 2009 年 3 月定年時の挨拶メモ

II　書きことばで

・パスカルにおける「イエス・キリスト」
　＝ 1966 ／ランシア 11 号（京都大学フランス文学研究室）
・スタンダールの文体
　＝ 1972 ／京都女子大学人文論叢 21 号
・テスト氏の方法
　＝ 1975 ／同志社大学外国文学研究 11 号
・テスト氏の文体
　＝ 1985 ／同志社大学外国文学研究 42 号
・メグレの方法
　＝ 1984 ／同志社大学外国文学研究 39 号
・メグレの文体
　＝ 1984 ／『ふらんす』60 周年記念号（白水社）
・二つの言語のあいだの思考
　＝ 1985 ／『レゴー』11 号／特集：翻訳（同志社大学宗教部）
・小さな模型と大きな世界
　＝ 1998 ／『ユリイカ』4 月号／特集：トーベヤンソンとムーミンの世界（青土社）
・ジャコメッティと写真
　＝ 2002 ／『言語文化』5 巻 1 号（同志社大学言語文化学会）

あとがき

1

ここに集めた文章は、おおむね、わたしが勤めた大学の紀要や雑誌、また研究会で発表したものと、その他学外の場所で書いた書評やエッセイなどの短文です。I部の「話しことばで」には、メモをもとに文字通り口頭でしゃべった内容を、紀要や本に掲載するために思い出しながら文章化したものです。たとえば録音を文章に起こしたものではありませんが、文字にしながら、論文（広い意味で。学術論文の意に限っているわけではありません）の執筆時と違って、とても自由な思い、開放感を覚えました。いわば、そんなはずはないのに、言語という枠からの解放といった感じ。おかげでわたしは自分なりに晩年の文体を手に入れた気がします。自分が書いたものを本書にまとめるとき、あえて「話しことばで」、「書きことばで」と名づけて分類したのは、こうした経験があったからです(*)。

（＊）フランス語のパロールとかエクリチュールとかの語を使うつもりはありません。そもそも、そうした概念や用語が紹介され始めたとき、わたしは最初から、「話しことば」「書きことば」で理解していたので。

Ⅱ部の「書きことばで」に収めた9篇を校正しながら読み返したとき、とくに二〇代三〇代の文章を読みつつ、その集中度や徹底ぶりに驚きながらも、まるで肩肘張ったような、気負い立った様子に、顔が赤らむ思いがしました。もちろん当時本人にはそんな自覚はなかったけれど、どこかで孤立感を覚えていた気がします。（生田〔耕作〕先生に、なんでそんなに他人を拒否するような文章になるんですか、と言われたことがあります。）

Ⅲ部の「短文集」には、書評のような集めやすいものだけでなく、短くても、わたしらしい考えの伺えるものをあえて選んでみました。雑然としていますが、Ⅰ部やⅡ部の論とは違ったわたしの側面を（ちょっと私的な面も含めて）見せたかったのです。

本書のタイトルにもした「15―16歳でわたしが考えたこと」という文章は、わたしの六五歳の定年時のあいさつですが（実際にしゃべったのは、最初の⅓くらいまで。「森に帰るオランウータンの気持ち……」あたりまで）、もちろん、わたしの学生時代の先生たちの定年退官の最終講義でもあるまいし、短い時間の比較的長めのあいさつなので、多少意外な印象を残すかもしれないことがらを話せればといったところでした。本書に収めたものが長くなっているのは、いわばわたしの知的自伝とする本来の意図があるからです。わたしがこれまで書いたもの（本書に入ったものも含めて）すべてのバックボーンをなすもので、何かを読んでくれたひとが、そういうことだったのかと理解し納得してくれることを願っているのです。

2

わたしが本書を出版する理由は二つあります。ひとつは、Ⅰ部とⅡ部の13篇は、（ムーミン論である「小さな模型と大きな世界」以外、）いずれも発表の場が大学の紀要なので、読み手が限られており、正直もっと広く、一般の読者の目に触れさせたいと考えたからです。ふたつ目の動機は、野心めいたもの（といってもささやかなもの）です。わたしはこれまで翻訳は別にして、四冊、自分の本をだしていますが、それらの上に、本書と、計画中の二冊を加えて、自分なりのいわば「全集」にしたいと思ったのです。全集という言葉を見て、思わず失笑し呆れる方もいるはずです。この語については昔のエピソードを紹介します。

わたしがまだ三〇代だったころ、たまたま電話をくれた友人に（歳はわたしより幾つか上の女性で、同じ同人誌の仲間でもあったので、お互い遠慮なくものが言いあえたし、そうでなくても彼女は率直に発言するひとだった）、向かって、「ぼくは将来、できれば自分の全集を出したい」と言ったら、さすがにそのひとが呆れて、「あの井伏鱒二とか谷崎潤一郎のような作家の全集か!?」と予想通りの反応を示したので、わたしは、「もちろんそんな意味の全集ではない。ぼくはマイナーな人間だし、小説を書こうと思ったことは若い頃から一度もないし。……」と答えて、そのころ持っていた（現在も持っている）自分の考えを述べたのです。

一般的に言って、どんな人であっても、その人なりに、いろいろなことを考え、さまざま形で表現しているもので、それは文章に限らないし、分類しにくいジャンルになる場合もあるだろう。わたし自身のことを言えば、大学で教え、研究をするとともに、自宅を設計し、日曜大工で庭の隅に二階建ての物置をつくり、木工で大きなテーブルもつくり、スケッチもし、下手な楽器をいじくれば、詩も書く。……なんだ趣味活動のことかと笑うかもしれないけれど、朝方見た夢を記録もし、団地で自治会の手伝いもすれば、友人たちとメールのやりとりもする。……要するに、ひとりの人間が普通に生活して行うであろうその人なりの多様な活動と思考と表現を、なんらかの形で、できれば多様な姿で残す、というのが、わたしが口にした「全集」の意味でした。それは、定年後、自分の自由な時間を得た高齢者が、来し方行く末をエッセイの形で残そうとするのと、基本的に同じだと思うのです。わたしの場合、それらの多様な活動を、極力「ことば」という、それも本という形でまとめたいと考えたのです。映像とか音とかそのほかの記録媒体を新しく発想するひともいるだろうし、今後どんな媒体が出てくるか予想できないけれど、たのしみでもある。

もちろんわたしが「ことば」と「本」という形式を選んでも、右記の多様な活動から、思考と表現によって掬い取れるものは限られている。ただ、わたしの考えでは、「ことば」は人間の認識の道具でありかつその結果（結実）であるから、日常生活でのさまざまな活動時に、意識し思考し、反応しつつそれらを反芻していれば、言語活動しており内的に表現しているはず。わたしはそれらを拾い集めて「全集」にしたいわけです。

以上のような思いが、本書にも込められています。

なお、本書を上梓するためにたくさんの方たちにお世話になりました。末筆ながらお礼申し上げます。装丁を引き受けていただいた間村俊一さん。実は大学のフランス語の教え子なので、ことさらうれしく思います。校正をしていただいた尾崎哲也さん、古勝照美さん、落合万里子さん、貴島菊子・美奈子さん。なかで尾崎哲也さんには、初校から最終校まで、何度も遠路わが家まで来ていただいて、助言・評言をもらいながら点検しました。最後に、いつもながら編集をしていただいた鳥影社の樋口至宏さん。皆さん本当にありがとうございました。

二〇一九年一一月

東 宏治

著者紹介

東 宏治（あずま・こうじ）

1943年生まれ。フランス文学者。

著訳書に

エッセイ　15|16歳でわたしが考えたこと（鳥影社）2019　本書
　人生の友たちへのメ〜ル（鳥影社）2019

詩集　タブラ・ラサ——頭のなかを空っぽにして（鳥影社）2012

エッセイ　ぼくの思考の航海日誌（鳥影社）2012
　ムーミンパパの「手帖」トーベ・ヤンソンとムーミンの世界（青土社）2006
　思考の手帖　ぼくの方法の始まり（鳥影社）1995

翻訳　ポール・ヴァレリー『ヴァレリー・セレクション（上／下）』（平凡社ライブラリー／松田浩則と共訳）2005
　マルト・ロベール『カフカのように孤独に』（平凡社ライブラリー）1998

など。

15/16歳でわたしが考えたこと

二〇一九年一一月三〇日初版第一刷印刷
二〇一九年一二月一五日初版第一刷発行

定価（本体二一〇〇円＋税）

著者　東 宏治
発行者　樋口至宏
発行所　鳥影社・ロゴス企画
長野県諏訪市四賀二二九—一（編集室）
電話　〇二六六—五三—二九〇三
東京都新宿区西新宿三—五—一二—7F
電話　〇三—五九四八—六四七〇
印刷　モリモト印刷
製本　高地製本
装幀　間村俊一

乱丁・落丁はお取り替えいたします

ISBN 978-4-86265-769-5 C0098